Familie unbekannt

von

Katrin Höhfeld

Thriller

Verlag: BoD • Books on Demand GmbH, In de Tarpen 42, 22848 Norderstedt
Druck: Libri Plureos GmbH, Friedensallee 273, 22763 Hamburg

© / Copyright: 2024 Katrin Höhfeld
Umschlaggestaltung, Illustration: Katrin Höhfeld, Canva

ISBN Paperback: 978-3-7597-7593-1

Katrin Höhfeld
Pfalzstraße 1
42651 Solingen
E-Mail-Adresse: Katrin.Hoehfeld@web.de
Instagram: katrin.hoehfeld_autorin

Bibliografische Information Der Deutschen Nationalbibliothek

Die Deutsche Nationalbibliothek verzeichnet diese Publikation in der Deutschen Nationalbibliografie. Detaillierte bibliografische Daten sind im Internet über http://dnb.d-nb.de abrufbar.

Danke für diesen tollen Tag.

Hab dich lieb, Mama.

Acht Jahre zuvor

***

Wer glaubt, Camping bestünde lediglich aus Schlafen, Alkohol trinken und Grillen, der war noch nie auf einem Campingplatz, wie diesem in Südostengland. Eigentlich war es, wie wahrscheinlich überall auf der Welt, nichts Besonderes. Spartanisch, eng und trotzdem heimelig.

Hier standen Fleiß, harte Arbeit und Zusammenhalt an der Tagesordnung.

Rebecca Jackson schob den Chenille-Flauschvorhang am Eingang des Vorbaus beiseite und zerzauste sich mit den samtartigen Bommeln ihre krausen Locken.

Sie beobachtete ihren Ehemann, wie er sorgfältig den Riss des alten Stoffs des Vorzelts flickte. Es wäre längst Zeit für ein neues, aber irgendwie gefiel Beccy dieser Flair. Es wirkte nicht nur alt, das war es. Erst recht, wenn man die anderen Plätze betrachtete, deren Pächter sich modernere besorgt hatten, und den guten alten Charme damit hinwegfegten.

»Ich bin fast fertig«, brüstete sich Alexander grinsend, als er seine Frau sah. »Das Vorzelt sieht gleich wieder aus wie neu.«

Er stach sich, wegen der kurzen Unachtsamkeit, mit der Nadel in den Finger, fluchte und schüttelte seine Hand.

Sie kicherte unter seinem Genuschel. »Wo ist Ellie?«

Alex leckte sich den winzigen Blutstropfen ab, ehe er die letzten Stiche setzte. »Sie wird bestimmt noch mit den anderen Kindern spielen.«

Beccy trat ins Freie. »Das Abendessen ist gleich fertig.« Sie ging über die gut getrimmte Rasenfläche zu dem Zaun, den sie und ihr Mann damals mit viel Sorgfalt, beinahe mit Liebe, ausgesucht hatten. Das dunkle Holz passte perfekt zu dem braun-beigefarbenen Vorzelt. »Ellie! Komm bitte zum Essen.«

Es war nicht ungewöhnlich, dass sie die Rufe ihrer Eltern nicht sofort mitbekam. Das Gelände war weitläufig. Es dauerte nicht lange und die Nachricht würde sie wie eine stille Post erreichen, sodass sie früher oder später in der Parzelle auftauchte.

Auf einem Campingplatz, wie diesem, schlossen sie nicht einmal den Wohnwagen ab. Sie waren in ihrem Heimatland, wo sie zu jeder sich bietenden Gelegenheit dem Alltag entflohen. Beccy und Alex hätten nicht im Traum daran gedacht, sich hier um ihre Tochter Sorgen machen zu müssen. Bis sie an diesem Tag verschwand.

***

»Ist etwas passiert?«, fragte der alte Kauz aus dem Nachbargang, der Beccys und Alex´ besorgte Mienen entdeckte.

»Wir suchen unsere Tochter«, antwortete Alex, der seine Frau nicht aufhielt, als sie weiter die Wege absuchte.

»Spielt Ellie nicht mit den anderen Kindern, drüben auf dem Spielplatz?«

Alex schüttelte energisch den Kopf. »Nein. Wir haben die Kinder und deren Eltern gefragt. Niemand weiß, wo sie ist.«

»Das klingt nicht gut.« Der alte Mann erhob sich schwerfällig aus dem gestreiften Camperstuhl. »Ich werde suchen helfen.« Er kehrte seinem Hab und Gut den Rücken und folgte den besorgten Eltern.

»Danke.« Das Wort konnte nicht zum Ausdruck bringen, wie dankbar Alex dem alten Kauz war. In der Stadt hätte man nicht mit so einer Hilfsbereitschaft rechnen können, wo sich jeder selbst der Nächste ist. »Je mehr wir sind, umso besser.«

***

Wenig Zeit war verstrichen, bis der halbe Campingplatz den Aufruhr mitbekommen hatte. Trotz der zahlreichen Helfer und suchenden Augen blieben Alex und Beccy nicht vom Schlimmsten verschont. Ihre Tochter war wie vom Erdboden verschwunden.

Die Angst um Ellie war präsenter, als es die Namen der beiden Polizisten waren, die sich vorstellten und die Vermisstenanzeige aufnahmen.

Die Dämmerung hatte sich in den Hintergrund gerückt. Nicht mehr lange und die Laternen würden den Hauptweg des Geländes mit spärlichem Licht beträufeln.

»Wie alt ist Ihre Tochter?«, fragte einer der Polizisten.

»Sie wird sechs«, antworte Alex und funkelte den Beamten an. »Das haben Sie gerade schon einmal gefragt.«

»Sie sagen, Sie hätten schon überall nachgesehen?«, wollte der kleinere Polizist noch einmal wissen.

Genervt und kraftlos rieb sich Alex die Augen. »Ja, das sagten wir auch bereits.« Er versuchte, seine weinende Ehefrau zu beruhigen und sah den anderen Uniformierten an, der erfahrener und tüchtiger wirkte, bisher aber wenig gesagt hatte. Mit wachsamen Augen beobachtete er die Geschehnisse. Im Gegensatz zu seinem Kollegen wirkte er ausgeschlafen und fit. »Wir haben fast jeden gefragt. Niemand hat sie gesehen.«

»Und Sie sagten, Frau und Herr Jackson, die anderen Kinder des Campingplatzes haben mit Ellie gespielt und plötzlich hat sie niemand mehr gesehen?«

Die letzten Worte wurden von Beccys Schluchzer übertönt.

Alex biss sich auf die Unterlippe, um die aufkommende Wut zu unterdrücken. »Ja. Es sind immer dieselben Kinder, mit denen sie spielt.« Er fragte sich, warum sie nicht parallel einen Suchtrupp beorderten, anstatt wiederholt die gleichen Fragen zu stellen. »Die Kinder wissen nicht, wo sie hingegangen ist. Nur, dass sie plötzlich nicht mehr da war. Sie dachten, sie sei wieder zurück nach Hause gegangen.«

»Zu Ihrem Wohnwagen?«

»Natürlich zu unserem Wohnwagen.« Alex rang um Fassung.

Noch ehe der kleine Polizist eine weitere überflüssige Frage stellen konnte, wurde er von einem abgehetzten »Hey« unterbrochen.

Beccy löste sich aus Alex' Armen. Sie erstarrte im selben Moment, als sie den aufgewühlten Gesichtsausdruck des rennenden Mannes bemerkte.

Der Fünfzigjährige rang nach Luft, als sei er einen Marathon gelaufen. »Ich habe... gerade... das mit... Ellie gehört.« Er fasste sich an die Brust. Die plötzliche Höchstleistung war er offensichtlich nicht gewohnt.

Beccy schlug die Hand vor ihren Mund. Ihre Stimme hatte unter den ständigen Rufen gelitten und war heiser. Ihre Kehle fühlte sich rau an.

»Hast du sie gefunden?«, kam Alex den Polizisten zuvor. »Weißt du, wo sie ist?«

Der Mann schüttelte den Kopf.

Unter der kurzen Hoffnung, die genauso schnell verschwand, wie die Lichter der Laternen angingen, ließ Beccy die Schultern hängen und weinte leise. Sie spürte die Last des Wechsels aus Erwartung und Verzweiflung.

Alex schluckte einen dicken Kloß der aufkommenden Trauer hinunter. »Wenn du sie nicht gesehen hast, wieso bist du dann hierhergelaufen?« Er spürte, dass es nicht die Neugier war, die den Fünfzigjährigen antrieb.

»Ich habe ein Auto herausfahren sehen«, teilte er ohne zu zögern mit.

Beccy hob den Kopf und hielt den Atem an.

»Ein Auto?«, wandte der andere Polizist endlich ein. »Geht das auch etwas präziser? Wo genau fuhr es raus?«

»Es verließ das Gelände des Campingplatzes. Es gib nur diese Ein- und Ausfahrt. Da sind Sie auch reingefahren.«

»Warum war es in Ihren Augen ungewöhnlich? Wie kommen Sie darauf, dass es mit dem Verschwinden von Ellie zusammenhängen könnte?«

»Ich habe den ersten Platz, ganz vorne, am Eingang bei der Schranke«, erklärte dieser. »Der nächste Platz ist erst eine Wiese weiter. Seit Ellies Verschwinden ist bis jetzt nur ein Fahrzeug durch die Schranke hinausgefahren.«

»War Ellie in dem Wagen?«, flehte Beccy nach einer Antwort.

Der Alte ließ die Schultern hängen. »Das weiß ich nicht, Rebecca.«

Beccys Augen füllten sich erneut mit Tränen, die unter dem Druck der Trauer brannten. Sie entfernte sich ein paar Schritte. Nur vage nahm sie die besorgten Blicke ihrer Nachbarn wahr, die vorbeigingen.

»Wie lange ist das her, dass Sie dieses Fahrzeug gesehen haben?«, hakte der kleinere Polizist nach und stellte damit die erste vernünftige Frage an diesem Abend.

»Ich weiß es nicht genau. Nicht allzu lange.«

»Können Sie sich an das Fahrzeug erinnern?« Der kompetentere Polizist zückte sein Notizbuch und einen Stift. »Vielleicht sogar an das Kennzeichen?«

Alex pustete die Luft aus. »An irgendetwas?«, untermauerte er die Frage des Uniformierten.

»Das Fahrzeug war dunkelgrün.« Der Mann kratzte sich durch sein lichtes Haar. »Es war ein Volvo. So ein altes gängiges Modell.« Er fuchtelte mit der Hand. »Groß. Kombi.«

Der kleine Polizist kramte sein Smartphone hervor und wischte darauf herum. Der andere notierte derweilen fleißig.

Der Beamte hielt ihm das Handy vor die Nase. »Meinen Sie so einen?«

»Ja!«, rief der Alte aus, als er den kantig geschnittenen Wagen erkannte. »Genau den meine ich.«

Beccy trat neben ihren Ehemann. Der Glaube, mit diesen Anhaltspunkten ihre Tochter finden zu können, war nicht groß. Denn was halfen schon Farbe und Modell an einem Urlaubsort, an dem nicht nur Engländer hinreisten?

»Der Anfangsbuchstabe des Kennzeichens war A«, erinnerte sich der Helfer.

Neben der Dankbarkeit der Hinweise und der Hilfe dachte Alex darüber nach, wie viele Kennzeichen in England mit dem Herkunftscode A beginnen. Er drückte Beccy an sich, die das Gleiche im Sinn hatte.

»Es war kein englisches Kennzeichen«, schob der Alte überraschend hinterher und hatte damit die volle Aufmerksamkeit aller Beteiligten. »Ich bin mir ziemlich sicher, dass vorne ein D stand für…«

»Deutschland«, vollendete Alex den Satz.

Gegenwart

***

Christine Böhmer war heute nicht alleine unterwegs. Gemeinsam mit ihrer Tochter liefen sie zum Auto zurück, das sie auf dem großzügigen Klosterparkplatz bei Maria Laach abgestellt hatten, um sich das Kloster und den See anzusehen. Das Wetter hatte die Vorfreude auf diese Tour durch die Vulkaneifel bestärkt. Trotz ihrer kurzen Haare hätte sie sich diese am liebsten hochgesteckt. Ihre Löckchen klebten ihr im Nacken. Ein Blick zu ihrer Tochter verriet, dass ihr noch wärmer sein musste. Ihre lange Mähne hatte sie zu einem Dutt gebunden. Wenigstens trug sie eine lockere Shorts und keine Jeans.

»Sieh mal.« Anna Böhmer zeigte auf ein Pärchen, das mit einem Polizisten sprach und mit einem Haufen Wanderausrüstung bepackt war. »Raues Pflaster im Paradies«, witzelte sie und öffnete die Beifahrertüre des *Ford Puma*.

Christine und Anna kamen aus Nordrhein-Westfalen, wo man zu dicht gebaute Häuser, zu viele Menschen und überforderte Ordnungshüter sah, die der Kriminalität nicht hinterherkamen.

»Wart's ab«, Christine hatte ihrer Tochter nicht gesagt, was heute alles auf dem Plan stand, »es wird noch einige Überraschungen geben.« Sie stieg ins Auto, ließ den Motor an und verließ den Parkplatz in die

Richtung, die das Navigationssystem vorgab. Ihre Freude auf den nächsten Halt wuchs. »Habe ich dir eigentlich von dem Fischer-Jungen erzählt?«

»Was für ein Fischer-Junge?«

»Am Laacher See.«

»Nee«, meinte Anna gelangweilt, hob ihre Flasche aus dem Fußraum und trank einen großzügigen Schluck. Sie tat es ihrer Mutter gleich und öffnete das Fenster. Sofort strömte der Fahrtwind die Hitze auf ihrem Arm hinfort. Annas Begeisterung hatte sich am See weitestgehend in Grenzen gehalten. Sie schwärmte für die Vulkaneifel, ihre Sauberkeit und prachtvolle Natur in ihren verschiedensten Farben. Ein See, den man umrunden konnte, und ein Kloster standen nicht unbedingt als Highlight auf ihrer Liste. »Hast du nichts von erzählt. Schieß los.«

Ihre Mutter ratterte die Geschichte eines heulenden Steins namens Laachus und einem Jungen im See mit Elfen und Feen an irgendeinem Teich herunter.

Annas Interesse an den Ausführungen war gleich null, aber so war die Fahrt weniger eintönig. »Aha«, machte sie unbeeindruckt, als ihre Mutter endete. Überraschender war es, dass ihnen auf dem gesamten Weg niemand entgegenkam. »Wir sind hier echt am Arsch der Welt.«

»Weißt du«, wechselte Christine das Thema, »du brauchst einen Freund, anstatt immer mit deiner Mutter Ausflüge zu machen.« Sie meinte es ehrlich, wenngleich eine Partnerschaft wahrscheinlich bedeuten würde, dass Anna sie nicht mehr so oft auf ihre Trips begleiten würde. Schließlich hingen frisch Verliebte ständig aneinander und wichen sich nicht von der Seite. Christine konnte sich nicht einmal mehr an eine Zeit zurückerinnern, wo es ihr mit ihrem Ex-Mann so ergangen war.

Perplex über die plötzliche Aussage sah Anna sie entgeistert an. »Das sagt gerade die Richtige«, rechtfertigte sie sich. »Die, die Männer seit ihrer Ehe hasst.«

»Anna, du bist noch jung.«

Ihre Tochter verdrehte die Augen und sah aus dem Fenster. Waldstücke und Felder zogen im Wechsel an ihnen vorbei. Es roch nach Landwirtschaft. »Und genau deswegen kann ich mir auch erlauben, alleine zu sein und gelegentlich Spaß zu haben.«

»Es sind ja nicht alle so wie Finn.«

Der Name versetzte Anna einen Stich. »Ich will nichts Festes.« Je verliebter man war, umso verletzender konnte es sein. Seit Finn sie betrogen hatte, wusste sie eines genau: Sie wollte dieses Gefühl nie wieder haben. Das letzte Mal, dass sie sich die Augen so aus dem Kopf geweint hatte, war, als... Nein. Noch nie war es zuvor so schlimm gewesen, wie bei Finn. Es war ihre eigene Schuld. Sie hatte sich zu sehr auf diese Beziehung eingelassen. Zu sehr vertraut. Sie dachte wirklich, es wäre eine Partnerschaft für immer. Da hatte sie falsch gelegen.

»Du musst mehr Vertrauen haben, Anna.« Christine sah ihre Tochter mit einem „Ich weiß wovon ich rede - Blick" an. »Du solltest nicht immer so misstrauisch jedem gegenüber sein.«

Anna drehte sich zu ihr um. »Ich vertraue dir.« Sie lächelte ihre Mutter an. Als sie noch mit Finn zusammen war, hätte sie keine Ausflüge mit ihrer Mutter machen können, ohne, dass er sie anrief, fragte, wann sie zurückkäme und vor allem später darauf bestand, Beweise vorgelegt zu bekommen, dass sie wirklich nur alleine mit ihrer Mutter unterwegs war. Und dabei war er es doch, der fremdgegangen war. Lächerlich, wenn sie darüber nachdachte, wie viel sie sich hatte von ihm gefallen lassen. Aber das war Schnee von gestern.

Ein paar Minuten fuhren sie schweigend weiter.

»Ich glaube hier ist es.« Christine kniff die Augen zusammen, ehe sie ihren *Puma* auf einen Wanderparkplatz lenkte. »Ich muss mal eben die Karte checken.«

»Sag bitte nicht checken, Mama.« Jedes Mal, wenn sie neumodische Wörter benutzte, schüttelte es Anna. Das passte einfach nicht zu dem Bild einer Mutter. Mütter sollten abgedroschen und langweilig wirken. Nicht so ihre, denn genau das Gegenteil war der Fall. Oft war sie abenteuerlustiger und wilder als sie. Das wiederum störte Anna keineswegs. Es war besser, als bei Kaffee und Kuchen Kreuzworträtsel zu machen oder gar zu puzzeln.

»Hier sind wir richtig«, bestätigte Christine ihre Annahme und stieg aufgeregt aus dem Wagen. »Das wird dir gefallen, glaub mir.«

***

»Wir müssen hier links«, wies Christine ihre Tochter an, nachdem sie ein paar Minuten den Waldweg entlang gewandert waren. »Hab´ ich mir aber schon gedacht.« Sie packte das Handy, das ihr den Weg gezeigt hatte, wieder in ihren Rucksack.

Anna stiefelte den Weg links weiter.

Christine lächelte, angespannt vor Freude, in sich hinein und beeilte sich, ihrer Tochter hinterherzugehen.

Der Weg war rechts mit einem Holzgeländer versehen, dahinter ging es tief die Böschung hinunter. Wie tief, konnte man nicht erkennen. Viele Büsche und Gräser versperrten die Sicht auf den Boden. Zu ihrer Linken bauten sich hohe Felsen auf. Verschiedene Pflanzen tummelten sich auf den Spalten. Die Einzige, die Anna kannte, war Farn. Die fächrigen Blätter schwangen im Wind und Anna hob dankend die Arme, um sich abzukühlen.

»Boar krass«, staunte Anna, ließ die Arme wieder sinken, als der Wind nachließ, und fotografierte eifrig mit ihrem Handy. »Was ist das denn?«

»Siewen Stuwen«, erklärte Christine ihrer Tochter stolz. Sie hatte sich im Vorfeld alles für die Tour zusammengestellt und die Route so gut es ging durchgeplant. Sie freute sich, dass es bei ihrer Tochter so gut ankam.

»Was für'n Ding?« Anna zog die Brauen hoch und fragte sich, ob ihre Mutter einen Sprachfehler hatte. Sie schritt an ihr vorbei, um ein Foto aus einem anderen Winkel aufzunehmen.

»Siewen Stuwen«, wiederholte Christine und kramte wieder ihr Handy aus dem Rucksack hervor, um ein paar Bilder zu machen. Als sie ihn wieder auf den Rücken schwang, fluchte sie, als der Riemen des Rucksacks sich auf der Schulter verdrehte.

Anna begriff bis heute nicht, warum sie es nicht einfach in der Hand behielt. Sie hatte den Namen des Ortes immer noch nicht richtig verstanden und beließ es dabei.

»Während des zweiten Weltkriegs haben hier Frauen und Kinder in den als Schutzraum eingerichteten Höhlen gelebt, um sich vor Luftangriffen zu schützen.«

Bei der Erklärung zog Anna eine Grimasse.

Christine winkte ab. »Gehen wir rein?« Sie deutete auf das dunkle Loch, das sich vor ihnen im Felsen auftat.

»Wo rein?« Verwundert sah ihre Tochter zum Eingang im Fels.

»Na, in die Höhle.« Sie deutete in Richtung des schwarzen Lochs. »Für deine dreißig Jahre kannst du ganz schön dumme Fragen stellen.«

»Echt? Das ist eine richtige Höhle?«, staunte Anna. »Und da darf man einfach so rein? Sie ist nicht abgesperrt?« Im Bergischen Land, eine Region im Rheinland in Nordrhein-Westfalen, war praktisch alles verriegelt. Jeder Weg, der nicht sicher war. Viel zu viele Schilder, die Vorsicht boten oder Gefahr androhten, auch wenn überhaupt nichts zu sehen war. Dafür ein nicht abgesichertes Schlagloch auf den Straßen nach dem nächsten.

Christine grinste. »Nicht nur eine Höhle, sondern sieben. Man kann in jede rein.«

»Cool!«

»Hast du wohl nicht gewusst«, stichelte ihre Mutter.

»Dass es hier solche Höhlen gibt?«, gab Anna zurück und schüttelte den Kopf. »Nein. Das habe ich tatsächlich nicht gewusst. Und da meinen die Leute immer, in Deutschland gibt es nichts Aufregendes zu sehen.« Die Leute maulen ständig über ihr eigenes Land, fliegen lieber in ferne Gebiete und denken, nur dort wäre es schön und interessant, dabei haben sie nur vergessen, es sich genauer anzusehen.

»Los jetzt!« Christine schaltete voller Tatendrang ihr Handylicht an. »Wir gehen rein.«

***

»Wir hätten besser eine ordentliche Taschenlampe mitgenommen«, maulte Anna, stand, wie angewurzelt, am Höhleneingang und leuchtete mit ihrem Handylicht in das tiefe Schwarz, das den Lichtkegel sofort verschluckte.

»Ja«, gab Christine zurück. »Da habe ich irgendwie überhaupt nicht mehr dran gedacht.« Sie kicherte. »Habe aber kurz vor dem Losfahren noch überlegt.«

»Hättest du sie besser mal eingepackt.« Anna glaubte, gerade einmal den Boden vor ihren Füßen erkennen zu können. Dabei waren sie noch nicht einmal wirklich im Inneren der Höhle.

»Gehst du vor?«, drängte Christine ihre Tochter.

»Ganz bestimmt nicht.« Anna schüttelte angeekelt den Kopf und leuchtete die Innenseite der Felsen an. »Hier ist alles voller Spinnweben. Ich will gar nicht wissen, was da alles drin ist.« Die Gedanken an die achtbeinigen Tiere ließen sie, trotz der herrschenden Hitze, frösteln und ihre Nackenhaare stellten sich auf.

Mutter und Tochter drückten an den Handykameras auf „Videoaufnahme". Christine beugte sich vor und stapfte nuschelnd hinein. »Bücken«, rief sie zurück. »Spinnweben.«

Annas Neugier siegte über den Widerwillen und sie trampelte ihrer Mutter hinterher. Kalte Luft umspielte ihren Körper und es roch steinig. Der aufgewirbelte Staub stieg kaum in die Nase. Als würde er von der Kühle sofort wieder zu Boden gedrückt. »Aua!« Sie trat irgendwo drauf. Ein Stein vielleicht? Oder ein Schädel? Ihre Phantasie kurbelte sich von selbst an und hatte bereits freien Lauf.

»Moment!« Ihre Mutter blieb abrupt stehen.

»Musst du an der engsten Stelle stehen bleiben?« Anna schob sich an ihr vorbei, leuchtete zurück, um nach ihr zu sehen.

»Nicht in die Augen!«, meckerte Christine. »Jetzt habe ich ganz schlechte Aufnahmen.«

Anna rollte mit den Augen und bezweifelte, dass ihre Videos überhaupt viel hergaben. Sie schwenkte mit dem Licht in eine andere Richtung.

Christine sah sich entgegengesetzt um. »Da geht es noch weiter rum.«

»Dann geh weiter.« Anna schüttelte sich, als sie glaubte, etwas sei auf sie gefallen. Sie vermied es, den Boden abzuleuchten. Sie wollte lieber nicht wissen, was es gewesen war. »Ich warte hier.«

»Kommst du nicht mit?«

»Lieber nicht.«

»Wenn ich gehe, gehst du auch«, forderte Christine ihre Tochter auf und marschierte ein paar Schritte vorwärts. »Da geht es doch nicht weiter«, schob sie hinterher und kam zurück.

»Das ist aber schade.« Annas ironischer Tonfall erntete einen bösen Blick ihrer Mutter, den sie in der Dunkelheit sowieso nicht sah. »Ich bin am Schwitzen wie ein...«

»Weil du ein Schisser bist«, unterbrach Christine sie.

Anna stimmte wortlos zu und erreichte den Ausgang, womit sich ihre Schritte beschleunigten. Die grelle Sonne erwärmte sofort ihre Haut.

»Das war echt cool, Mama.«

Sie gingen den Weg ein Stück weiter und kamen an einen anderen Höhleneingang.

»Stell dich mal an den Eingang«, wies Christine ihre Tochter an. »Bleib. Bleib«.

»Macht nix, wenn es schnell geht.« Anna schüttelte sich erneut, als sie eine Spinnwebe am Arm spürte.

»Dieses Mal gehst du zuerst.«

»Was? Nein!«, wehrte sich Anna. »Auf keinen Fall!« Der Blick ihrer Mutter war eindeutig. Sie traten in die nächste dunkle Höhle. Das Handylicht reichte eine Armlänge. »Ich habe schon Horrorvorstellungen. Ich sag dir, wenn mir hier gleich so ein Gollum entgegenkrabbelt.«

Christine lachte über die Vorstellung.

»Mich krabbelt es überall.« Obwohl sie mittlerweile in der Höhle aufrecht stehen konnten, hielt sich Anna gebeugt. Irgendetwas berührte ihre Haare und sie schrie auf.

»Da ist doch gar nichts.« Christine leuchtete sie an.

Anna strich sich mehrmals durch den Dutt. »Es ist stockdunkel und du sagst, da ist nichts.«

»Wer es nicht weiß«, redete ihre Mutter in ihr Handy ohne auf die Bemerkung einzugehen. »Das hier gilt als kleiner Geheimtipp. Es nennt sich Siewen Stuwen.«

»Nimmst du es für die Nachwelt auf, oder was?« Anna entdeckte den Ausgang und spurtete los. Wenn sie den

Namen der Höhlen noch einmal zu hören bekam, würde sie ihre Mutter in einer der Höhlen begraben. Ein letzter Schwenker mit dem Licht fing ein riesiges Spinnennetz ein. Ihr entfuhr ein Ausruf des Ekels.

Christine pausierte ihre Aufnahmen. »Wenn du richtig mitgezählt hast, weißt du, dass wir erst zwei Höhlen gesehen haben.«

An der nächsten Höhle schob Anna ihre Mutter voran.

»Jetzt lässt du mich wieder vorgehen?«

Ihre Tochter nickte eifrig. »Du machst das toll. Ich folge dir.« Während sie die großen Spinnweben wahrnahm, war ihre Mutter schon voraus und besichtigte die dritte Höhle.

»Oh«, stieß Christine aus. »Hier glitzert es.«

»Das hier noch keine Penner irgendwelchen Müll reingeschmissen haben.«

»Da habe ich gerade auch dran gedacht.«

Sie ließen diese dritte Höhle hinter sich. Die Vierte und Fünfte waren sehr klein und schnell durchschritten. Die Sechste lag an einem Hang. Der Eingang hatte einen steilen Abgang. Sie entschieden sich, das Abenteuer anzugehen.

Anna schaltete die Kamera an. »Mami muss wieder vorgehen.«

Christine lachte. »Dieses Mal nicht wegen Spinnweben, sondern weil es steil ist.« Noch ehe sie es ausgesprochen hatte, rutschte sie weg, konnte sich aber an der Felswand abfangen. »Sehr rutschig. Pass auf.«

»Vielleicht sollten wir dann doch nicht dort reingehen.«

Wieder rutschte Christine ein Stück weiter nach unten.

»Noch stehe ich hier und kann dich rausziehen, Mama.«

»Komm jetzt!«, forderte Christine ohne Rücksicht auf Verluste und zeigte damit wieder einmal ihre Waghalsigkeit.

»Oh Gott!«, verlieh Anna ihrem Widerstand Ausdruck. »Wir kommen da nie wieder raus. Ich schwör´s.« Sie setzte einen Fuß auf den Abhang, versuchte, Halt zu finden, und schrie auf, als sie nach unten rutschte. »Verdammt, hier ist es wirklich voll rutschig!«

»Hab´ ich doch gesagt.« Mit festem Griff versuchte Christine weiter nach unten zu gelangen. »Mach´ mal Licht. Kannst du da runter leuchten.«

Anna verschaffte sich einen besseren Stand und leuchtete am Kopf ihrer Mutter vorbei.

»Da geht es noch viel weiter rein.« Christine beugte sich vor. »Wenn wir unten sind, sind wir in einem kleinen Raum. Ich sehe aber nicht, ob es weiter geht.«

»Und wie sollen wir dann wieder hoch kommen?« Annas Bedenken hatten auch endlich den Verstand ihrer Mutter erreicht.

Christine drehte sich vorsichtig um. »Da hätte gerade einmal ein Sarkophag Platz gehabt. Dann wäre Ende.« Sie stöhnte, als sie merkte, dass sie Mühe hatte, nach oben zu gelangen. Der sandige Boden zog sie immer wieder nach unten.

Anna krabbelte hinauf. Die Brocken, die aus der Erde hervorragten, nutzte sie wie eine Leiter. Sie streckte die

Hand aus, griff an die Felswand, setzte ihren Fuß auf den letzten Stein und zog sich aus dem Höhleneingang. Sie steckte ihr Smartphone weg und hielt ihrer Mutter die Hand hin. »Was machst du da?«, fragte sie, als sie sah, wie ihre Mutter mit ihrem Handy hantierte.

»Ich muss noch ein Bild machen.«

»Nein!« Anna fuchtelte mit der Hand. »Los jetzt.«

Nachdem sie ihre Mutter aus der Höhle gezogen hatte, brachen sie in Gelächter aus. Da wussten sie noch nicht, dass ihr Abenteuer erst begonnen hatte.

***

Nachdem Christine und Anna sich von den Sieben Stuben verabschiedet hatten, parkten sie an dem in der Nähe gelegenen Parkplatz Kottenheimer Winfeld, um die Wanderung zum Terratec Basalt in Ettringen anzutreten. Sie gönnten sich dort eine Pause und aßen eine Kleinigkeit. Das Kottenheimer Winfeld wirkte etwas ländlich – wenig Wald, nur einige Bäume säumten den Weg und rahmten den offenen Blick auf eine große Grube frei, in der Lava und Basalt abgebaut wurde. Wieder war hier kaum etwas abgesperrt und es diente tatsächlich auch für geführte Klettertouren.

Anschließend wanderten sie zurück zum Auto und setzten die Fahrt fort. Sie hielten auf dem Parkplatz bei der Genovevahöhle und stiegen aus dem Wagen.

Christine startete das Navigationssystem auf ihrem Smartphone.

Nach wenigen Minuten erreichten Mutter und Tochter einen von Felsen umringten Pfad. Sie schalteten die Kameras ein.

»Also, Anna ist der Meinung«, sprach Christine in ihr Video, »dass wir da hoch müssen.« Sie hob die Kamera und fing damit den sich aufbauenden Weg ein.

Anna schritt an ihrer Mutter vorbei. »Und sie wird recht haben«, sagte sie in die Linse und deutete nach oben, »denn da oben ist ein Geländer.«

»Das Ziel befindet sich auf der rechten Seite«, drang es aus dem Gerät.

»Die Sage der Pfalzgräfin Genoveva«, fing Christine an. Man hätte meinen können, sie nähme eine Dokumentationsreihe auf. »Eigentlich war es ein Mühlsteinbruch. Es heißt, die Gräfin soll zum Ehebruch versucht worden sein. Als sie den Mann zurückwies, log dieser den Gatten an, sie habe etwas mit dem Koch gehabt. Sie und ihr Sohn wurden daraufhin von ihrem Gatten zum Tode verurteilt.«

»Nett«, kommentierte Anna die Einfachheit, dem damaligen Leben einer Frau und ihrem Kind ein Ende zu bereiten. Der Kampf zwischen Pro und Kontra einer solchen Entledigung einer Person wäre ziemlich eindeutig ausgetragen, wenn es um Finn ging. Es erschien in der heutigen Zeit nur weniger gewöhnlich als damals.

»Der Henker brachte es nicht übers Herz, Genoveva und ihren Sohn zu töten. Sie versteckte sich mit ihm in dieser Höhle. Jahre später entdeckte der Ehemann die Höhle und sah seine Gattin und seinen Sohn wieder. Sie sagte ihm die Wahrheit. Er nahm sie voller Reue zurück und tötete den Lügner.«

Anna glotzte ihre Mutter mit Verständnislosigkeit an. »Was für ein Typ. Erst will er sie umbringen lassen und dann heult er wie ein Baby und nimmt beide zurück. Hätte er mal eher der Wahrheit seiner Frau gelauscht.« Sie schüttelte den Kopf bei so viel Dummheit und Naivität. Aber so war die Zeit wohl früher. »Der hätte froh sein können, wenn ich ihm danach mit dem Ast nicht den Schädel eingeschlagen hätte.«

Wenn sie darüber nachdachte, war sie während der Beziehung mit Finn kein Stück besser gewesen. Ihre Mutter mit ihrem Ex genauso wenig. Das lag in der Familie. Ihre Oma mütterlicherseits wurde, soweit Anna wusste, von ihrem Mann verprügelt, weswegen sie auf dem einen Auge fast blind war. Warum sie sich das hat gefallen lassen, verstand man wohl erst, wenn man es selbst erlebte. Die Frau war trotz allem bis zum Ende ein positiver und aufgeschlossener Mensch. Anna selbst kannte ihren Opa nicht und wollte es auch niemals. Dabei sah er auf den Fotos, die sie einmal gesehen hatte, überhaupt nicht wie jemand aus, der seine Ehefrau verdrosch.

Ihr Opa väterlicherseits war wahrscheinlich der Grund, weswegen ihr Vater ein Tyrann und Scheißkerl war. Der Apfel fällt eben nicht weit vom Stamm. Ständig mürrisch, angepisst und nie konnte man ihm irgendetwas recht machen. Als Anna auszog, wurde es schlimmer für ihre Mutter. Zum Glück hat sie die Reißleine gezogen, wenn es auch lange gedauert hatte.

»Sie lebten jedenfalls anschließend glücklich bis ans Lebensende«, beendete Christine die Geschichtsstunde.

Anna atmete einmal tief ein. »Na dann ist ja alles super.«

Sie kamen an eine Feuerstelle, vor der eine Holzbank darauf wartete, irgendwann von Moos begraben zu werden.

Christine sah sich um. »Hier geht es rein«, deutete ihre Mutter zu einem Höhleneingang zu ihrer Linken.

»Echt jetzt?« Anna folgte. »Alter vor Schönheit.« Sie grinste breit.

»Herzlichen Dank auch.«

Mutter und Tochter wischten auf ihren Geräten herum, ehe sie gemeinsam in die Höhle vordrangen.

»Der Ort wird wohl oft zum Feiern benutzt«, bemerkte Anna und versuchte, nicht auf den Müll und die leeren Flaschen zu treten. Anders als bei den Sieben Stuben kam ihnen hier ein muffiger Geruch entgegen, der mit einer Mischung aus Alkohol und Ammoniak einherging. Was auch immer Menschen dazu animierte, in dunklen Höhlen eine Party zu feiern, für sie kam es niemals in Frage. Warum nicht, war selbsterklärend: Stinkend, dunkel, dreckig, ekelig. Gut möglich, dass die nächste Kneipe zu weit weg war und es sich eher anbot, sich mit den Freunden mitten in der Wildnis zu treffen und dort zu saufen. »Man sieht überhaupt nichts.« Sie schwenkte mit dem Licht hin und her. Ihre Aufnahmen waren schlecht. Je weiter sie voranschritten, umso feuchter und felsiger roch die Luft. Die Wärme von draußen traute sich nicht ins Innere. »Hier geht es weiter«.

Christine rutschte auf etwas aus, schrie auf, fing sich aber sofort. »Dann geh´ weiter.«

Anna bückte sich und leuchtete in den schmalen Durchgang. »Hier hängen überall Motten an der Decke.«

»Echt unspektakulär, oder?«

»Aber hier ist noch ein Durchgang«, sie leuchtete noch einmal auf die schmale Öffnung, durch die man nur durchkrabbeln konnte.

»Dann kriech durch«, hielt Christine ihre Tochter an.

»Ich krabbel da doch nicht durch.« Anna schüttelte den Kopf. »Hinterher packt mich etwas und zieht mich da rein.«

»Besser dich als mich.« Ihre Mutter schrie auf, als sie über einen Stein stolperte.

Anna ließ vor Schreck beinahe das Handy fallen.

Christine leuchtete in die Öffnung. »Okay, da möchte ich jetzt auch nicht rein. Das ist ziemlich eng.«

»Sag ich doch.«

Zugleich drehten sie sich um und liefen zum Ausgang.

»Gleich packt uns etwas und zieht uns wieder in die Höhle«, äußerte Anna ihre Gedanken, als sich ihre Mutter bemühte, sie zu überholen.

»Dich aber zuerst.«

***

Ihren letzten Halt auf ihrer Tour erreichten sie nach dreißig Minuten Fahrt über die K20 nach Andernach. Christine parkte ihren *Ford Puma* auf einem Wanderparkplatz am Brohlbach. »Es ist nicht weit«, deutete sie über die Straße auf den Wegweiser, der die Wanderroute der Wolfsschlucht aufzeigte, und grinste ihre Tochter geheimnisvoll an.

Anna hatte leider nicht auf die Kilometerzahl geachtet, als sie den Weg betraten. Sie war sich nicht sicher, was sie von einer Wolfsschlucht erwartete. Der steinige Pfad, den sie entlangwanderten, ähnelte jedenfalls keiner Schlucht. Links und rechts tummelten sich Büsche aneinander. Es sah aus wie jeder andere Wanderweg in Deutschland. Die kleinen Steine bohrten sich in die Sohlen ihrer leichten Turnschuhe, die für eine solche Tour ungeeignet waren. Als ihre Mutter ihr riet, sie solle an festes Schuhwerk denken, dachte Anna, sie meinte, sie sollte nicht in Sandalen oder Flipflops aufkreuzen. Da waren Sneaker doch ideal. Wer konnte denn ahnen, dass ihre Mutter von Wanderschuhen sprach? So etwas besaß Anna nicht einmal und hielt nichts von der Hitze in solchem Schuhwerk.

Christine blieb stehen und sah auf die Karte auf ihrem Handy. Sie drehte es hin und her. »Es ist nicht mehr weit.«

»Das hast du vor zehn Minuten schon gesagt.«

Der Pfad bog nach links.

»Ha!«, stieß Christine aus und warf einen Blick über ihre Schulter. »Hier ist es.«

Anna folgte ihr. Wie eine Schlucht sah es immer noch nicht aus. Rechts von ihnen ragte eine mit Pflanzen bewachsene Felswand empor. Das sollte die Schlucht sein? Um ihrer Mutter die Freude nicht zu nehmen, schwieg sie.

Christine winkte sie heran. »Schau mal hier.« Sie deutete auf eine kleine, natürliche Brücke aus Erde und Stein, die über einen winzigen Fluss in eine Sackgasse aus Sträuchern führte.

»Ist das die Wolfsschlucht?«, konnte Anna sich jetzt doch nicht verkneifen und sah hinab auf das knöchelhohe Wasser eineinhalb Meter unten ihnen. Der Übergang war maximal mit drei Schritten überquert.

»Sei nicht albern«, tadelte ihre Mutter sie. »Die kommt erst noch.«

Erleichtert darüber, dass die Tour nicht mit diesem Anblick endete, drückte Anna ihrer Mutter ihr Handy in die Hand. »Hier.« Sie marschierte vorsichtig über die feste Brücke aus Erde und Steinen. »Mach bitte ein Foto von mir.« Sie positionierte sich.

Christine ging hin und her und machte ein paar Bilder aus verschiedenen Winkeln.

»Nicht ranzoomen, Mama.«

»Mach ich doch gar nicht.«

»Ich sehe doch, dass du auf dem Display rumwischst.«

»Du bist so klein.« Christine blickte über das Handy hinweg. »Man sieht dich doch gar nicht.«

»Lass das mal meine Sorge sein.« Anna wechselte die Pose. »Dann komm etwas näher, aber pass auf, dass du nicht runterfällst.« Sie kannte die Unachtsamkeit ihrer Mutter, wenn sie auf etwas Bestimmtes konzentriert war. Sie sah sie im Geiste schon den Abhang hinunterrutschen und mit dem Hintern im Bach sitzen.

»Ich passe schon auf.« Christine stöhnte und ließ das Handy sinken. »Ich habe mehrere gemacht.«

Anna eilte über die Brücke und nahm ihr Gerät in Empfang. »Soll ich auch eines von dir machen?« Als ihre Mutter verneinte, widmete sie sich den gemachten Bildern und begutachtete sie.

»Wollen wir durch den Bach?« Christine beugte sich nach vorne und inspizierte den Hang.

Anna blickte auf. »Nein.« Sie wusste nicht, wie ernst es ihrer Mutter war, aber sie drehte sich um und folgte weiter dem Pfad.

»Nothing. We turn around. This Way.«

Verwundert drehte Anna sich um, in Richtung, aus der die Stimme kam. Ihr Blick wanderte über den Bach stromaufwärts. Eine kräftige Frau mit hellbraunem Lockenkopf kam durch das Nass gewatschelt. Ein dünner Mann, der durch eine mit Stäben abgesicherte Höhle lugte, drehte sich um und folgte ihr.

Anna wandte sich ab und schritt ihrer Mutter nach. Schnell holte sie sie ein. »Wir müssen uns auch beim nächsten Mal mit so einer Wanderkleidung ausrüsten«, spottete sie über das Pärchen, die aussahen, wie Bergsteiger, bereute aber ihre Schuhwahl immer noch.

»Welche Wanderkleidung?«

Anna zeigte über ihre Schulter. »Wie das englische Paar, das eben durch den Bach gestiefelt ist und in die Höhle geschaut hatte.«

»Was für ein englisches Paar?«, fragte Christine neugierig. »Höhle? Was für eine Höhle? Ich will auch in die Höhle.« Sie zog die Mundwinkel hinunter. »Ich habe doch gesagt, dass wir durch den Bach gehen sollen.«

Anna verdrehte die Augen. »Ich latsche doch nicht durchs Wasser.« Sie marschierte weiter und machte keine Anstalten, umzudrehen. »Außerdem war da nichts. Sie sind deswegen auch umgekehrt.« Endlich wurde der Weg weicher, als der Steinpfad in einen Waldweg überging. Er war schmaler, aber angenehmer zu gehen. »Ich würde aber zu gerne wissen, was sie hier machen? Ich glaube, es war das Paar, das mit dem Polizisten bei Maria Laach gesprochen hatte«, überlegte sie.

»Na was wohl?« Christine hob die Arme. »Spazieren-gehen.«

»Glaube ich weniger.« Anna spitzte die Lippen. »Die Engländer sahen aus, als wären sie dafür ausgerüstet, hier draußen überleben zu müssen. Mit Rucksack und allem. Sie haben auf jeden Fall etwas gesucht.« Mit dem Schuh-werk, das sie anhatten, hatten sie auf jeden Fall eindeutig keine Probleme.

Christine holte eine kleine Wasserflasche aus ihrem Rucksack und trank einen Schluck. »Woher willst du überhaupt wissen, dass es Engländer waren?«

Anna wischte mit dem Arm den Schweiß von der Stirn. »Mal abgesehen davon, dass sie Englisch sprachen, sah man es ihnen einfach an.«

»Schau mal!« Christine deutete an ihrer Tochter vorbei. Der Weg wurde noch schmaler und bewachsener. »Wir sind da. Wir sind an der Klosterruine Tönisstein.«

»Das ist es?« Anna spähte durch das vergitterte Loch in der Felswand und verzog unbeeindruckt das Gesicht. »Also unter Klosterruine habe ich mir definitiv etwas anderes vorgestellt.« Sie trat auf den Pfad zurück und stemmte die Hände in die Hüfte. »Jedenfalls dachte ich nicht an einen verschlossenen Kerker.«

Christine sah sich um und schaute an der Felswand hinauf. Sie erkannte nichts von dem, was sie zuvor im Internet gesehen hatte. »Das kann es nicht sein«, murmelte sie mehr zu sich selbst.

Das dichte Gestrüpp und die hochgewachsenen Bäume erschwerten ihre Suche.

»Ich befürchte fast«, Anna deutete nach oben zu dem Treppenweg, »dass wir da hoch müssen und es dort weitergeht.«

Christine kramte nach ihrem Handy. »So weit war das nicht.« Sie öffnete die Karte. »Es muss hier sein.« Sie schüttelte den Kopf, fast so, als zweifelte sie an ihrem Verstand. »Vielleicht ist das nur ein Teil von dem alten Sankt Antonius und wir sind erst am Anfang.«

»Sankt Antonius?«

»Ja, die Klosterruine Tönisstein, auch genannt Sankt Antoniusstein«, erklärte Christine und Anna frage sich, ob sie alles für die Tour auswendig gelernt hatte. »Da, wo jetzt die Klosterruine ist, fand man im Dornenbusch ein Bild der Mutter Gottes und brachte es in eine Kirche. Über Nacht war das Bild verschwunden. Man fand es wieder an der ursprünglichen Stelle im Dornenbusch.«

»Gruselig, aber ich glaube an so etwas nicht.«

»Das geschah noch weitere Male«, fuhr Christine unbeirrt fort. »Man errichtete eine Kapelle genau an dieser Stelle.«

»Und wo ist das Bild?«

»Nicht Religiöse haben das Kloster aufgelöst und das Bild in eine Kirche gebracht.«

Anna zog die Brauen hoch. »Komisch, dass es dann doch da geblieben ist«, untermauerte sie ihre Skepsis zu diesem Hirngespinst. »Wie auch immer. Lass uns weitergehen. Sonst finden wir die Ruine nie.« Sie marschierte zu den Stufen. »Wenn da oben nichts ist, können wir ja wieder umkehren.«

Als Zustimmung zu diesem Vorschlag ging Christine ihrer Tochter hinterher. Anna eilte voraus und nutzte die gewonnene Zeit, bis ihre Mutter oben war, um sich an das Holzgeländer zu lehnen, und den Blick durch das Tal auf sich wirken zu lassen. Von unten hatte die steile Felswand auf jeden Fall bedrohlicher gewirkt. Jetzt sah sie den Weg, den sie gekommen waren, und das viele Grün der verschiedenen Pflanzen und Bäume, die so dicht waren, dass sie nicht einmal die Straße erkennen konnte, die, so glaubte sie, direkt nebenan liegen müsste.

»Jetzt brauche ich kurz eine Pause«, hechelte Christine, als sie oben ankam. Sie ließ den Rucksack zu Boden gleiten und stemmte ihre Hände auf die Knie.

Anna drehte sich lächelnd zu ihrer Mutter um, die in ihrer lässigen Kleidung jünger wirkte, als so manch andere in ihrem Alter, und verkniff sich einen neckischen Satz. Abwartend verschränkte sie die Arme und lehnte sich wieder an das Geländer. Nicht sehr viele Mutter-Kind-Gespanne unternahmen solche Ausflüge gemeinsam oder verreisten zusammen in den Urlaub. Da waren sie schon immer anders als andere. Das mochte zurzeit mehr denn je auch daran liegen, dass sie beide keine Partner hatten. Ihre Mutter zog gerne los und genoss das Leben ohne Begleitung. Anna war der Gegensatz von ihr. Sie würde niemals alleine auf eine Party fahren. Ihr Vater war da genauso. Irgendetwas musste sie schließlich von ihm haben. Sie beide wären eher bereit, jemanden mitzunehmen, den sie nicht leiden konnten. Wahrscheinlich ergänzten sich Mutter und Tochter deshalb bei diesem Thema so gut.

»Okay«, verkündete Christine nach der kurzen Verschnaufpause und zog den Rucksack auf. »Weiter geht´s.«

Anna stieß sich vom Geländer ab und lief ihrer Mutter hinterher. Links zog sich eine nie endende Felswand über den Wanderweg, rechts zogen die holzigen Balken mit.

»Mama.« Anna blieb stehen.

»Hast du etwas gefunden?«

»Ich glaube hier gibt es nichts.« Sie zeigte um sie herum. »Es sieht alles gleich aus.«

Christine kniff die Augen zusammen. »Warte mal.« Sie schob ihre Tochter beiseite und trat an das Geländer heran. »Wir sind da.«

»Das hast du gerade auch schon mal gesagt.«

Unvermittelt zog Christine ihrer Tochter am Arm. »Da.« Sie deutete auf den dicht bewachsenen Teil zu ihrer Rechten.

»Krass!« Anna machte große Augen. »Das kann man ganz leicht übersehen.« Verwundert sah sie sich um. »Warum ist das Geländer durchgehend, wenn hier die Ruine ist.«

»Sie ist denkmalgeschützt.« Christine hielt die Riemen ihres Rucksacks fest. »Vielleicht soll man das nicht betreten.«

Anna kletterte auf das naturbelassene Holz des Zauns. »Ich sehe kein Betreten-Verboten-Schild.« Sie zog schmunzelnd die Brauen hoch.

»Ich auch nicht«, stimmte Christine ihrer Tochter zu und schwang sich ebenfalls über das Geländer.

Obwohl kein Schild ihnen Einhalt gebot, kamen sie sich trotzdem vor, als täten sie etwas Verbotenes. Es war ungewöhnlich, dass sie über den Zaun klettern mussten, um zu einem Touristenziel zu gelangen. Waren sie von der falschen Seite gekommen? Außer viele Sträucher, die einem Dschungel glichen, konnten sie keinen anderen Weg ausmachen. Wahrscheinlich mussten sie nur erst verstehen, dass in der Vulkaneifel nicht alles zum Schutz oder zum Verbot richtig abgesperrt wurde. Nicht wie in Nordrhein-Westfalen. Dort führte nur eine Beschwerde eines Idioten, der selbst nicht aufpassen konnte, zu einem Verbarrikadieren. Wie die Treppe, die *Penny* und *Rewe* verband. Ein paar Kommentare hier, eine Unachtsamkeit dort und sie war für Monate mit einem hohen

Gitter gesperrt worden. Man konnte die Verbindungs-
treppe nicht mehr nutzen und durfte außen um das
Gelände latschen.

Wenn die Klosterruine ein Touristenziel war, warum
gab es keine Beschilderung? Oder hatten sie diese
übersehen?

»Eine Machete wäre nicht verkehrt gewesen.« Anna
drückte die Äste und Zweige beiseite.

»Fast wie bei *Indianer Jones*«, amüsierte sich Christine,
wobei der Vergleich nicht wirklich passend war. Es
erinnerte sie eher an ein Rätselspiel, das sie in den
Neunzigern auf dem Computer so gerne gespielt hatte:
Yucatan - Das Gold der Mayas.

Ein steiniger Torbogen ragte vor ihnen in die Höhe
und wirkte wie eine Pforte zu einer anderen Welt.

Anna musste unweigerlich an *Der Herr der Ringe*
denken. »Mellon«, zitierte sie. »Sprich Freund und tritt
ein.« Für sie glich das Tor einem Eingang in eine
mystische Welt von Feen und Kobolden, als jenes zu den
Zwergen.

Christine verzog das Gesicht. »Was meinst du?«

»Schon gut.« Dieser Anblick hatte etwas Unwirk-
liches an einem naturbelassenen Waldstück wie
diesem, sodass Anna den massiven Stein berührte, um
herauszufinden, ob er wirklich dort stand oder im
nächsten Moment in der schwülen Hitze des Waldes
vor ihren Augen verschwinden würde wie eine Fata
Morgana.

»Richtig abenteuerlich.« Christine schritt durch den
Torbogen und duckte sich unter dem Geäst hindurch,

das quer über den kaum als Weg zu erkennenden Pfad hing. »Pass hier gleich auf, ja?«

Anna löste sich von der Ruine und zog den Kopf ein, als sie ihrer Mutter durch den verhangenen Gang folgte. »Ich sagte ja bereits, dass eine Machete gut gewesen wäre.«

»Kommt auf die Liste, neben Taschenlampe, Wanderstock und Seil.«

Mutter und Tochter sahen sich um. Eine weitere Ruine erschien vor ihnen zwischen den Baumkronen.

»Was ist?«, fragte Anna, als ihre Mutter ihr ihren Rucksack hinhielt.

»Ich muss mal.« Christine deutete mit einem Schütteln des Rucksacks an, dass es eilig war.

»Echt jetzt?«, stöhnte ihre Tochter und griff schroff nach dem Gepäckbündel. »Da willst du jetzt hinpinkeln?«, fragte sie, als ihre Mutter sich genau neben der Ruine niederließ. »Wie war das mit denkmalgeschützt?«

»Ist doch nur Natur.« Christine ließ laufen.

»Ich glaub's nicht.« Kopfschüttelnd fasste Anna sich an die Stirn. »Vielleicht ist das hier ein heiliger Ort oder so«, gab sie zu bedenken und hielt den Rucksack hoch, damit ihre Mutter sich aus dem Seitenfach das Desinfektionsmittel für die Hände herausnehmen konnte.

Christine steckte alles wieder weg, nahm ihrer Tochter den Rucksack ab und schwang ihn sich wieder auf den Rücken. »Ich dachte du glaubst nicht an so etwas.«

***

Ein paar Bilder mit dem Handy später entschieden sich Anna und Christine für den Rückweg. Die Klosterruine mitten im Gebüsch gab tolle Aufnahmen her. Sie zeigte sich mit den hochgewachsenen Ranken, die sich um die Mauer schlängelten, von der besten Seite. Unnatürlich wirkende Steine inmitten von Wurzeln, Gestrüpp, Bäumen und Sträucher. Ein Lost-Place wie er im Buche steht.

»Attention! There are holes!«

Anna erschrak bei der plötzlich auftauchenden Männerstimme, während Christine nur kurz zuckte. »Was?«

»Attention!«, wiederholte der schlaksige Mann, der unvermittelt vor ihnen auftauchte. »There are holes in the ground.« Eine Frau mit Speck auf den Hüften trat neben ihn.

Anna musterte sie und erkannte sofort nicht nur den braunen Lockenkopf wieder, sondern auch die viel zu übertriebene Wanderausrüstung. Es war das englische Pärchen vom Bach.

»Holes?«, fragte Christine eher verblüfft, denn sie war der englischen Sprache durchaus mächtig. »Where?«

»Over there.« Die Lockenfrau zeigte in die Richtung. Ihre Ausrüstung raschelte bei der Bewegung.

»Thank you.« Anna lächelte den beiden höflich zu und schob ihr Unbehagen dieser komischen Situation in den Hintergrund. »We are careful.«

Stolz über ihre gute Tat nickte und lächelte das Pärchen ihnen zu. »Have a nice day.«

»Bye.«

»Bye.«

So schnell wie sie aufgetaucht waren, verschwanden sie auch wieder. Anna hatte ein merkwürdiges Gefühl, das sie nicht deuten konnte.

»Du hattest Recht«, holte Christine sie aus ihren Gedanken. »Es waren wirklich Engländer. Das hat man sofort gehört.«

»Was meinen sie für Löcher im Boden?«

Sie tauschten Blicke und gingen gespannt in die Richtung, aus der die Wandertouristen gekommen waren. Ein etwa dreißig Zentimeter großes Loch tauchte in der weichen Ebene vor ihnen auf und sah aus, als habe man es in die Erde gestanzt.

»Krass!«, stieß Anna verblüfft aus. »Da ist einfach ein Loch im Boden ohne Warnschild und Absperrung.« Sie trat näher heran und lugte hinein. »Pechschwarz.« Sie zückte ihr Handy und leuchtete nach unten.

»Sehr nett, dass sie uns gewarnt haben«, lobte Christine und sah in dem Moment in das Loch, als ihre Tochter hineinleuchtete.

»Vielleicht haben sie beobachtet, wie du diese heilige Stätte entweiht hast.« Anna bewegte das Handy hin und her, sah aber nur wenig. Sie traute sich nicht, sich auf den Boden zu legen und ihren Arm durch die Öffnung zu stecken, aus Angst, jemand könnte danach greifen und sie hineinziehen.

»Sehr witzig.« Christine holte hier Handy heraus, ging in die Hocke und streckte den Arm in das Loch.

»Lass das Ding bloß nicht fallen«, äußerte Anna ihre Bedenken laut und war über den Mut ihrer Mutter verwundert.

Christine zog den Arm wieder hinaus. »Sieht aus wie eine Kammer oder so. Viel sehen konnte ich aber nicht.« Sie erhob sich und klopfte sich ihre Hose ab.

»Die beiden von eben bestimmt schon.«

»Hör jetzt auf«, tadelte sie ihre Tochter.

Anna stieß einen Seufzer aus. »Ich meinte doch jetzt nicht deine Pinkeleinlage. Die beiden hatten bei ihrer ganzen Ausrüstung bestimmt eine ordentliche Taschenlampe dabei.« Sie sah sich um. »Da sind noch mehr Löcher im Boden.«

»Vielleicht waren das damals Stuben oder so etwas«, überlegte Christine. »Als es noch ein richtiges Kloster war.«

»Vielleicht wurden auch Leute darin eingesperrt.«

Christine rollte mit den Augen. »Du schaust zu viele komische Filme.«

Anna ließ die Augenbrauen tanzen und grinste verschwörerisch.

»Lass uns zum Auto gehen«, dirigierte Christine.

Anna tippte auf den Auslöser und schoss ein paar Fotos, ehe sie ihrer Mutter folgte. »Ich glaube immer noch, dass die Englisch-Wanderer irgendetwas gesucht haben.«

Am Torbogen duckten sie sich unter dem Geäst hindurch und kletterten über den Zaun zurück auf den Wanderweg.

***

Christine und Anna entschieden sich dafür, den Rückweg leichter zu gestalten. Anstatt durch den stickigen Waldweg zu stapfen, wo die Luft drückend über ihnen lag, gingen sie auf dem Bürgersteig an der L 113 Richtung B 412 zurück zum Auto.

»Mich würde immer noch interessieren, was sie hier suchen?« Anna verschränkte die Arme, bereute es sofort, als das klamme Top gegen ihren Bauch drückte. Sie senkte sie wieder. Der Rückweg kam ihr länger vor, als durch den Dschungel, aber das Atmen war hier einfacher.

»Wen meinst du?« Christine sah sie an, als würde ihre Tochter eine andere Sprache sprechen.

»Na die Engländer.«

»Ach«, machte ihre Mutter genervt. »Was sollen sie schon suchen?«

Anna folgte Christine, die eine Abzweigung nach rechts nahm, um auf dem Bürgersteig zu bleiben. »Keine Ahnung. Es sah aber nicht so aus, als wären sie nur auf einem Spaziergang.« Die Abzweigung nach links hätte unmittelbar zu einem großen Gebäude geführt, das sie von der Straße aus sehen konnten. Von hier konnte man in die Zimmer schauen, die keine Vorhänge vorgezogen hatten. Viele Zimmer sahen auf den ersten Blick leer aus. »Das Hotel läuft wohl nicht so gut.« Es war alles andere als eine einladende Hotelanlage. Nur der Eingangsbereich schien belebt und hell.

»Das ist wohl eher ein Heim«, korrigierte Christine, sah aber kein Schild. »Ein Altenheim, schätze ich.«

»Nicht sonderlich hübsch.«

»Ich glaube der Charme liegt hier an der Abgeschiedenheit«, vermutete sie. »Manche fühlen sich bestimmt wohler, wenn sie am Wald leben.«

Anna rümpfte die Nase und trottete ihrer Mutter hinterher. Die Einfahrt zum Gelände des mutmaßlichen Heims mündete an beiden Seiten auf die L 113. Auch an der rechten Zufahrt war kein Schild zu sehen. Ein winziger Park tauchte zu ihrer Linken auf und versuchte, den Straßenrand zu verschönern, auf dem nur eine Bank an einer hohen Mauer stand und kläglich einem einzelnen Blumenkübel Gesellschaft leistete.

»Hier will ich aber nicht meine letzten Jahre verbringen«, meinte Christine und hatte offenbar den gleichen Gedanken wie ihre Tochter. »Da sitzt du auf einer Bank mitten an der Straße, glotzt wie blöde dahin und dann kommt hier nicht einmal ein Auto vorbei.«

Wenige Schritte gingen sie weiter.

»Mama!?«

Christine drehte sich zu ihrer Tochter um.

Anna war stehengeblieben und deutete auf etwas. »Sieh nur.« Wie ein Fleck in der Natur, der nicht dort zu sein hatte, lugte der Gegenstand zwischen Löwenzahn und Efeu hervor. »Was macht das hier?« Sie sah sich ringsherum um und hatte augenblicklich das Gefühl, beobachtet zu werden.

Christine starrte auf den silbernen Bilderrahmen, der ein Foto rahmte. »Ein Familienfoto.«

Die Ablichtung sah aus, wie ein spontan aufgenommenes Bild in einem Wohnzimmer. Links war der Vater, bei dem man eindeutig annehmen konnte, dass die Menschheit von Affen abstammte, was die Evolutionstheorie von Charles Darwin unterstützte. Rechts war eine freundliche Mutter zu sehen, deren blondierte Haare einen dunklen Ansatz preisgaben und mit ihrem Lächeln und ihrer Figur Ruhe und Gemütlichkeit ausstrahlte. Vor ihnen standen zwei Kinder. Der Junge hatte seine Mutter größenmäßig fast eingeholt. Mit seinen blonden Locken und der runden Brille hätte er glatt als deutscher Harry Potter verkauft werden können. Seine jüngere Schwester lächelte wie ein kleiner rotblonder Engel in die Kamera. Ihre schulterlangen Haare waren ordentlich hinter die Ohren gelegt, sodass ihr Pony wirr über die Stirn fiel. Die Farben des Bildes waren wegen der terrakottafarbenen Wand und der Kleiderwahl kräftig und bunt.

»Dass es eine Familie ist, sehe ich auch«, meinte Anna neunmalklug und sah sich erneut um. »Was macht das hier?«

»Vielleicht ein Andenken?«, überlegte Christine laut und zuckte mit den Schultern. »Vielleicht sind sie verunglückt und man wollte kein Kreuz aufstellen.«

»Meinst du nicht, dann wären hier Kerzen aufgestellt und es lägen Stofftiere hier rum?« Anna breitete die Arme aus.

»Vermutlich schon, ja.« Christine kniff die Augen zusammen und beugte sich vor, um das Bild genauer zu inspizieren. Aufheben wollte es keiner von ihnen. »Sieht aus, als stammt das Bild aus den Neunzigern. Sehr späten Neunzigern.«

»Ich will ja nichts sagen«, Anna wartete, bis ihre Mutter sich von dem Bild abgewandt hatte und sie ansah, »aber das Foto hier, so ganz allein am Wegesrand, ohne sonst was, ist schon wirklich creepy. Sogar noch viel gruseliger, als die Engländer, die uns verfolgen.«

»Sie haben uns nicht verfolgt.«

»Ja, ja.« Anna winkte ab. »Das ist wie ein schlechter Horrorfilm.«

»Mach ein Foto«, forderte Christine ihre Tochter auf, ohne auf ihre Bemerkung einzugehen.

Anna legte den Kopf schief. »Warum sollte ich ein Foto davon machen?«

»Wer weiß, wofür man es noch einmal braucht.«

Nicht nur, weil Anna keine Lust hatte, mit ihrer Mutter zu diskutieren, machte sie ein Foto von dem Bild mit ihrem Handy. Es konnte schließlich kein Zufall sein, dass jemand diesen Bilderrahmen dort drapiert hatte. Sie wusste, dass es ihr keine Ruhe lassen würde. Die lächelnden Gesichter der Familie hatten sich bereits in ihr Gehirn eingebrannt.

»Vielleicht schreibst du irgendwann ein Buch darüber«, scherzte Christine.

»Na klar.« Anna rollte mit den Augen.

Ihre Mutter fuhr mit der Hand durch die Luft, als würde sie über ein imaginäres Schild streifen. »Titel: Familie unbekannt.«

***

Nach einem harten Start in die Woche ließ Christine sich mit einem Kaffee geschafft auf die weiche Couch fallen. Sie trank einen Schluck mit kräftigem Genuss, bevor sie die Tasse vor sich auf den Wohnzimmertisch abstellte und die Fernbedienung ergriff. Sie schaltete den Fernseher ein und wählte einen Film bei Netflix aus, den sie sich vor einigen Wochen gespeichert hatte. Um ein Buch oder eine Zeitung zu lesen, war keine ausreichende Kapazität an Konzentration übrig. Sie rieb sich die müden Beine, als sie sie hochlegte, die sich seit dem vielen Laufen am Wochenende dicker anfühlten, als vom Stehen in ihrem Geschäft. An Tagen wie diesen fragte sie sich manchmal, wie lange sie ihre Arbeit wohl noch machen könnte, wenn Ausflüge ihr schon so zu schaffen machten. Nicht, dass sie schon alt war, sie ging noch lange nicht auf die Rente zu. So schnell würde man sie nicht von ihrem Traum abbringen. Auch ihr alternder Körper nicht. Lange genug hatte ihr Blödmann von Ehemann sie klein gehalten und ihr ausgeredet, ein Second-Hand-Geschäft zu eröffnen oder ihr gar zugetraut, eines zu führen. Und siehe da: Es lief besser, als sie erwartet hatte. Es war eben nur ab und an kräftezehrend. Die Gedanken an ihren erfüllten Lebenstraum zauberten ihr ein Lächeln auf das Gesicht.

Das Klingeln ihres Handys riss Christine aus ihren Tagträumen. »Hallo?«, nahm sie den Anruf entgegen.

»Ich bin's«, meldete sich Anna. »Bist wohl gut gelaunt.«

Christine pausierte den Film und beugte sich nach vorne, um nach ihrer Tasse zu greifen. »Wie kommst du darauf?«

»Du klingst fröhlich.«

Christine nippte amüsiert an ihrem immer noch heißen Getränk. »Ich hatte einen schönen Tag. Wie war deiner?«

»Ganz okay.« Annas Stimme hörte sich abgehetzt an. »Außer, dass ich bald durchdrehe.«

»Warum? Schlechter Wochenstart nach dem schönen Wochenende? Hat dich der Praktikant wieder genervt?«

»Nein.« Anna machte eine kurze Pause und atmete laut in den Hörer. »Doch, aber um den geht es nicht. Deswegen rufe ich nicht an.«

Christine trank noch einen Schluck und wartete ab.

»Es geht um das Bild.«

»Welches Bild?«

»Wie? Welches Bild?« Anna schnaufte. »Das Familienfoto aus der Vulkaneifel. Vor drei Tagen.«

»Achso«, stöhnte Christine. »Das meinst du. Wie konnte ich das nur vergessen, wo du mich doch seit drei Tagen täglich damit um den Verstand bringst.«

»Genau darum geht es, Mama. Es findet sich nichts. Ich habe nach Autounfällen gegoogelt. Keine Familie in dieser Konstellation ist in den letzten Jahren an dieser Stelle dort verunglückt. Nichts!« Anna seufzte. »Ich möchte unbedingt wissen, was es damit auf sich hat. Ich träume sogar schon davon. Und von diesen Engländern auch.«

»Ich weiß, was du meinst.« Christine war es nicht anders ergangen. Den ganzen Sonntag, einen Tag nach dem Ausflug, hatte sie selbst das Internet durchsucht, aber keine Anhaltspunkte gefunden. »Ich habe nur eine Geschichte von verschwundenen Kindern bei Maria Laach entdeckt. Ich glaube, das passt aber nicht zu unserem Bild.«

»Wieso nicht?«

»Nein, das passt wirklich nicht, Anna. Viel habe ich nicht darüber gelesen. Es gab nur ein paar Hinweise auf einen bestimmten Täter, konnte aber wohl nicht bewiesen werden. Er sitzt aber wegen etwas anderem ein. Versuchter Mord oder so.«

»Nein, das passt tatsächlich nicht«, bestätigte Anna. »Vielleicht haben die Engländer es dort abgestellt«, sinnierte sie in der Hoffnung auf eine passende Antwort, die sie ruhigstellen würde.

Christine schüttelte den Kopf, auch wenn ihre Tochter es nicht sehen konnte. »Das denke ich nicht. Warum sollten sie ein Foto dort abgestellt haben?«

»Warum sollte es überhaupt irgendwer dort abgestellt haben, wenn es keinen Unfall und kein Unglück gab?«, konterte Anna.

Es war eine berechtigte Frage. Das Bild sah keineswegs so aus, als hätte es dort jemand verloren. Es war vielmehr extra positioniert worden. Die Frage war nur: Wieso und von wem?

»Weißt du was?« Christine stellte die Kaffeetasse ab. »Am Wochenende machen wir doch die zweite Tour.«

Anna wartete schweigend ab.

»Wir fahren quasi auf dem Rückweg daran vorbei. Wieso machen wir nicht einen kleinen Schlenker nach Andernach und schauen noch einmal nach dem Foto.«

»Willst du wirklich extra noch einmal da hin fahren?«

»Wieso denn nicht?«

»Okay«, stimmte Anna zu. »Ich freue mich auf unsere zweite Tour.«

»Ich mich auch.«

Sie verabschiedeten sich. Christine legte mit einem Lächeln das Handy neben sich, nahm die Tasse, drückte den Film wieder an und trank genüsslich ihren Kaffee aus. Die Vorfreude auf die nächste Tour mit ihrer Tochter hatte die Schwere in ihren Beinen wie weggefegt und der Drang nach Abenteuer bahnte sich einen Weg zurück.

***

Ihre nächste Mutter-Tochter-Tour hatte Christine und Anna nach Cochem verschlagen. Nach einem morgendlichen Marsch der Wandertour von fast zwei Stunden hatten sie die Burgruine Winneburg erreicht und ihr zweites Frühstück dort eingenommen, um sich für den ebenfalls zweistündigen Rückmarsch zu stärken. Da war ein kräftiges Omelett mit viel Eiweiß genau das Richtige. In Cochem nahmen sie an der Führung im Bundesbankbunker teil. Danach schlenderten sie durch die Stadt an den historischen Häusern vorbei, die an längst vergangene Zeiten erinnerten. Auf dem Marktplatz genehmigten sie sich in einem niedlichen Café, das den Charme der Altstadt widerspiegelte, einen Kaffee und fuhren anschließend zurück Richtung Nordrhein-Westfalen.

»Willst du wirklich noch nach Andernach zu der Stelle fahren?« Anna sah ihre Mutter vom Beifahrersitz aus an und legte die Stirn in Falten.

Christine warf den Kopf ruckartig zur Seite, als habe sie sich verhört. »Du etwa nicht?« Sie konzentrierte sich wieder auf die Straße, als das Navigationssystem ihr die Richtung vorgab. »Ich dachte das stand zum Abschluss auf unserem Plan.« Die Beschilderung wies bereits Andernach aus. Weit war es nicht mehr. »Gerade du warst doch so heiß darauf, noch einmal dort hin zu fahren.«

»Ja, das war der Plan.« Anna kaute, im Zwiespalt zwischen Neugier und Verstand, auf ihrer Unterlippe herum. Sie hatten das Vorhaben, auf dem Rückweg nach dem Bild zu sehen, noch vor ein paar Tagen besprochen und es stand zeitlich auf ihrer Route. Die Digitaluhr des Autos wies gerade einmal fünfzehn Uhr aus. Je näher sie ihrem Ziel kamen, umso mehr schrie etwas in ihr, dass sie es auf sich beruhen lassen sollten. Wäre da nicht ihre verdammte Neugier. Und das alles wegen eines Fotos, mit dem sie nichts zu tun hatten. Vielleicht ist gerade das Ungewisse das, was sie und ihre Mutter antrieb. Unbeantwortete Fragen trieben die Menschheit schon immer an. Sind wir alleine in der Galaxie? Warum haben wir Schluckauf? Was war zuerst da: Ei oder Huhn? Es liegt demnach in ihrer Natur, Fragen beantwortet zu wissen, und es macht wahnsinnig, wenn sie unbeantwortet bleiben.

»Du hast mir doch die ganze Woche ich den Ohren gelegen«, holte Christine sie aus den Gedanken. »Du hast mich schon zu sehr damit angesteckt, als dass ich jetzt einfach nach Hause fahren würde.«

Anna schmunzelte über die Entschlossenheit ihrer Mutter. Sie wünschte sich, den gleichen hartnäckigen Unternehmungsgeist zu besitzen, der sie kontinuierlich mit so viel Power versorgte. Sie überließ Entscheidungen niemals anderen. Ein Grund, warum ihre Mutter immerzu die Touren und Routen plante. Wahrscheinlich war es die Freiheit, die sie nach der Trennung immer noch verspürte. Entfesselt versuchte sie, keine weiteren kostbaren Jahre ihres Lebens zu vergeuden. Sie waren eine perfekte Ergänzung, denn Anna überließ lieber jemand anderem die Entscheidung und war mit allem zufrieden.

»Du hast ja, wie immer, recht«, gab Anna in dem Moment zu, als das Navigationssystem sie zur Ausfahrt trieb. »Dieses Bild wird uns sonst gar nicht mehr in Ruhe lassen.«

***

Christine wischte umständlich über das Display des Handys und drehte sich mit der Karte um die eigene Achse. »Ich glaube, hier müsste es sein.« Sie vergrößerte sie mit zwei Fingern.

Anna sah sich um, erkannte aber nichts wieder. Bei ihrer ersten Tour waren sie aus der anderen Richtung gekommen. Gut möglich, dass der Seitenwechsel sie in die Irre geführt hatte. »Gib mal her das Ding.« Sie hielt fordernd die Hand hin.

Christine gab ihrer Tochter das Handy.

»Leben am Limit?«, fragte Anna provokant und ließ ihre Finger gekonnt tanzen.

»Was?«

»Du hast nur noch dreißig Prozent Akku.«

Christine zuckte die Schultern.

»Wolltest du dich nicht besser auf die nächsten Touren vorbereiten?«

»Das reicht doch noch.«

Anna schüttelte verständnislos den Kopf. »Da war doch...«, murmelte sie vor sich hin und wischte über das Display. »Ha! Ich hab's!« Sie gab ihrer Mutter das Handy zurück. »Wir müssen noch ein Stück weiter. Dann kommt eine Kurve und dann sind wir da.«

»Woher weißt du das?«

»Da war doch dieses Hotel.«

»Das war kein Hotel«, korrigierte Christine ihre Tochter.

Anna winkte ab. »Ist doch egal.« Sie lief los. »Jedenfalls habe ich das Gebäude auf der Karte gesehen. Ist nicht mehr weit.«

Kommentarlos trottete Christine hinterher. Wenige Minuten später erkannte sie die hohe Mauer, die wie aus dem Nichts die Straße zu einer Schlucht zauberte. Dann sahen sie den Park.

Anna blieb abrupt stehen. »Es ist nicht mehr da!«, stellte sie mit einer Mischung aus Enttäuschung und Vorahnung fest. »Das Bild ist weg!«

»Mhh«, machte Christine und steckte ihr Handy zurück in ihren Rucksack. »Das war ja fast zu erwarten, wenn wir ehrlich sind. Nicht jeder würde es, wie wir, einfach da stehen lassen. Gut möglich, dass es jemand mitgenommen hat.« Sie sah sich um. »Ist das auch ganz sicher die Stelle?«

»Einhundert Prozent sicher.« Frustriert atmete Anna aus. Sie hatte nicht wirklich erwartet, dass das Familienfoto noch hier war. Es sprach jetzt erst recht einiges dafür, dass es nicht aufgestellt wurde, um jemanden zu ehren. Oder es wurde tatsächlich geklaut. Aber was hätte jemand davon? Es war schließlich nur ein Foto von irgendeiner Familie.

»Schau doch mal auf das Foto, was du von dem Bild gemacht hast. Ob es garantiert die Stelle ist«, forderte Christine.

»Ich brauche nicht auf das Foto gucken, Mama«, stöhnte ihre Tochter. »Das ist die Stelle. Todsicher.«

Sie wollte zumindest wissen, wer es dort platziert hatte. Sie sah sich um. Plötzlich kam ihr eine Idee. »Komm mit.«

***

»Ich sagte doch, dass es ein Altenheim ist.« Christine grinste triumphierend.

Anna steckte ihr Smartphone weg. »Seniorendomizil«, korrigierte sie besserwisserisch, nachdem sie gegoogelt hatte.

Das Einzige in der Nähe der Fundstelle des Bildes war diese Wohngemeinschaft für ältere Menschen und ein abrissreifes, eher einem großen Schuppen ähnelnden Häuschen. Wenn jemand irgendetwas über das Familienfoto wissen konnte, dann diese Senioren. Es war schließlich praktisch nebenan. Weit und breit war ansonsten nicht viel.

»Wir gehen da trotzdem nicht rein.« Christine hielt die Idee ihrer Tochter nicht nur für absurd, sondern moralisch und rechtlich für fraglich. Es gab keinen berechtigten Grund für eine Lüge. Interesse ist kein Grund, um jemanden für dumm zu verkaufen. »Du kannst doch nicht einfach so tun, als ob, und die Leute ausfragen.«

Anna verschränkte die Arme und verdrehte die Augen unter der Moralpredigt ihrer Mutter. »Da ist doch überhaupt nichts Schlimmes dran. Wir tun ja keinem weh.«

»Außer die Lüge selbst, die jemanden verletzen könnte.«

»Eine Notlüge«, präzisierte Anna und wunderte sich, dass ihre Mutter ein Problem mit ihrem Einfall hatte, wo sie doch sonst nie vorher überlegte, bevor sie sprach.

»Unter einer Notlüge verstehe ich aber etwas anderes«, murmelte Christine und folgte ihrer Tochter, die sich von ihrem Vorhaben nicht abbringen ließ.

»Vielleicht müssen wir ja gar nicht erst lügen.«

Nach dem winzigen Park bogen sie rechts in die großzügige Einfahrt. Die vielen Parkplätze vor dem Gebäude waren leer. Anna fragte sich, wie oft die Liebenden hier besucht wurden. Schnurstracks gingen sie auf den Eingang zu, vor dem eine Bank, ein Tisch und ein einzelner, unbesetzter Stuhl Wache schoben. Gerade als Anna einen Blick durch die große Glasschiebetür erhaschen wollte, öffnete sie sich und eine korpulente Frau mit kurzen schwarzen Haaren trat hinaus.

»Oh«, machte sie verwundert, aber entzückt, als kämen nicht oft Leute vorbei. Das Geschirr auf dem Tablett klirrte in ihrer Hand. »Guten Tag. Einen kleinen Moment, bitte, dann bin ich sofort bei euch.« Hinter ihr kam ein faltiger Greis hergetrottet, der mit seinem Stock kaum folgen konnte. Sie stellte das Tablett sorgsam auf dem Tisch ab. »So. Das hätten wir, Herr Peschke.« Sie deutete lächelnd auf den Stuhl. »Genießen Sie Ihren Kaffee in der warmen Sonne. Das wird Ihnen richtig gut tun.«

Mutter und Tochter tauschten einen kurzen Blick. Was auch immer dieses Heim ausmachte, war weder die Lage an der Straße, noch das Gebäude. Von außen sah es aus, als hätte es schon vor Jahrzehnten eine Renovierung und vor einem Jahrhundert eine Sanierung benötigt. Es gab außer die winzige, eher notdürftige, Parkanlage nichts, damit sich ein Opa am Stock die Beine vertreten konnte. Wohl kaum nutzten die alten Heimbewohner die umliegende Wanderstrecke durch den dichten Dschungel.

»Wie kann ich Ihnen weiterhelfen?« Die Frau mit dem polnischen Akzent rieb sich die Hände, als könne sie die nächste Arbeit kaum abwarten. Wenn diesem Heim Herzlichkeit innewohnte, dann ausschließlich wegen ihr. »Ich bin Schwester Swetlana.« Sie zeigte auf ein Schild an ihrer Brust, auf dem ihr Name stand. »Sind Sie hier, um jemanden zu besuchen?«

»Ja. Das sind wir.« Anna setzte ihr liebstes Lächeln auf, das bei ihrem Vater leider nie gezogen hatte. Sie hoffte, dass ihre Mutter mitziehen würde. »Meine Mama und ich waren neulich hier und haben«, sie holte ihr Handy heraus und öffnete die Galerie, »dieses Familienfoto entdeckt.« Sie hielt es der Schwester hin. »Wissen Sie, wem es gehört?«

»Kennen Sie jemanden von diesem Foto?«

»Nein, nicht wirklich.« Anna schüttelte den Kopf.

»Was heißt denn: Nicht wirklich?« Die Mitarbeiterin des Seniorendomizils wirkte misstrauisch.

»Nein«, Anna schüttelte erneut den Kopf. »Wir kennen keine Person, die auf diesem Foto zu sehen ist.«

So viel zum Thema Notlüge.

Das hatte sie sich eindeutig einfacher vorgestellt. »Wissen Sie denn, wem das Foto gehört?«, wiederholte sie ihre Frage.

Die Schwester sah von Mutter zu Tochter. »Ja, das weiß ich.«

»Sagen Sie uns auch, wem?«

Swetlana schüttelte den Kopf. »Tut mir leid.«

»Schade«, schaltete sich Christine ein. »Eine gute Freundin meiner Mutter, Gott hab sie seelig, hatte so ein Bild bei sich zu Hause. Ich habe sie ab und zu bei ihr zu Hause abgeholt, damit sie nicht mit dem Taxi fahren musste. Sie war schlecht zu Fuß.« Sie streckte der Schwester ihre Hand hin. »Ich bin Christine und das ist meine Tochter, Anna.« Sie zeigte erst auf sich, dann auf ihr Kind. »Ach«, machte sie theatralisch. »Die Frau war immer so lieb und hat mir immer etwas für meine Tochter zum Naschen mitgegeben. Sie war meiner Mutter in der letzten Zeit vor ihrem Tod eine große Hilfe. Psychisch gesehen, wenn Sie verstehen.« Sie machte eine kurze Pause und hoffte, dass sie mit ihrer Vermutung, dass das Bild einer Frau gehörte, richtig lag. Fünfzig-Fünfzig-Chance. »Ich kann mich natürlich auch täuschen. Das ist schon ein bisschen her.« Sie lächelte scheinheilig.

Anna glotze ihre Mutter bei ihrem erfundenen Geschwafel mit hochgezogenen Augenbrauen an.

Swetlana sah die beiden noch einmal eindringlich an. »Das Bild gehört der lieben Else.«

»Else?«, wiederholte Christine. »Das könnte der Name gewesen sein. Sie ist hier in diesem Heim?«

Die Schwester nickte zustimmend.

»Dürfen wir sie besuchen und mit ihr sprechen.«

»Wissen Sie«, die Frau faltete die Hände vor sich, »normalerweise können Besuche nur nach vorheriger Anmeldung stattfinden.«

Anna sah ihre Mutter eindringlich an und merkte, wie sie immer roter wurde.

»Das ist sehr schade«, sagte Christine und war bemüht, ein betrübtes Gesicht zu machen. »Nicht schlimm. Wir kommen zwar aus NRW, aber wir können uns gerne anmelden und ein anderes Mal wiederkommen.«

»Wie lautet ihr Nachname?«

»Bitte?« Christine war über diese Frage verwundert und hatte kurz Angst, dass ihre Lüge aufgeflogen war.

»Wie heißen Sie mit Nachnahmen?«, wiederholte Swetlana ihre Frage.

»Böhmer.« Christine räusperte sich. »Meine Tochter und ich heißen Böhmer mit Nachnamen.«

Die Schwester sah beide noch einmal abwechselnd in die Augen. »Wissen Sie was?« Sie machte eine Handbewegung, um ihr zu folgen. »Else freut sich sicher über Besuch.«

Anna blickte sich zu allen Seiten um, ehe sie in das Heim trat. Sie hatte das Gefühl, etwas Verbotenes zu tun, wenngleich es ursprünglich ihre Idee war. Sie wunderte sich nicht nur über die Glanzleistung ihrer Mutter, sondern fragte sich eher, ob ihr die Geschichte tatsächlich abgekauft wurde oder es in diesem Kaff schier egal war. Warum dann dieses Misstrauen und die

Frage nach dem Nachnamen? Vermutlich wollte sie nur die Gäste in irgendeine Liste eintragen. Da die Anmeldung ausgefallen war, musste es wahrscheinlich trotzdem irgendwo festgehalten werden.

Auch, wenn es ihr Körperbau nicht vermuten ließ, schritt Schwester Swetlana leichtfüßig und agil voraus. Von innen wirkte das Gebäude weniger drückend, als von außen. Die Gänge glichen einem freundlichen Krankenhaus. Rechts und links schmückten verschiedene Bilder mit Motiven von Blumen, Städte und Landschaften die ansonsten sterilen Wände. Einzig die Holzbalken wichen von dem Klinikaussehen ab und vermittelten den Eindruck einer Jugendherberge. Wofür sie gedacht waren, konnte Anna nur mutmaßen. Sie glaubte, dass sie die gleiche Höhe, wie die Betten hatten, und als Schutz vor Beschädigung dienten, falls man dagegen stieß.

Die Schwester blieb vor ihnen stehen, klopfte an eine Zimmertüre und trat ein. »Hallo Else.« Sie schwang die Tür weiter auf. »Ich habe Besuch für dich mitgebracht.« Sie deutete Mutter und Tochter an, ins Zimmer zu treten.

Anders als erwartet, fand sich hier kein Krankenhausbett. Ein robuster grauer Teppich machte den Eindruck, als stünden sie in einem Wohnzimmer. Eine der zwei Türen ging vom Eingangsflur ab. Sie stand einen Spalt weit offen und ließ ein Badezimmer erkennen. Da Bett und Schrank fehlten, musste die andere Tür garantiert in ein Schlafzimmer führen. Die Wand war altrosa gestrichen. Die dunklen Holzmöbel bildeten einen starken Kontrast und gaben dem Zimmer

Wärme. Auf dem Wohnzimmertisch stand eine Vase mit bunten Blumen, wie man sie zum Geburtstag geschenkt bekommt. Zu ihr gesellten sich ein Glas und eine Flasche Sprudelwasser. Anna musste sofort an ihre verstorbene Oma denken, die immer ein verstaubtes Spitzendeckchen auf dem Tisch neben einer zerfledderten Zeitung und der Fernbedienung liegen hatte. Ein süßer Duft stieg ihr in die Nase. Die alte Dame saß in einem der zwei grauen Sessel in der Ecke links gegenüber des Fernsehers. Ihre angegrauten Haare lagen wirr. Ausdruckslos blickte sie ihren Gästen entgegen. Für eine winzige Sekunde glaubte Anna, eine Andeutung eines Lächelns erkannt zu haben.

»Das sind Freunde von dir, Else.« Schwester Swetlana zeigte auf die beiden. »Christine und ihre Tochter Anna.«

Beide winkten zaghaft. Anna überkam ein Anflug von Unbehagen. Was hatten sie sich dabei gedacht, eine arme alte Frau zu behelligen?

Als von der Seniorin immer noch keine Reaktion kam, sagte die Schwester: »Nicht schlimm, wenn es dir im Augenblick nicht einfällt. Das ist schon länger her.« Sie wandte sich an den Besuch. »Sie kann sich vermutlich nicht immer erinnern«, flüsterte sie ihnen zu und beugte sich zu Else vor. »Es gibt gleich Essen. Soll dein Besuch noch so lange hier bleiben?«

Was auch immer die Schwester an dem Augenzwinkern der alten Dame als Zustimmung verstand, war für Anna keineswegs erkennbar. Neben ihrer Nervosität zwängte sich ihr Schamgefühl an die Oberfläche. Sie warf ihrer Mutter einen Blick zu. Am liebsten hätte sie gefragt, ob sie sich auch schlecht fühlte, jemandem etwas vorzuspielen. Von der anfänglichen Überzeugung ihrer Idee war nichts mehr übrig und segelte mit dem Wunsch, etwas über das Bild zu erfahren, davon. Doch es hatte, dank des Schauspiels ihrer Mutter, funktioniert.

Die Dame konnte sie fortschicken, wenn sie sie nicht erkannte. Und das war ganz sicher der Fall. Warum sagte sie es dann nicht einfach und ließ es zu, dass zwei Fremde sie besuchen? Die Frage war, wie ausgeprägt ihr Erinnerungsvermögen war. Oder ihre Einsamkeit es einfach hinnahm.

»Gut.« Schwester Swetlana sah auf die Uhr an ihrem Handgelenk. »Noch etwa zwanzig Minuten, dann erwarte ich Sie am Empfang.«

»Vielen Dank«, sagte Christine. Entweder lag es an dem unangemeldeten Besuchswunsch, dass sie ihnen ein Zeitlimit gab, oder sie traute dem Braten nicht ganz. »Wir bleiben nicht lange.«

Die Schwester verließ das Zimmer und mit ihr verschwand auch jegliche Gelassenheit.

Anna schwirrten tausend Fragen durch den Kopf. Was jetzt? Was sollten sie als Nächstes tun? Was machten sie überhaupt hier? Sie spürte, wie ihr die Hitze in die Wangen schoss. Ihr Gewissen klopfte an ihren Verstand und sie fragte sich, warum sie die Frau belästigten und anlogen.

Christine setzte sich behutsam in den anderen Sessel und lächelte der alten Dame zu. »Ich darf uns noch einmal vorstellen. Mein Name ist Christine«, sie zeigte erst auf sich »und das ist meine Tochter Anna. Vor einer Woche waren wir zufällig auf dieser Straße hier und haben ein Familienfoto entdeckt, dass uns neugierig gemacht hat.« Sie deutete ihrer Tochter an, es der Frau zu zeigen.

Zittrig wegen des plötzlichen Wahrheitsdrangs ihrer Mutter wäre Anna beinahe ihr Handy aus der Hand gefallen, als sie es aus der Hosentasche zog. Sie suchte das Foto in der Galerie und drehte es so, dass die Frau es sehen konnte.

Eine Reaktion blieb aus.

Sie trat ein paar Schritte nach vorne, weil sie glaubte, sie könne kurzsichtig sein. Anna war sich sicher, dass die Mundwinkel gezuckt haben, wusste es aber nicht zu deuten. Die Dame kniff die Augen zusammen. Anna trat noch einen Schritt nach vorne, sodass zwischen ihnen nicht einmal mehr ein Meter Abstand war.

Else hob die Hände. »Mein Foto«, nuschelte sie und ein Lächeln zeichnete ihr Gesicht.

Anna widerstand dem Drang, ihr Handy zurückzuziehen, und überließ es der Frau.

»Ist das ein Foto Ihrer Familie?«, fragte Christine in dem Moment, wo sie das Handy nahm.

Anstatt einer Antwort verschwand das Lächeln im Gesicht der Frau und ihre Miene verfinsterte sich. »Wo ist es hin?«

Anna trat dich neben die Fremde und sah, dass lediglich der Startbildschirm auf dem Display zu sehen war. »Sie haben es nur aus Versehen geschlossen.«

Verwirrte Augen starrten zwischen ihr und dem Gerät hin und her.

»Darf ich«, forderte Anna höflich ihr Smartphone zurück. Sie tippte auf die Galerie und holte damit das Foto zum Vorschein. »Das ist nur eine Fotografie Ihres Bildes, das ich mit dem Handy gemacht habe.«

Die alte Frau gab Anna ihr Gerät wieder. »Wie sagten Sie noch mal, waren Ihre Namen?«, fragte sie plötzlich mit klarerem Blick und fester Stimme.

Sofort schoss Anna das Blut in den Kopf. Sie trat vom Sessel zurück und umklammerte ihr Handy. Unsicher riss sie die Augen auf.

»Christine und Anna«, antwortete ihre Mutter wahrheitsgemäß und mit ruhiger Stimme.

Anna verstand nicht, wie ihre Mutter in einer solchen Situation derart gelassen bleiben konnte. Sie wäre am liebsten aus dem Zimmer gelaufen. Zum Auto, schnurstracks nach Hause gefahren und nie wieder hierherkommen. Den Schlamassel hatte sie ihnen eingebrockt.

Else lehnte sich in ihrem Sessel zurück und kniff die Augen zusammen. Man konnte sehen, wie ihr Gehirn arbeitete und versuchte, Zusammenhänge zu Erinnerungen herzustellen. »Nein«, teilte sie unaufgefordert mit und schüttelte den Kopf. »Das Alter kann nicht stimmen.« Dann sah sie Anna direkt in die Augen. »Du bist zu alt.«

Mutter und Tochter sahen sich fragend an.

Eine Melodie ertönte.

Anna drehte sich zu dem kleinen Kasten über der Tür. »Was ist das?«

»Die Melodie gibt an, dass es jetzt Abendessen gibt«, erklärte Else und schien auf einmal nicht mehr so klar wie vorhin.

Christine erhob sich aus dem Sessel. »Das ist wohl unser Stichwort.« Sie nickte der alten Dame zu. »Es hat uns sehr gefreut.«

»Ja, das hat es«, stimmte Anna höflich zu. »Auf Wiedersehen.«

Sie verließ gemeinsam mit ihrer Mutter das Zimmer. Sie schloss die Tür hinter sich.

Die Frau grinste ihnen freundlich hinterher. »Hat mich auch gefreut.«

***

»Ach du Schande«, stieß Anna aus, sobald sie das Zimmer verlassen hatten, und fasste sich an die feuchte Stirn. Sie hatte keinerlei Vorstellungen, was für ein Theater es werden würde, sich als Familienangehörige oder Freunde auszugeben, um im Heim nachzufragen, ob sie wüssten, wem das Foto gehörte. »War das komisch.« Komisch war auch die Gelassenheit ihrer Mutter bei ihrem meisterhaften Schauspiel. Ein Seitenblick ihrer Mutter und Anna wusste, dass sie mit jeglichen Kommentaren warten sollte, bis sie aus dem Gebäude waren.

Sie erreichten die Rezeption im Eingangsbereich. Schwester Swetlana strahlte ihnen scheinheilig entgegen. »Und? Wie war es?«, fragte sie, als die beiden vor ihr standen, ohne wirklich zu ahnen, dass sie gerade zwei völlig Fremde zu einer Frau gelassen hatte.

Christine wankte den Kopf hin und her, während Anna so schnell wie möglich von dort abhauen wollte und sich bereits zum Gehen ankündigte. »Schwierig. Jedenfalls kam sie mir leicht«, sie gestikulierte mit der Hand, bis sie das passende Wort fand, »wirr und abwesend vor.«

»Konnte sie sich also nicht an Sie erinnern?«

Anna und Christine schüttelten gleichzeitig die Köpfe.

Die Schwester lächelte mitfühlend. »Das war abzusehen. Machen Sie sich deswegen nicht allzu große Gedanken.« Sie trat hinter der Rezeption hervor. »Else leidet an Demenz. Sie hatte damals einen Unfall erlitten. Man wusste nicht, ob es davor schon so deutlich diagnostiziert wurde. Die ärztlichen Unterlagen waren nicht sehr aufschlussreich.«

»Was für ein Unfall?«

Swetlana seufzte. »Das war schlimm.« Sie machte eine kurze Pause. »Sie ist rückwärts die Treppe hinuntergestürzt. Sie war lange deswegen ans Bett gefesselt. Die Polizei hat den Täter nur erwischt, weil ein Nachbar es mitbekommen hatte.«

»Das ist ja schrecklich.« Anna glaubte nicht, was sie da hörte.

»Allerdings.« Swetlana zog betrübt die Mundwinkel hinunter. »Die Ärzte glauben, dass ihr Gedächtnis rund um den Unfall davor und danach, nicht mehr wiederkommen wird. Vielleicht ist es auch besser so.«

»Sie konnte sich aber an das Familienfoto erinnern«, gab Christine an.

»Ja, das Bild.« Swetlana lehnte sich an den Tresen und faltete die Hände vor sich. »Dieses Bild ist sehr wichtig für Else. Auf dem Foto sieht man ihre Familie. Als man sie fand, hatte man es unter ihrer Kleidung gefunden. Sie hatte es bei dem Sturz nicht losgelassen.«

Anna und Christine tauschten mitfühlende Blicke aus.

»Kommt die Familie sie denn manchmal besuchen?«, wollte Anna wissen. Sie erkannte, dass der Schwester die Antwort schwerfiel.

Swetlana biss sich auf die Unterlippe, ehe sie antwortete. »Nein.« Sie blies schwerfällig die Luft aus ihren

Lungen. »Ihr eigener Sohn hatte sie damals die Treppe hinuntergestürzt.«

Anna riss die Augen auf. »Der Mann auf dem Foto?« Sie erinnerte sich an das affenhafte Grinsen des Mannes auf dem Bild.

Swetlana nickte zustimmend.

Das Entsetzen über eine solche Tat stand Anna ins Gesicht geschrieben. Sie konnte sich nicht einmal vorstellen, so etwas jemals ihrer eigenen Mutter anzutun. Was musste die alte Dame getan haben, so einen Sohn großgezogen zu haben?

»Und die anderen Familienmitglieder?«, bohrte Christine nach. »Was ist mit der Frau und den beiden Kindern?«

Die Schwester stieß sich vom Tresen ab und zuckte mit den Schultern. »Verschwunden. Niemand weiß, wo sie abgeblieben sind.« Eine Kollegin trat in den Eingangsbereich und überreichte ihr ein Klemmbrett. Sie bedankte sich kurz bei ihr, ehe sie wieder davonrannte.

Christine merkte, dass es Zeit war, dieses Gebäude zu verlassen. »Hat man die Familienmitglieder denn versucht zu finden?«

»Das wurde versucht. Erst recht nach dem Mädchen auf dem Familienbild wurde gesucht.« Schwester Swetlana lachte freudlos, als würde sie ihre nächsten Worte selber nicht glauben. »Niemand weiß, wer sie ist. Keiner kennt ihren Namen. Dieses Mädchen existiert nicht. Und die Einzige, die es vielleicht wissen könnte, leidet unter Demenz und kann sich nicht erinnern.«

***

Es heißt: Nur die, die einem wirklich nahestehen, können einen auch wirklich verletzen.

Alleine die Vorstellung über das Leben, das Else einst geführt haben musste und von dem sie rein gar nichts mehr zu wissen schien, jagte Anna einen Schauer über den Rücken. »Ich dachte, dass die Situation mit der Oma schon komisch war, aber das gerade,« sie deutete über ihre Schulter, »was uns die Schwester erzählt hat, topt echt alles.«

Mutter und Tochter ließen das Seniorendomizil hinter sich und erreichten den Bürgersteig der L 113. Sie bogen nach links, um Richtung Brohlbach zu gelangen, wo sie das Auto auf dem Wanderparkplatz abgestellt hatten.

»Warum hast du der Frau eigentlich deine Kontaktdaten gegeben, Mama?«

Christine zuckte mit den Achseln. »Ich hatte so ein Gefühl. Ich weiß auch nicht.«

Schweigend schlenderten sie nebeneinander her, bis Anna das Schweigen brach. »Wie zum Teufel kann ein Mädchen bei einer Familie leben, ohne, dass irgendwer von der Existenz erfährt?«

»Eigentlich ganz einfach«, sinnierte Christine. »Niemand dürfte wissen, dass du schwanger bist. Du bekommst das Kind zu Hause alleine und meldest es nie an.« Sie schaute in den blauen Himmel, als stünden dort

Antworten. »Nur kannst du weder mit dem Kind zum Arzt oder ins Krankenhaus. Es ginge nicht zur Schule und wird auch so nicht viel Kontakt zur Außenwelt haben, sonst würde es schließlich auffallen.«

»Denkst du, so etwas gibt es wirklich? Wer käme denn auf so eine Idee?« Annas Verstand weigerte sich, zu verstehen, dass es vielleicht tatsächlich solche Menschen geben könnte. So etwas völlig Absurdes.

»Die Amischen womöglich.«

»Diese Sekte in Amerika?«

»Es ist eine Glaubensgemeinschaft, keine Sekte.«

»Ist doch fast das Gleiche.«

Christine warf ihrer Tochter einen tadelnden Blick zu. »Die Amischen bevorzugen oft Hausgeburten ohne Hilfsmittel. Manchmal sogar ohne Hebamme. Wenn sie das Kind nicht meldeten, wüsste wahrscheinlich auch niemand von ihrer Existenz.«

Anna schüttelte den Kopf. »Ich finde das alles sehr komisch. Ich habe noch nie eine solche Geschichte gehört.«

»Wenigstens wissen wir jetzt, was es mit dem Familienbild auf sich hat.«

»Aber wo ist ihre Familie? Warum besuchen sie sie nicht?« Anna fühlte sich keineswegs erleichtert oder befriedigt mit dem erlangten Wissen. »Und das Wichtigste: Wer ist das Mädchen?«

»Das ist durchaus extrem seltsam«, bestätigte Christine. »Nur, wenn nicht einmal die Polizei herausfinden konnte, wer sie ist, dann gibt es auch keine Dokumente. Niemand kennt ihren Namen, hat die Schwester gesagt.

Das wiederum deutet darauf, dass die Geburt nicht gemeldet wurde.«

Sie konnten die Kreuzung sehen, wo die L 113 in die B 412 mündete. Der Parkplatz war nicht mehr weit.

»Selbst wenn sie nicht gemeldet ist, wo sind sie alle hin?« Anna raufte sich die Haare und rieb sich anschließend die Augen. »Das macht mich noch fertig. Wenn die Oma sich doch nur erinnern könnte.« Sie sah ein, dass Else Opfer einer schrecklichen Tat war, die obendrein auch noch von ihrem eigenen Fleisch und Blut begangen worden sein soll, und doch wollte sie die Wahrheit, die dahinter steckte, erfahren. Sie kannte nun den Hintergrund des Familienfotos am Straßenrand, nicht jedoch den der Familie selbst. Es war, stupide ausgedrückt, als schaue man einen spannenden Film, den man nicht zu Ende gucken konnte. Es gab ein Geheimnis, das vielleicht für immer tief in den Nebelschwaden des Vergessens verborgen bleiben wird.

Gedankenverloren sah sich Anna um, als sie auf der gegenüberliegenden Straßenseite etwas bemerkte, das die Unzulänglichkeit an Wissen über die rätselhafte Familie für einen Moment aus ihrem Kopf radierte. »Mama«, flüsterte sie energisch und griff nach dem Arm ihrer Mutter.

Christine fuhr herum. »Was ist?«

»Sieh nur.« Anna deutete mit einer Kopfbewegung auf die andere Straßenseite. »Verfolgen die uns etwa?«

Das Pärchen mit Wanderausrüstung stand am Fuße eines dicht bewachsenen Pfads, der steil nach oben im Dickicht verschwand. Auf dem verblichenen Wegweiser prangte der Name des Wanderweges, der aus dieser Entfernung nicht zu entziffern war.

Christine schaute ihre Tochter an. »So langsam glaube ich auch, dass sie uns verfolgen«, stimmte sie ihr zu. »Wer aber ist der andere?«

Ein junger Mann tauchte aus dem Gebüsch hervor. Sie unterhielten sich angeregt, als wären sie sich wegen der Route uneinig, aber die Worte drangen nicht bis zu ihnen hinüber.

»Der Junge war aber letztens nicht dabei.«

Die Diskussion hatte offensichtlich einen Gewinner zu Tage befördert. Der steile Pfad wurde von dem Wander-Pärchen und dem jungen Mann in Angriff genommen.

Christine deutete ihrer Tochter an, weiterzugehen. »Wo sind wir hier nur gelandet?«

***

Christines Boutique war selten so leer wie an diesem Tag. Sie stand an ihrem Verkaufstresen, den sie aus einem *Kallax*-Regal von *Ikea* zusammengestellt hatte, in dem sie kleine Schmuckstücke, wie Gürtel, Armbänder und Portemonnaies zum Verkauf anbot, und auf der gegenüberliegenden Seite vom Eingang aufgestellt war. Auf der einen Seite des Tresens stand eine rustikale Etagere, die sie zu einem Schmuckständer umfunktioniert hatte. Auf der anderen befand sich eine alte Registrierkasse, die den Charme des Geschäfts widerspiegelte, aber mehr zur Dekoration diente. Daneben fand ihr in die Jahre gekommener Laptop, von dem sie den Blick hob und durch den Laden über die vielen, mit Liebe ausgesuchten Kleidungsstücke schaute, seinen Platz.

Die Neuware hatte sie bereits gelistet, beschildert und einsortiert. Aus Langeweile hatte sie sogar, obwohl sie gestern erst geputzt hatte, Staub an Stellen gewischt, die sowieso niemand erreichte und damit auch den letzten verbleibenden Flair von secondhand weggewischt.

Der letzte Ausflug war schon fast zwei Wochen her und Christine sehnte sich nach einem weiteren Erlebnis ihrer gewünschten Freiheit.

Sie stützte sich sehnsüchtig und gedankenverloren auf den Tresen und legte das Kinn auf ihre Faust, als der plötzliche Ton einer eingehenden E-Mail ihr verriet, dass sie nicht alleine auf der Welt war. Sie holte das E-Mail-Programm auf den Bildschirm und las die eingegangene Nachricht, die sofort die Langeweile vertrieb und das Verlangen nach einem Abenteuer steigerte.

***

Christine griff nach ihrem Handy. Schnell fand sie den gesuchten Kontakt und drückte auf anrufen.

»Hey Mama«, meldete sich Anna zügig. »Was gibt's?«

»Hallo, mein Schatz, störe ich dich gerade?« Sie versuchte, nicht allzu aufgeregt zu klingen. »Hast du ein paar Minuten?«

Kurz blieb es ruhig auf der anderen Seite der Leitung. »Ich bin noch auf der Arbeit, aber ein paar Minuten Zeit habe ich«, antwortete Anna. »Brauchst du später noch Hilfe im Geschäft?«, fragte sie, als Christine nichts sagte.

»Nein.« Sie schüttelte den Kopf, auch wenn es niemand sah. »Heute ist nichts los.«

»Warum rufst du dann an? Nicht aus Langeweile hoffe ich.«

Zuvor war Langeweile großgeschrieben, jetzt war es ein Anflug von Aufregung.

Noch einmal überflog Christine die E-Mail, nur um sicherzugehen, dass sie sie nicht falsch verstanden hatte. »Die Seniorenresidenz aus der Vulkaneifel hat sich gemeldet«, erklärte sie ihrer Tochter. »Schwester Swetlana schreibt, dass uns die Dame, Else Collins, noch einmal zu sehen wünscht.« Auf der anderen Seite blieb es still. »Anna? Bist du noch dran?«, fragte sie deshalb.

»Ja, ich bin noch dran«, meinte sie zögerlich.

»Hast du gehört, was ich gesagt habe?«

»Ich habe dich verstanden.« Wieder eine Pause. »Was meinst du, hat das zu bedeuten? Denkst du, sie wissen, dass wir ihnen etwas vorgespielt haben?«

»Nein, das auf keinen Fall«, versicherte Christine. »Dann würde die E-Mail anders klingen oder ein Datenschutzbeauftragter oder so hätte sich gemeldet.« Sie überlegte kurz. »Ich glaube, dass sich Else an irgendetwas erinnert hat.«

»Und du meinst, dass sie uns, wild fremden Leuten, dann etwas mitteilen möchte.«

Christine klemmte das Telefon zwischen Kinn und Schulter. »Finden wir es doch einfach heraus«, forderte sie geheimnisvoll und beugte sich über den Laptop. Sie klickte bei der E-Mail auf antworten. »Ich schreibe, dass wir am Wochenende kommen. Samstag ist gut? Da kann Meike mir aushelfen.«

»Mmh.«

»Möchtest du lieber Sonntag?«

»Nein, das ist es nicht.« Anna seufzte. »Ich hatte mich gerade damit abgefunden, nichts mehr über die Familie zu erfahren, und jetzt das.« Sie stieß ein gequältes Lachen hervor. »Seit wir dieses Familienfoto am Straßenrand entdeckt haben, kann ich an kaum etwas anderes denken. Ich träume wirklich schon davon. Wie schaffen es Polizisten und so bloß, mit ungelösten Fällen klar zu kommen?«, fragte sie, ohne eine Antwort zu erwarten.

»Ich weiß ganz genau, was du meinst«, pflichtete Christine ihr bei. »Mich hat diese Geschichte auch gepackt. Also«, schob sie hinterher, »wir sehen uns Samstag.« Sie legte auf, ehe ihre Tochter widersprechen konnte, und verfasste voller Vorfreude und Anspannung die Antwort-E-Mail.

***

Der Weg nach Tönisstein in Andernach war für Christine und Anna beinahe routiniert. Das Navigationssystem leitete sie von der A61 zu der Ausfahrt Niederzissen auf die B 412. Nachdem sie Burgbrohl passierten, bogen sie anschließend nach rechts und fanden sich am Vormittag auf der vertrauten L 113 wieder.

»Und da wären wir wieder«, verkündete Anna vom Beifahrersitz und sah aus dem Fenster. Die Mauer ragte hoch und der Standort des Familienfotos rief ihr sofort die Gesichter des Fotos ins Gedächtnis. Eigentlich hatten sie wie eine glückliche Familie ausgesehen. Doch irgendetwas störte sie an diesem Bild. Von Anfang an. »Mama.« Sie sah zu ihr hinüber. »Fandest du die Leute auf dem Foto nicht auch irgendwie merkwürdig?« Besser konnte sie ihr Empfinden nicht beschreiben.

»Was meinst du mit merkwürdig?« Christine blickte zu ihrer Tochter hinüber und sah den winzigen Park. Kurz darauf setzte sie den Blinker nach rechts und bog auf das Gelände des Seniorendomizils ein.

Anna knibbelte an ihrer Lippe. »Ich kann schlecht erklären, was ich meine.« Sie wusste nicht, ob es das affenhafte Grinsen des Mannes oder etwas anderes war, das sie störte. Doch egal woran sie dachte, sie blieb immer wieder bei dem Vater hängen. »Ich glaube es liegt an diesem Mann auf dem Familienfoto.«

Christine parkte ihren *Ford Puma.* »Was soll mit ihm sein?« Sie schaltete den Wagen aus und zog den Schlüssel ab. »Er war dunkelhaarig, alle anderen blond.«

»Ja, das auch.« Anna sah ihre Mutter an und hörte auf, an ihrer Lippe zu fummeln. »Die Frau hat sich ihre Haare blond gefärbt, man hat einen Ansatz gesehen. Gut möglich, dass sie auch dunkelhaarig war. Was noch merkwürdiger ist, weil die beiden Kinder blond waren.«

»Sie kann auch als Kind blond gewesen sein und im Alter wurde sie immer dunkler. Außerdem war das Mädchen eher rot-blond.«

»Es liegt nicht nur an den Haaren. Ich glaube, dass mit dem Mann etwas nicht stimmt«, bestärkte Anna ihre Gedanken. »Er sah einfach anders aus, als gehöre er nicht dorthin.«

Christine stieß die Fahrertür auf. »Vielleicht finden wir es gleich heraus.«

Anders als erwartet, wurden Christine und Anna im Eingang des Seniorendomizils nicht von Schwester Swetlana empfangen, sondern von einer betrübt dreinblickenden Blondine mit strengem Dutt. Sie sah aus, als wäre sie viel zu jung und unbeholfen für solch einen Job. Lediglich in der Kleidung machte sie mit ihren spindeldürren Stelzen eine gute Figur.

»Guten Tag«, wünschte die Bachstelze freundlich. Ihre rote Nase und die glasigen Augen verrieten, dass sie vor kurzem geweint hatte. »Kann ich Ihnen weiterhelfen?« Nicht nur wegen der offensichtlichen Trauer wirkte sie verletzlich. Durch ihre helle, rosige Haut und ohne jede Schminke sah sie wie eine Porzellanpuppe aus.

»Guten Tag!« Christine schenkte ihr ein mütterliches Lächeln. »Wir möchten bitte zu Schwester Swetlana.«

»Oh«, stieß die Puppe verwundert aus. »Nun«, sie versuchte, die Fassung in der offensichtlich unangenehmen Situation zu bewahren. »Das tut mir sehr leid, aber Schwester Swetlana ist etwas Dringendes dazwischen gekommen. Ich entschuldige mich dafür, dass man sie nicht informiert hat. Ich kann Ihnen nur nahelegen, einen neuen Termin mit ihr zu vereinbaren.« Sie nahm sich ein Klemmbrett vom Tresen, sah kurz darauf und drückte es an ihre Brust, um ihre

Unsicherheit zu verbergen. Es gelang ihr jedoch nicht, als sie die Blicke der beiden Besucher wahrnahm. »Schwester Swetlana kommt heute nicht mehr rein«, untermauerte sie ihre Aussage.

»Toll!«, schmiss Anna unbedacht ihren Frust über die vergeudete Fahrt und Zeit in den Raum, was ihr einen tadelnden Blick ihrer Mutter einbrachte.

Die Puppe versteifte sich, als rechnete sie mit Vorwürfen und lauten Beschuldigungen.

»Na gut, dann ist sie eben nicht da.« Christine stöhnte über das Ärgernis, dass die Schwester, trotz des ausgemachten Termins, nicht da war. »Kann man wohl nichts gegen machen.« Was es auch war, weswegen Swetlana nicht einmal abgesagt hatte, es war scheinbar wichtig gewesen. Eine selbstsichere und organisierte Frau wie sie, vergaß nicht einfach so, einen Termin abzusagen. »Eigentlich wollte auch nicht Schwester Swetlana uns sehen, sondern Else Collins. Können wir trotzdem zu ihr?«

Augenblicklich weiteten sich die Augen der Porzellanpuppe und wurden feucht. »Tut mir leid«, sie rang nach Fassung, »aber das geht nicht.« Sie legte das Klemmbrett zurück auf den Tresen und zauberte ein Taschentuch hervor.

Anna verschränkte wütend die Arme und zog die Brauen hoch. »Frau Collins wollte uns aber sehen«, erklärte sie patzig. »Wir sind extra aus dem Bergischen Land hierher gefahren. Wir wurden gebeten...«

»Frau Else Collins«, unterbrach die Puppe, »ist letzte Nacht verstorben.«

***

»Na super!« Anna ließ sich mürrisch auf den Beifahrersitz fallen. Sie hatten keinen Grund mehr, im Seniorendomizil auf irgendetwas zu warten. Die alte Frau war tot und Schwester Swetlana hatte niemandem gesagt, wann sie wiederkommen würde. Sie waren umsonst den Weg in die Vulkaneifel gefahren. »Und was jetzt?« Sie verschränkte die Arme.

Christine setzte sich auf den Fahrersitz. »Tja.« Sie trommelte auf das Lenkrad und sah durch die Windschutzscheibe ins Nichts. »Gute Frage.«

»Tut mir ja echt leid für Else, dass sie gestorben ist, aber jetzt sind wir extra den ganzen Weg hier runter gefahren. Umsonst.« Anna biss nachdenklich auf ihrer Lippe herum. Die Unklarheit wegen des Familienfotos war noch immer präsent. Dazu gesellte sich jetzt auch noch das Unwissen über die Absicht ihres Besuchs. »Was sie wohl von uns wollte.«

»Dieses Geheimnis hat Else Collins nun mit ins Grab genommen.« Christine sah ihre Tochter an, die grantig neben ihr im Sitz versank. »Wir gehen jetzt etwas essen«, schlug sie vor. »Oder möchtest du noch eine Runde spazieren gehen?«

Anna blickte ihre Mutter schräg an. »Ich ziehe das Essen vor.«

***

Das Restaurant mitten im Nirgendwo, abseits vom Laacher See, erinnerte an eine Villa in Griechenland. Christine parkte auf dem großzügigen, dennoch recht leeren Parkplatz davor. Sie stiegen aus und erklommen die Stufen einer breiten Treppe, die auf eine Terrasse führte, von der aus das Restaurant betreten werden konnte. Die dunkle Mauer des Terrassenanbaus bildete einen starken Kontrast zu dem mit Pflanzen verhangenen Gestell darüber. Es erinnerte an eine mediterrane Terrassenüberdachung.

Christine und Anna entschieden sich für einen Tisch im Freien, von dem aus sie die Straße im Blick hatten, und setzten sich.

Anna stütze die Ellenbogen auf die Tischplatte und das Kinn auf ihre Hände. »Es ärgert mich, dass wir den ganzen Weg umsonst gefahren sind«, nörgelte sie weiter. Ein Blick über die anderen Tische und Stühle verriet, dass nicht viele Gäste den Weg am Mittag hierhin gefunden hatten. Sie fragte sich, ob am Abend mehr los wäre. Das ältere Pärchen, zwei Tische weiter, machte scheinbar ein Kaffeekränzchen, was die Kanne und der Kuchen vor ihnen verriet.

»Daran können wir jetzt auch nichts ändern.« Christine warf einen Blick in die Speise- und Getränke- karte. »Aber blöd ist es schon. Schwester Swetlana hat uns extra hierhin bestellt und ist dann nicht da, um mit uns zu sprechen. Das alles wirft mehr als nur eine Frage auf.« Sie hatte sich bereits einen großen Kaffee ausgesucht und hoffte, dass er hier unten in der Idylle besser schmeckte, als zu Hause. »Sie hätte doch wenigstens eine der anderen Schwestern unterrichten können.«

Prompt kam die Bedienung und nahm ihre Getränkewünsche entgegen. Anna entschied sich, ohne in die Karte zu schauen, für einen Eistee.

Für das Essen warf sie einen Blick in die Speisekarte. »Ich glaube, ich nehme ein Sandwich.« Sie reichte die Karte an ihre Mutter weiter.

»Mehr nicht?« Christine studierte die Gerichte. »Willst du nicht lieber noch einmal reinschauen? Sie haben auch Pommes, Suppe und Fleisch.«

Anna schüttelte den Kopf.

»Salat?«

»Nein, Mama. Ich habe heute gefrühstückt.« Sie pustete die Luft aus. »So viel Hunger habe ich nicht.«

»Wie du willst. Ich nehme Pfannkuchen.«

Schnell brachte die Kellnerin ihre Getränke und verschwand erneut, als sie die Essensbestellung entgegengenommen hatte.

Anna nippte an ihrem Eistee. Die Eiswürfel klirrten im Glas. »Können wir nicht irgendwie herausfinden, was Else uns sagen wollte?« Sie rührte mit dem Strohhalm in ihrem Getränk herum. »Wir sind extra in die Eifel gefahren, um mit mehr offenen Fragen und ungelösten Geheimnissen nach Hause zu fahren. Das ist unfair.«

»Geheimnisse gibt es hier in der Eifel wie Sand am Meer«, hörten sie eine ältere Frauenstimme von einem der Nachbartische sagen. Die alte Dame trug ein weißes Shirt, über das eine lange goldene Kette lag. Ihre braungebrannte Haut und die teure Sonnenbrille ließen sie augenscheinlich jünger aussehen, als sie vermutlich war. »Mein Mann«, sie deutete auf ihren Gatten gegenüber, »hatte es auch nicht geglaubt, bis er hierhin gezogen ist.«

Der Herr, ebenfalls braungebrannt, weiße Haare und eine Sonnenbrille auf der dicken Nase, nickte tonlos.

Anna hatte das Gefühl, dass sie zu wohlhabend für ein solches Restaurant waren.

»Es ist nicht ungewöhnlich«, weitete die Frau aus, »dass Sie mit ungeklärten Geheimnissen nach Hause fahren.«

»Was meinen Sie mit Geheimnissen?« Annas Neugier war geweckt, was sicherlich allein der unbefriedigenden Fahrt hierhin geschuldet war.

Die alte Dame lächelte breit und zeigte ihre perfekten Zähne. Ihr Mann nahm einen Schluck Kaffee und begann, das Stück Kuchen vor sich zu essen.

»Sie meinen die Legenden und Sagen«, mischte sich Christine ein und beugte sich interessiert zu ihnen hinüber. Da ihre Tochter weniger fasziniert an den alten Mythen war, hoffte sie, sich endlich einmal darüber austauschen zu können. »Die Genovevahöhle, der Fischerjunge bei Maria Laach«, zählte sie auf.

»Ach.« Die Frau winkte ab. »Das ist nur der offizielle Kram für die Touristen.« Sie nahm eine Haltung ein, als würde sie ein Lästerkränzchen mit ihren Freundinnen abhalten und bestellte bei der vorbeilaufenden Bedienung ein wenig Sahne für den heißen Kaffee.

»Haben Sie schon einmal etwas von den Vermisstenfällen am Campingplatz bei Maria Laach gehört?«

»Wir haben etwas im Internet gefunden, aber da stand nicht wirklich viel dazu.«

Die Bedienung brachte die Sahne und die Frau schaufelte sie sich ohne Eile in den Kaffee. Der sehnsüchtige Blick ihres Mannes verriet, dass der Kuchen das einzige Süße oder Fettige war, das er heute bekam.

»Wie viele Touristen würden mit ihren Kindern auch noch hierhin kommen, wenn sie davon wüssten«, begann die alte Dame, trank zuerst einen Schluck Kaffee, bevor sie weitersprach. »Vor ein paar Jahren verschwanden auf dem Campingplatz bei Maria Laach regelmäßig kleine Mädchen.«

Mutter und Tochter warfen sich einen interessierten Blick zu.

»Das war ein riesen Skandal kann ich Ihnen sagen«, führte sie weiter aus. »Einige glaubten, die entführten Mädchen wurden einfach in den See geworfen. Aber man hat sie nicht darin gefunden. Andere meinten, sie könnten zu der Klosterruine Tönisstein gebracht worden sein.« Sie schüttelte den Kopf in Gedanken, an diese Erinnerung. »Die armen Mädchen. Man will sich gar nicht vorstellen, was ihnen widerfahren ist.«

Christine kniff die Augen zusammen. »Hat man die Mädchen denn dort gefunden?«

»Bisher nicht«, gab die Frau als Antwort. »Man fand lediglich am Fuß der großen Mauer der Ruine eine

Strichliste, die zu der Anzahl der verschwundenen Kinder passen könnte.«

»Wieso könnte?«, hakte Anna nach.

»Es war ein Strich zu viel.« Die Frau beugte sich vor und senkte die Stimme. »Entweder, es hatte überhaupt nichts damit zu tun oder es verschwand ein Kind, das nicht als vermisst gemeldet wurde.«

***

»Was machst du?« Anna hielt sich bei dem plötzlichen Richtungswechsel an dem Griff der Beifahrertüre fest. Der Wagen holperte über den Parkplatz, auf dem sie schon die letzten beiden Male geparkt hatten. »Ich dachte, wir fahren nach Hause.«

»Ja, das war der ursprüngliche Plan.« Christine schaltete den Motor aus. »Nach dieser Geschichte von der Frau im Restaurant vorhin, möchte ich wissen, ob es diese Strichliste an der Mauer der Klosterruine wirklich gibt.«

»Du willst noch einmal dahin laufen?«, fragte Anna ungläubig.

»Ja«, bekräftigte ihre Mutter ihr Vorhaben.

Anna stöhnte auf. Ein weiteres Geheimnis schrieb sich auf die imaginäre Liste der ungelösten Rätsel in ihrem Kopf, von der sie niemals eines abstreichen könnte. Jemals lösen würde sie wohl keines dieser Mysterien.

»Du kannst hier warten, wenn du möchtest«, bot Christine an und sah auf ihr Handy mit leerem Akku. Sie entschied, es im Auto zu lassen. »Wir sind nun einmal gerade hier in der Gegend. Ich möchte mir das ansehen.« Sie öffnete die Tür und stieg aus.

»Nein, schon gut.« Anna verließ ebenfalls den Wagen. Es war immer noch besser, als sich im Auto bei dieser Sommerhitze kochen zu lassen. »Ich komme mit.«

Die schnellen Schritte ihrer Mutter lösten bei Anna Seitenstechen aus. Zu zügig hatten sie die Wanderung zur Klosterruine zurückgelegt. Sie schwor sich, das letzte Mal hierhin gelaufen zu sein.

Als sie die Treppe erreichten, brauchte Christine, oben angekommen, eine kleine Verschnaufpause.

Sie folgten dem angelegten Pfad bis zu der Stelle, an der sie glaubten, über den Zaun gesprungen zu sein.

Christine sah sich um. Sie ging ein Stück weiter, dann an ihrer Tochter vorbei. Wieder zurück, ehe sie an ihrer ursprünglichen Position verharrte. »Sind wir hier wirklich über das Geländer geklettert?«

»Ganz sicher.« Anna deutete auf die Ruine, die nur schwach hinter dem Dickicht zu erkennen war. »Hier sind wir rübergeklettert.« Sie balancierte auf die andere Seite. »Wo sollte die Strichliste genau sein?«, rief Anna ihrer Mutter zu, die sich umständlich über das Geländer schwang.

Anna kam an den Torbogen. Mit dem Wissen, was hier vor ein paar Jahren stattgefunden haben soll, fühlte sich der raue Stein unter ihren Händen nicht mehr so natürlich an, wie das erste Mal. Die in ihrer Vorstellung durch Elben einst verschlossene Pforte wich der These an einen mädchenentführenden Psychopathen. »Ist die Liste an einer Säule?«

»An der großen Mauer der Ruine, sagte die Frau.« Christine schloss zu ihrer Tochter auf.

»Hier oder an der dort drüben?« Anna zeigte auf die andere Seite. »Schau schon einmal dahinten nach der

Strichliste«, wies sie ihre Mutter an, die sofort losmar-
schierte.

Gründlich suchte Anna die Mauer ringsherum ab. Ihre
Mutter würde sie steinigen, wenn sie die Liste einfach
übersah. In ihrer Reichweite schob sie Ranken zur Seite,
um darunter zu schauen. Mit dem Fuß trat sie das
Gebüsch hinunter, konnte aber auch am Sockel nichts
erkennen, was auf eine Strichliste hindeutete.

»Ich hab sie«, schrie Christine vor Euphorie über den
Fund. »Komm schnell, ich zeige sie dir.«

Anna wandte sich von der Pforte ab. Ihr Puls
beschleunigte sich. Sie bückte sich gerade durch das
Geäst hindurch, um zur anderen Seite zu gelangen, als
ein lauter Aufschrei den ruhigen Wald durchdrang.

***

»Mama!«, brüllte Anna angsterfüllt und wühlte sich eilig durch das Dickicht. Der Schrei ihrer Mutter hatte das Adrenalin in Sekundenschnelle durch ihren gesamten Körper geschossen. Sie erhob sich und blickte sich schleunigst um, doch sie war nirgendwo zu sehen. Sie machte ein paar Schritte vorwärts. Ihr Atem ging schnell und ihre Beine fühlten sich wackelig an, als hätten ihre Muskeln Probleme, das Stresshormon zu verarbeiten. An der großen Mauer, etwa zehn Meter vor ihr, an der ihre Mutter suchen sollte, war sie nicht zu sehen. »Mama!«, rief sie daher noch einmal und sah sich in alle Richtungen um.

»Anna!«, kam es dumpf von irgendeiner Stelle her.

»Mama! Wo bist du?« Sie lief umher und versuchte, zwischen den Büschen etwas zu erkennen.

»Hier!«

Als Anna klar wurde, aus welcher Richtung die Stimme ihrer Mutter kam, durchzog sie ein eiskalter Schauer. Das Adrenalin verließ ihren Körper und eine Welle undefinierbarer Emotionen überschwemmte sie.

»Ich bin hier unten. Im Loch.«

***

»Mama!« Erleichtert, aber verwirrt zugleich ließ sich Anna auf ihre Knie fallen. Sie schaute ängstlich in das dunkle Loch hinein und konnte nur schemenhafte Umrisse erkennen. »Geht es dir gut? Hast du dir etwas getan?«

»Mir fehlt nichts«, drangen Christines Worte zu ihrer Tochter hinauf. »Mach dir keine Sorgen.«

»Ich soll mir keine Sorgen machen?!«, stieß Anna hervor. »Du bist in ein verdammtes Loch gefallen.« Hilfesuchend sah sie sich um, doch es war keine Menschenseele zu sehen. »Wieso hast du nicht geguckt, wo du hintrittst?«

»Da war kein Loch zu sehen«, rechtfertigte sich Christine. »Die Erde hat plötzlich unter mir nachgegeben und ich bin hier hineingefallen.«

»Kannst du rausklettern?«

»Nein«, sagte sie genau das, was ihre Tochter nicht als Antwort hören wollte.

»Wenn ich mich hinlege, kann ich dich hochziehen.«

»Das wird nichts bringen.« Christine sah sich um. »Ich sehe nichts, was mir helfen könnte, um überhaupt deine Hand zu erreichen.«

Anna fasste sich hilflos an die Stirn und rutschte ein paar Zentimeter mit den Knien nach hinten. »Was machen wir jetzt?«

Christine lachte. »Unsere dritte Tour und wir haben nichts daraus gelernt.«

»Was gelernt?«, fragte Anna pampig. »Das ist nicht witzig.«

»Wir haben schon wieder keine Ausrüstung mitgenommen«, erklärte ihre Mutter ihre plötzliche Belustigung. »Kein Seil, keine Taschenlampe und so etwas Brauchbares. Mein Handy liegt auch im Auto.«

»Es konnte ja niemand ahnen, dass du in ein verdammtes Loch reinfällst.« Jetzt stieß auch Anna ein verhaltenes Lachen über die unfassbare Lage aus. »Mecker mich noch einmal an, dass ich mein Handy immer überall mit hinnehme«, murmelte sie. »Ich biete es echt nicht gerne an, aber weil du meine Mama bist.« Sie griff in ihre Gesäßtasche. »Soll ich dir mein Handy runterwerfen, damit du da unten Licht hast?« Sie hielt es über das Loch. »Fang es nur bitte auf«, schob sie hinterher.

»Nein, warte!« Christine trat von einer Stelle auf die andere.

Es war stockdunkel. Nur der Erdhaufen vor ihr und ein paar Steine waren, um sie herum, zu erkennen. Sie wusste nicht einmal, wie groß die Kammer war, in der sie hineingefallen war. Zu gerne hätte sie sich ein Bild hiervon gemacht, aber sie musste ihr Wunschdenken beiseiteschieben und versuchen, hier wieder herauszukommen. Denn alleine, würde sie es nicht schaffen. »Behalte das Handy. Ruf die Feuerwehr an und erklär ihnen die Situation. Sie werden jemanden schicken, der mich hier rausholt.«

Anna zog das Handy wieder zu sich. »Okay. Ich ruf jetzt an.« Sie wählte die 112, drückte das Gerät an ihr Ohr und hörte, wie es klingelte. Ihr Herz schlug schneller und erreichte den Höhepunkt, als sich jemand meldete. »Hallo? Hören Sie mich? Hallo?« Das Gespräch riss ab. Sie sah auf das Display.

»Was ist los?«, drang es aus dem Loch. »Hast du jemanden erreicht?«

»Natürlich kaum Empfang in dieser Einöde«, sagte Anna missmutig und ließ den Kopf hängen. »Die Person konnte mich nicht verstehen.«

»Dann geh zur Straße und ruf von dort aus jemanden an«, schlug Christine vor. »Du musst ihnen ohnehin genau zeigen, wo ich bin. Warte dort auf sie.«

Anna schüttelte den Kopf. »Ich lass dich doch nicht einfach hier alleine.«

»Keine Angst«, besänftigte ihre Mutter sie und kicherte vor sich hin. »Ich lauf dir schon nicht weg.«

»Das ist nicht komisch, Mama.«

»Doch, ein wenig schon.«

***

Widerwillig ließ Anna ihre Mutter im Loch zurück, grub sich durch das Dickicht zurück, sprang über das Geländer und bog nach links, damit sie über die Treppe hinunter ins Tal kam. Immer wieder hob sie das Mobiltelefon vor Augen, um zu sehen, ob sie bereits Empfang hatte. Sauer schlug sie ein paar Zweige auf Seite, ehe sie es über den Kopf hielt und in alle Richtungen schwenkte. Fehlanzeige. Der Dschungel schien jegliche Netzabdeckung in der Gegend einfach zu verschlucken. Bei der nächstbesten Gelegenheit bog sie nach rechts ab und folgte dem Weg bis zur Straße.

»Na endlich«, presste sie ungeduldig aus zusammengebissenen Zähnen hervor, als das Handy schließlich besseres Netz hatte.

Sie wählte noch einmal die 112 und musste nicht lange warten, bis das Gespräch entgegengenommen wurde. »Mein Name ist Anna Böhmer«, begann sie und versuchte, ihre Stimme ruhig zu halten. »Meine Mutter ist an der Klosterruine Tönisstein in ein Loch gefallen. Sie kommt alleine nicht wieder da raus. Wir brauchen Hilfe. Bitte.«

Nach den typischen Fragen, unter anderem ihrem genauen Standort, und der Hinweise, sich ruhig zu verhalten, wurde versichert, dass sie jemanden schicken werden.

Die Anspannung ebbte kurz ab, ihre Muskeln entspannten sich und sie stieß die Luft aus ihren Lungen. Tränen trieben ihr in die Augen und spiegelten ihre momentane Gefühlslage wieder.

***

Ein Streifenwagen traf nach etwa zwanzig Minuten, noch vor der Feuerwehr, ein. Der Fahrer stellte das Fahrzeug mitten auf der Straße ab. Mit dem Warnblinklicht wurde dürftig angekündigt, dass es einen Grund für diese Dreistigkeit gab.

Ein uniformierter Polizist mit grauen Haaren stieg aus dem Wagen und kam auf Anna zu. Unter seiner Uniform war der Ansatz eines Bauches zu erkennen. Mit seiner randlosen Brille sah er ebenso wie ein Lehrer oder Politiker aus. Sein Auftreten und seine Haltung rühmten ihn mit Autorität. »Anna Böhmer?«, fragte er mit kräftiger Stimme, die weniger zu seiner geringen Körpergröße passte. Als Anna nickte, streckte er ihr die Hand entgegen und lächelte breit. Sein Grinsen konnte von seinem Schnäuzer nicht verdeckt werden. »Mein Name ist Rüdiger Brahm. Ich bin Polizeihauptkommissar.«

»Hauptkommissar?«, wiederholte sie verwundert, schüttelte seine Hand und sah skeptisch über seine Schulter hinweg. »Müssen Polizisten nicht immer zu Zweit unterwegs sein?«

Er hob das Kinn und ihre Fragen wurden mit einem prüfenden Blick beantwortet. »Das ist ein Mythos, aber generell der Fall.« Er lächelte. »Ich war in der Nähe.«

»Wo ist die Feuerwehr?«

Sein Lächeln ging in ein Schmunzeln über. »Das Dienstfahrzeug der Feuerwehr wird gleich hier eintreffen, um Ihrer Mutter zu helfen.« Er blickte sich um. »Schöne Gegend. Sie kommen nicht von hier, oder?«

»Nein«, antwortete Anna trotzig und verstand seine Gemächlichkeit nicht. Ohne Feuerwehr würde er aber nicht viel anrichten können. Er wollte sicher nur die Zeit rum bekommen, bis die Retter eintrafen. »Merkt man das?«

Der Hauptkommissar nickte. »Schon, ja. Sie versprühen ein gewisses Maß an Hektik einer Großstadt.«

»Mal abgesehen davon, dass meine Mutter in ein beschissenes Loch gefallen ist und da jetzt alleine hockt«, gab sie zurück, »komme ich nicht aus einer Großstadt wie Berlin, sondern aus dem Bergischen Land.«

»Ah«, machte der Polizist, als würde ihre Antwort alles erklären, und verschränkte die Hände hinter den Rücken. »Nordrhein-Westfalen ist dicht besiedelt. Viele Baustellen, ständig Stau. Die Industriehochburg von Deutschland.«

Anna hatte im Bezug auf seine Ausführungen keinen Grund, etwas Gegenteiliges zu behaupten. Er traf den Nagel auf den Kopf.

»Na also«, Polizeihauptkommissar Brahm klatschte freudig in die Hände, als die Feuerwehr auftauchte. »Dann wollen wir Ihrer Mutter mal aus der Misere helfen.« Er wies die Feuerwehrmänner an, hinter seinem Wagen zu halten. Er grüßte höflich eine Frau in einem vorbeifahrenden Auto und trommelte die

Männer zusammen. »Los jetzt! Wollen wir der jungen Dame helfen, ihre Mutter aus dem Loch zu bekommen.«

Anna glotzte Rüdiger Brahm über den plötzlichen Wechsel von Smalltalk zu eisernem Handeln hinterher. Als der Trupp sich auf dem Weg zur Klosterruine machte, versuchte sie, den zielstrebigen Männern hinterherzueilen. Trotz der diversen Hilfsmittel im Schlepptau schlängelten sie sich leichtfüßig durch den Dschungel und kannten den Weg offensichtlich gut. Auch die Stufen meisterten sie problemlos.

»Halt!«, rief einer der Männer und der Trupp verharrte.

»Frau Böhmer«, wandte sich der Kommissar an Anna, »können Sie uns die Stelle zeigen, wo sich ihre Mutter befindet?«

Plötzlich wirkte der Mann wie ausgewechselt und kam Anna wie ein einfühlsamer Polizist vor, der einem Kind seine Mama wiederbringen wollte. Sie nickte zustimmend und ging voran. Als sie zu der Stelle kam, blieb sie stehen. »Mama?« Sie trat an das Loch heran. »Ich bin zurück. Die Feuerwehr wird dich jetzt da raus holen.«

Rüdiger Brahm schob Anna vorsichtig zur Seite. »Frau Böhmer?« Es kam keine Antwort. Er wandte sich an die Tochter. »Ganz sicher, dass das die Stelle ist.«

»Einhundert Prozent.« Sie nickte eifrig. »Das ist das Loch, in das sie reingefallen ist.«

Der Polizist kniete sich in den Dreck, langte nach einer Taschenlampe und leuchtete ins Schwarze. »Frau

Böhmer, sind Sie da unten?« Er versuchte, eine bessere Sicht zu bekommen, was jedoch vergebens war. »Frau Böhmer?« Er erhob sich, drehte sich zu dem Feuerwehrtrupp um und machte eine kreisende Bewegung in die Luft. Er deutete Anna an, zur Seite zu treten, und wartete mit ihr, bis die Feuerwehr ihre Arbeit gemacht hatte.

Annas Puls schoss in die Höhe. Wie in Trance nahm sie das Stimmengewirr der Feuerwehrleute wahr, die einen Kollegen in das Loch hinunterließen. Ihr Verstand wollte nicht begreifen, was hier vor sich ging. War es das falsche Loch? War ihr womöglich doch etwas zugestoßen? Hatte sie ihrer Tochter nur nicht sagen wollen, dass sie verletzt war, um sie nicht zu beunruhigen? Die Vorstellung, dass sie bewusstlos oder gar tot dort unten liegen könnte, war kaum auszuhalten.

Eine große Taschenlampe wurde ins Loch geworfen.

Ein Schweißfilm bildete sich auf Annas Stirn. Die Sekunden, in denen der Feuerwehrmann sich dort unten umsah, kamen ihr vor wie mehrere Minuten. Immer wieder tauchte ein Bild ihrer verletzten Mutter vor ihrem inneren Auge auf.

Dann rief der Feuerwehrmann endlich nach oben: »Hier unten ist niemand.«

***

Die Erleichterung darüber, dass ihre Mutter nicht verletzt oder gar tot dort unten lag, war kaum ein Trost mit dem Wissen, dass sie verschwunden war. Anna taumelte nach vorne. »Was meinen Sie mit: Da unten ist niemand?«

Kommissar Brahm hielt sie zurück, bis der Feuerwehrmann aus dem Loch gestiegen war. »Was haben Sie dort unten gesehen?«, fragte er ihn prompt.

Er zuckte mit den Schultern. »Eine der Kammern. Nicht sehr groß. Überschaubar. Kein weiterer Ausgang. Keine Frau.«

»Das kann nicht sein«, stieß Anna hervor. »Sie war doch dort.« Die Blicke des Trupps konnte sie nicht deuten. Aber keiner von ihnen schien sie zu verachten, sondern eher zu bemitleiden. »Sie war hier. Das ist das Loch«, stammelte sie, als ihr Tränen in die Augen schossen und jedes weitere Wort erstickten.

Der Polizist machte eine Kopfbewegung. Sofort verstanden die Männer und begannen, die anderen Löcher abzusuchen. Er geleitete Anna behutsam von den Suchenden weg. »Die Männer sehen jetzt vorsorglich auch in den anderen Löchern nach, Frau Böhmer. Vielleicht ist Ihre Mutter von selbst hinausgekommen und sucht nach Ihnen. Hier kann man sich leicht aus den Augen verlieren.«

Anna nickte dankend, obwohl sie sich sicher war, sich mit der Stelle nicht geirrt zu haben. Es wäre ihrer Mutter nicht möglich gewesen, ohne Hilfe dort heraus zu kommen. Sie beobachtete die Feuerwehrmänner, wie sie ein Loch nach dem anderen absuchten. Als sie auch bei dem letzten kopfschüttelnd zusammenpackten, starb der verbliebene Hoffnungsschimmer in Anna. Sie nahm ihr Handy aus der Hosentasche und wählte die Nummer ihrer Mutter. Es war aus. Ihr fiel ein, dass es mit leerem Akku im Auto lag. Mit einem kurzen Aufschrei unterdrückte sie den Drang, jemandem das Gerät ins Gesicht zu werfen und entfernte sich von der Gruppe.

Rüdiger Brahm folgte ihr.

Anna riss einen Zweig von einem Baum und drehte sich zu dem Polizisten um. »Was machen wir jetzt?«

Brahm seufzte. »Ich weiß, dass Sie das jetzt nicht verstehen werden, aber wir können im Moment nicht viel tun.«

Sie brauchte die Ausführung nicht zu hören, um zu wissen, dass zunächst keine Vermisstenmeldung aufgenommen werden wird. Es gab keinen Verdacht, dass für ihre Mutter eine Gefahr bestand. Genauso gut könnte sie durch den Wald spazieren und ihre Tochter suchen. Nur Anna wusste, dass ihre Mutter so etwas nicht tun würde. Sie hatte ihr schon früh als Kind beigebracht, genau an der Stelle zu warten, wo man sich aus den Augen verloren hatte, wenn es einem aufgefallen war. Das könnte sie dem Beamten erzählen, es würde nichts an der augenblicklichen Situation ändern. Stöhnend gab sie sich dem Schicksal hin.

»Ich werde hier bleiben und auf meine Mutter warten«, beschloss Anna. Seit sie sie zurückgelassen hatte, um Hilfe zu rufen, bis jetzt, waren vielleicht fünfundvierzig Minuten vergangen. Gut möglich, dass sie nur zum Auto gegangen war und dann wiederkommt. Bei dem Gedanken fiel ihr ein, dass es wenig Sinn machte, am Parkplatz zu warten. Sie hatte keinen Schlüssel, um in den Wagen zu gelangen. Ihre Sorgen überschlugen sich. Was, wenn ihre Mutter gar nicht auftauchte? Sie hatte die Autoschlüssel in der Hosentasche. Ohne diese könnte sie nicht nach Hause fahren, selbst wenn sie wollte. Und ohne ihre Mutter würde sie das nicht tun. Das wenige Geld, das sie mitgenommen hatte, war zusammen mit der Tasche ihrer Mutter im Auto eingeschlossen. Ihre Geldkarte hatte sie gar nicht erst eingesteckt.

Ein Kloß bildete sich in ihrem Hals und sie versuchte, ihn mit samt der Tränen hinunter zu schlucken.

»Soll ich Sie irgendwo hinfahren?«, fragte der Kommissar und legte eine Hand auf ihre Schulter.

Anna sah ihn mit glasigen Augen an und schüttelte kaum merklich den Kopf.

»Wir wären dann soweit«, verkündete einer der Feuerwehrleute.

Brahm nickte ihm zu und die Männer räumten den Platz.

Er wandte sich wieder an Anna. »Hier ist meine Karte.« Er drückte ihr das Kärtchen in die Hand. »Wenn irgendetwas sein sollte, rufen Sie mich an. Egal wie viel Uhr. Uns fällt schon etwas ein.«

Anna glaubte, zu wissen, dass ihm klar war, dass sie nicht nach Hause kommen würde, wenn ihre Mutter nicht auftauchte, und bedankte sich bei ihm.

Er klopfte ihr noch einmal sanft, fast väterlich, auf die Schulter. »Wissen Sie was, Frau Böhmer, ich glaube ich mache noch einen ausgiebigen Spaziergang durch den Wald, ehe ich Feierabend mache.«

Rüdiger Brahms indirekte Aussage, noch nach ihrer Mutter suchen zu wollen, hatte Anna tatsächlich Trost gespendet. Da sie schon Stunden an der Klosterruine Tönisstein wartete, ohne, dass jemand auftauchte, verlor sich der Gedanke, er würde sie finden, endgültig und ließ die Sorge überhandnehmen.

Es war Nachmittag, als sich Anna niedergeschlagen auf den Weg zum Auto machte, ohne zu wissen, was genau sie dort glaubte anzutreffen. Doch es war ein weiterer Wartepunkt mit der hieran verknüpften Hoffnung, ihre Mutter wiederzufinden.

Gedanklich spielte sie bereits das Szenario durch, Polizeihauptkommissar Rüdiger Brahm anzurufen und auf dem Polizeirevier die Vermisstenanzeige aufzugeben. Dann müsste sie diese Nacht in einer Zelle schlafen. Vielmehr würde sie es hoffen, weil sie nicht genügend Geld dabei hatte, um in einem Hotel oder Ähnliches zu übernachten. Sie würde Meike anrufen, damit sie das Geschäft solange am Leben erhält und bei sich auf der Arbeit das Problem schildern, um auf unbestimmte Zeit frei zu bekommen. So, wie sie ihren Chef und die Kollegen einschätzte, würden sie ihr den Rücken stärken.

Niemand hätte voraussehen können, was ihnen ein einziger Trip, bei dem sie ein Familienfoto entdeckt hatten, alles passieren würde. Paradoxerweise dachte

Anna daran, dass ihre Mutter endlich ein Abenteuer erlebte.

Als sie den Parkplatz sah, und den verlassenen Wagen ihrer Mutter entdeckte, hoffte sie, dass es ihr gut ginge, wenn von ihr jede Spur und ein Lebenszeichen fehlte.

***

Als Anna an das Auto trat und an dem Türgriff des verschlossenen Wagens rüttelte, machte sich noch mehr Frust und Niedergeschlagenheit breit. Ängstlich sah sie sich um. Kurz überlegte sie, Brahm anzurufen, verwarf diesen Gedanken aber zunächst wieder.

Noch hatte sie nicht alle Möglichkeiten in Betracht gezogen. Das Geld, das sie mitgenommen hatte und unantastbar im Auto lag, hätte für ein Taxi nach Hause nicht gereicht. Für ein Busticket vielleicht schon eher, aber sie würde diesen Ort nicht verlassen, ehe sie nicht wusste, wo ihre Mutter steckte und ob es ihr gut ginge.

Der banale Einfall, die Scheibe einzuschlagen, kam ihr in den Sinn. Das Auto war alt und verfügte sicher nicht über eine Alarmanlage. Ihre Mutter würde sie töten, wenn sie das täte. Aber hatte sie eine Wahl? Sie suchte sich einen großen Stein und hob ihn auf. Sie wog ihn in der Hand hin und her, holte aus und schmiss ihn schreiend von sich und dem Fahrzeug weg. Sie vergrub das Gesicht in ihren Händen. Sie musste sich zusammenreißen, sie war schließlich schon lange kein kleines Kind mehr.

Anna holte ihr Handy und die Visitenkarte des Polizisten hervor, die er ihr gegeben hatte. Kurz hielt sie inne, ehe sie seine Nummer eingab und auf „anrufen" drückte.

»Brahm«, meldete er sich prompt.

»Hallo Herr Brahm.« Anna steckte die Karte zurück in die Hosentasche. »Hier ist Anna Böhmer.«

»Frau Böhmer«, horchte er auf. »Ist alles in Ordnung? Ist Ihre Mutter wieder aufgetaucht?«

»Ähm, nein«, sie wechselte das Handy von einem Ohr zum anderen. »Deswegen rufe ich eigentlich an. Ich wollte wissen, ob Sie sie vielleicht gefunden haben. Hat sie sich vielleicht bei der Polizei gemeldet oder so?«

Kurz blieb es auf der anderen Leitung still. »Das tut mir leid, Frau Böhmer, dass Ihre Mutter noch nicht aufgetaucht ist«, bestätigte Rüdiger Brahm indirekt ihre Vermutung. »Ich werde mich gerne noch ein wenig umhören.«

»Danke.« Anna wusste, dass dem Polizisten die Hände gebunden waren. Er tat schon mehr, als er musste und andere es getan hätten. Sie konnte nur hoffen, dass ihre Mutter besser früher, als später, wieder auftauchen würde und alles nur ein großes Missverständnis war.

»Frau Böhmer«, riss Brahm sie aus den Gedanken. »Was haben Sie jetzt vor? Kommen Sie irgendwie nach Hause?«

Anna schüttelte den Kopf, auch wenn er es nicht sah. »Ich weiß nicht. Ich will nicht einfach nach Hause.« Sie verschwieg ihm, dass sie es ohne Autoschlüssel nicht einmal konnte, selbst wenn sie es wollte.

Brahm machte einen Laut der Überlegung. »Sie können gerne bei mir schlafen, wenn Sie nicht wissen, wohin.« Schnell schob er hinterher: »Ich habe ein Gästezimmer, das kann man abschließen. Ich kann meine

Tochter anrufen. Sie müsste ungefähr in Ihrem Alter sein. Sie kann Ihnen etwas kochen. Meine Kochkünste kann ich nicht empfehlen.« Er lachte auf.

Anna kam nicht umhin, dass seine Aussage ihr ein kurzes Lächeln entlockte. »Das ist sehr nett von Ihnen«, sie biss sich auf die Lippe, »aber das ist nicht nötig. Vielen Dank. Ich habe Bekannte hier in der Nähe, die ich bereits informiert habe«, log sie. Sie wusste nicht, ob sie sich selbst die unangenehme Situation ersparen wollte, oder vielmehr dem Polizisten.

»Okay, gut«, meinte Rüdiger Brahm knapp. »Aber wenn Sie doch Hilfe benötigen, rufen Sie mich an. In Ordnung?« Seine Nachdrücklichkeit war unüberhörbar.

Bestimmt hatte er ihre Flunkerei durchschaut. »Natürlich. Vielen Dank!« Sie legte auf.

Auf ihrem Handy rief Anna ihren aktuellen Standort auf, damit sie sah, was sich alles in ihrer Nähe befand. Sie konnte im Seniorendomizil nach einer Schlafgelegenheit fragen. Wenn sie die Situation erklärte, würde man ihr bestimmt helfen. Es widerstrebte ihr, dort eine Schlafstätte zu erbitten. Sie suchte die andere Richtung auf der Karte ab und fand nicht weit von ihrem Standort ein Gästehaus mit „Büchern, Bed & Breakfast". So wurde es zumindest angepriesen. Schmökermühle, Brohltalstraße 123, 56626 Andernach. Unschlüssig darüber, ob sie ohne Bargeld weiterkam, schenkte sie ihrer Tasche im Innenraum des Wagens einen sehnsüchtigen Blick. Es war immer noch besser als das Seniorendomizil oder eine Zelle in der Polizeiwache. Sie verließ den Parkplatz Richtung Brohltalstraße 123.

***

Das Schild der *Schmökermühle* zeigte sich dezent den vorbeifahrenden Autos und machte auf das Gästehaus mit Bücher, Bed & Breakfast aufmerksam.

Anna hatte sich auf dem Weg zum Gästehaus zurechtgelegt, erst einmal zu fragen, wie man ein Zimmer bekam und ob man es im Voraus zahlen musste. Je nach Antwort konnte sie danach immer noch entscheiden, ob sie ihre irre Geschichte der kurzzeitigen Obdachlosigkeit zur Sprache bringen sollte.

Sie betrat das Gebäude durch die dunkle Tür und fand sich in einem rustikalen, aber liebevoll eingerichteten Inneren wieder.

»Hallo!«, rief sie vorsichtig hinein und spürte, wie ihre Nervosität stieg. Es antwortete niemand. Dann hörte sie einen Knall, gefolgt von einem kurzen Fluchen. Sie folgte den Geräuschen und fand sich in einem Zimmer mit unzähligen Büchern wieder. Augenblicklich wurde ihr zumindest klar, weshalb das Gästehaus mit Büchern warb. Die Menge ähnelte einer kleinen Buchhandlung in einer Altstadt. Eine Frau bückte sich nach einem Buch und stieg die Trittleiter hinauf, um es im obersten Regalfach zu verstauen.

»Entschuldigung.« Annas Herz pumpte das Blut unkontrollierbar durch ihre Arterien. Sie hielt sich im Hintergrund.

Die Frau lächelte freundlich, klopfte sich kurz den Staub von der Kleidung. »Ich bin gleich bei Ihnen.« Sie stieg gerade die Trittleiter hinunter, als Anna jemanden im Augenwinkel sah.

Die dunklen Locken hatte sie schon einige Male gesehen. Ihr Puls schoss in die Höhe und sie eilte der Wanderin hinterher. Sie schlich ihr nach und sah, wie sie in einem Appartement verschwand.

Anna sah sich um. Niemand schien sich für sie zu interessieren. Vor der Tür verharrend wägte sie das Für und Wider ihres Tuns ab. Noch ehe die Vernunft etwas dazu beitragen konnte, klopfte sie mit der Faust dagegen.

Zu schnell, als dass sie hätte weglaufen können, wurde die Tür geöffnet. Anna machte einen Schritt nach hinten. Ihre Muskeln spannten sich unter der Aufregung an. Eine Frau lächelte ihr entgegen.

»Wo ist meine Mutter?«

***

Der braune Lockenkopf bat sie herein.

»Nein«, wehrte Anna ab. Tausend Gefahren boten sich als mögliche weitere Szenarien an. »Ich möchte nur wissen, ob Sie meine Mutter gesehen haben.« Dass ihr alles von Anfang an merkwürdig vorkam, erwähnte sie mit keiner Silbe.

Sie holte ihr Handy hervor, suchte ein Bild ihrer Mutter und zeigte es ihr.

Die Frau riss die Augen auf.

»Was ist hier los?«, frage Anna, als sie den Blick bemerkte.

»Wir können alles erklären«, sagte die Frau mit englischem Akzent.

»Erklären Sie es mir sofort, hier an der Tür.« Anna weigerte sich, einen Schritt über die Schwelle ins Ungewisse zu treten. Sie schloss die Finger um ihr Handy fester. »Sie wissen, wo sie ist.«

»Ja natürlich.« Die Frau nickte eifrig. »Deine Mutter ist im Schlafzimmer und ruht sich aus.«

Anna versuchte, an der Engländerin vorbei zu spähen. Ohne Gelingen.

»Mein Name ist Rebecca Jackson. Du kannst gerne Beccy zu mir sagen«, sagte sie, als habe sie das Kind einer Freundin vor sich. »Komm ruhig rein. Deine Mutter ist hinten.«

Annas Blick reichte, um ihre Gedanken an Fremde mit Mordgelüsten zum Ausdruck zu bringen.

Neben Rebecca tauchte ein Mann auf. »Das ist mein Mann, Alexander Jackson.«

»Hey!« Er hob die Hand zum Gruß und hielt sie ihr anschließend hin. »Du kannst mich Alex nennen«, sagte er mit gleichem englischen Akzent wie seine Frau.

Anna machte, trotz der freundlichen Gesichter, keine Anstalten, seine Geste zu erwidern, sodass er seine Hand wieder zurücknahm.

»Es ist alles in Ordnung«, versicherte Beccy. »Es tut dir hier keiner etwas.«

Die billigsten Sprüche, die in Filmen verwendet wurden, waren tatsächlich in Annas Realität angelangt und erinnerten genauso an die Heuchelei einer kinderfressenden Hexe aus einem Wald. »Ich traue euch nicht«.

»Anna«, kam es leise aus dem hinteren Bereich des Appartements.

»Mama?!« Sie versuchte, an dem Ehepaar vorbei zu schauen, konnte ihre Mutter aber nicht sehen. »Mama? Geht es dir gut? Ist alles in Ordnung?«, rief sie ins Innere.

»Alles gut«, garantierte sie. »Du kannst rein kommen.«

Fast schon erleichtert winkte das Paar Anna hinein und trat zur Seite. »Hinten durch die Tür.«

Doch das zu wissen, war nicht mehr nötig. Nachdem Anna die Stimme ihrer Mutter gehört hatte, war sie an ihnen vorbeigeeilt. Nicht nur ein Stein fiel in diesem

Moment von ihrem Herzen ab, sondern ein ganzer Erd-rutsch fegte hinweg und nahm ihr die Angst. Die Freude darüber, zu wissen, dass es ihrer Mutter gut ging, war alles, was sie in dem Augenblick verspürte.

Sie stieß die Schlafzimmertür auf und sah ihre Mutter in einem Doppelbett liegen. Auch auf ihren Lippen war ein Lächeln zu sehen.

***

Anna schloss ihre Mutter so fest in die Arme, dass sie aufstöhnte. »Wie konntest du mir so einen Schrecken einjagen«, folgte ein Vorwurf.

»Nicht so laut, bitte.« Christine verzog schmerzvoll das Gesicht. »Ich bin gerade erst wach geworden und habe höllische Kopfschmerzen.«

Das englische Paar betrat den kleinen Raum. »Deine Mutter hat sich den Kopf gestoßen, als wir ihr aus dem Loch geholfen haben«, erklärte Alex unaufgefordert. Er legte einen Arm um seine Frau. »Sie wurde ohnmächtig. Deswegen haben wir sie hierhin gebracht.«

Anna bedankte sich für ihre Hilfe, wenngleich sich weitere Fragen ankündigten. Warum haben sie sie einfach mitgenommen? Sie mussten doch gewusst haben, dass sie zu zweit dort waren. Warum haben sie sie nicht wissen lassen, dass es ihrer Mutter gut ging?

Anna tätschelte ihr die Hand. »Ist wirklich alles in Ordnung?«

Christine lächelte schief. »Entschuldigung, ich wollte dir nicht solche Sorgen bereiten.«

»Die Kopfschmerztablette sollte gleich wirken«, versprach Beccy und reichte ihr eine, zusammen mit einem Glas Wasser. »Ich mache uns jetzt einen Tee. Sie verschwand im Nebenraum.«

Anna wandte sich an Alex. »Wie habt ihr meine Mama gefunden?«

»Ich habe ein Geräusch gehört und gerufen«, erklärte sie selbst und schluckte die Schmerztablette mit einem großen Schluck Wasser hinunter. »Ich dachte, du wärst umgekehrt.«

»Wieso habt ihr mich nicht gesucht?«, fragte sie den Mann vorwurfsvoll. »Ich habe mir Sorgen gemacht.«

Er zuckte mit den Achseln. »Woher sollten wir wissen, dass ihr zu zweit seid?«

»Habt ihr uns nicht verfolgt oder so was?«

»Anna«, maßregelte Christine sie.

Das eigene Entsetzen über die plötzliche Unhöflichkeit überraschte Anna selbst. Sie schob es auf die turbulenten letzten Stunden.

Alex lachte auf. »Warum sollten wir euch verfolgen?«, sagte er, als käme die Aussage von einem kleinen Kind.

»Keine Ahnung.« Anna senkte den Blick. »Entschuldigung. War nicht so gemeint. Es war heute etwas nervenaufreibend für mich.«

»Schon gut.« Alex winkte ab. »Nach einer Tasse Tee wird es euch gleich viel besser gehen.«

***

Es dauerte noch, bis die Wirkung der Schmerztablette einsetzte und Christines Kopfschmerzen nachließen. Sie schleppte sich an den kleinen Tisch, der in der Mitte des spärlichen Raumes stand. Hilfe hatte sie abgelehnt, weil sie sich nicht schwächer geben wollte, als sie sich fühlte.

Ihr Hals war staubtrocken, obwohl sich das Pärchen gut um sie gekümmert hatte. Sie trank den heißen Tee so schnell aus, dass sie sich verbrannte. »Vielen Dank nochmal für eure Hilfe.«

»Keine Ursache.«

Auch Anna trank gierig. Sie hatte die ganze Zeit nichts mehr getrunken und kam sich verdurstet vor. Sie sah sich um. Das Zimmer wirkte bewohnt, nicht behaust oder gar besucht. In der Ecke am Eingang entdeckte sie die Wanderrucksäcke des Ehepaars. »Seid ihr zum Wandern hier?«

Das Paar tausche einen nicht deutbaren Blick aus.

»Nicht so ganz«, antwortete Beccy und setzte ihre Tasse ab. »Wir suchen hier etwas.«

»Ich habe es ja gewusst«, hätte Anna am liebsten laut gerufen, aber freute sich still über die richtige Annahme und hoffte, ihre Mutter würde wissen, dass sie mit ihren Vermutungen die ganze Zeit recht gehabt hatte. »Was sucht ihr denn?«, fragte sie deshalb und wünschte sich gleichzeitig, nicht immer so direkt zu sein, als sie den Blick der Frau sah.

»Wir suchen unsere Tochter«, erklärte Alex gefasster als seine Ehefrau aussah.

»Oh, Verzeihung, ich wollte nicht...« Anna senkte bei dem Tritt in das Fettnäpfchen den Blick. Sofort kam ihr die Geschichte der Frau im Restaurant in den Sinn, die von den Geheimnissen der Eifel sprach.

»Ist schon okay«, glättete er die Wogen. »Du konntest es ja nicht wissen.«

Eine kurze, unangenehme Pause entstand, aber Anna traute sich nicht, nach dem Wieso zu fragen und ob es mit den verschwundenen Kindern bei Maria Laach zu tun hatte.

»Tut mir leid«, schaltete Christine sich mitfühlend ein. »Ich will mir nicht einmal vorstellen, wie das für Sie sein muss.«

Beccy und Alex nickten ihr dankbar zu.

»Hat es etwas mit den verschwundenen Kindern bei Maria Laach zu tun?« Christine scheute die Direktheit als Mutter nicht und hegte offensichtlich den gleichen Gedanken wie ihre Tochter.

Das Paar schüttelte den Kopf. »Nein, jedenfalls nicht in unserem Fall«, antwortete Alex nüchtern und nahm einen Schluck Tee. »Das Alter passte, sie war sechs, aber unsere Tochter verschwand in England, nicht hier. Wir haben trotzdem damals mit den Beamten vor Ort gesprochen, aber die sehen kaum einen Zusammenhang.«

Anna war in Versuchung, die Strichliste an der Ruine anzusprechen. Schließlich wies sie laut Aussage der Frau im Restaurant einen Strich mehr auf, als es Vermissten-fälle gab. Allerdings wollte sie die Eltern nicht mit ihren Phantasien behelligen und fragte nur: »Wieso sind sie denn dann hier in der Vulkaneifel, wenn ich fragen darf.«

»Damals hatten wir wirklich alles versucht, sie zu finden«, erklärte Alex weiter. »Ein Augenzeuge hatte einen Wagen gesehen mit einem Kennzeichen aus Deutschland und dem Anfangsbuchstaben A. Leider gibt es zweiundreißig Kennzeichen, die mit A beginnen. Wir haben in jeder Stadt das Einwohnermeldeamt, die Polizei und Krankenhäuser angerufen und unseren Fall geschildert. In jeder Stadt.« Er machte eine kurze Pause. Dann nahm er die Hand seiner Frau. »Eines Tages, wir hatten die Hoffnung schon fast aufgegeben, Ellie zu finden, war meine Frau beruflich an der Anlegestelle der Fähre, die von Harwich in England nach Hoek van Holland in den Niederlanden führte. Sie sah den Wagen. Gleiches Modell, gleiche Farbe. Kennzeichen aus Deutschland.«

»Es ging alles so schnell«, erinnerte sich Beccy und Tränen schossen ihr in die Augen. »Er war direkt vor mir, in meiner Nähe. Ich habe es gespürt. Ich konnte es nicht sehen. Ich konnte nicht.« Sie weinte los und vergrub ihr Gesicht in den Händen.

Anna schluckte das Mitgefühl so weit hinunter, um nicht auch loszuheulen. »Es war nicht deine Schuld, Honey«, tröstete Alex seine Frau und streichelte ihr den Rücken. »Du hast uns doch erst hierhin geführt. Die einzige Spur seit damals und wir sind so nah dran.« Er wandte sich den Gästen zu. »Die Fähre legte gerade ab.

Sie erkannte das Kennzeichen „AW", also Ahrweiler. Lediglich die Zahlen konnte sie nicht mehr erkennen. Aber wir mussten dem Gefühl, das sie hatte, vertrauen und der einzigen Spur nachgehen, die wir hatten. Wir brachen unser Leben in England ab und reisten nach Deutschland.«

Die Schwere, die diese Worte mit sich brachte, war für Anna kaum vorstellbar. Einer einzigen Spur nachzugehen, ohne wirklich zu wissen, ob sie etwas taugte, war Wahnsinn. Seinem ganzen Leben den Rücken zu kehren und in ein anderes Land zu reisen. Auf unbestimmte Zeit.

»Sie sagten damals«, wiederholte Christine leise. »Wie lange suchen Sie schon nach Ellie?«

Beccy hob den Kopf. Ihre Augen waren rot, stumme Tränen rannen ihr noch immer über die Wangen. »Acht Jahre.« Die Zahl hallte durch das Zimmer und hatte nichts von der Acht, die im Christentum als glücklicher Anfang galt.

***

Es klopfte an der Tür des Bach-Apartments. Die festen Schläge ließen Anna zusammenzucken und unterbrachen das tiefgründige Gespräch über das verschollene Mädchen. Noch einmal donnerte es gegen die Tür, während Beccy aufstand und zur Appartementtür huschte.

Die Tea-Time in einem schicken Gästehaus mitten in der Idylle hätte nicht gegensätzlicher sein können. Annas Körper signalisierte Alarmbereitschaft, ohne zu wissen, woher dieses Gefühl rührte. Sie erkundigte sich mit einem kurzen Seitenblick bei ihrer Mutter, ob sie ebenso überrascht über einen weiteren Besucher war. Ihre zugezogenen Augenbrauen und die aufrechte Haltung bestätigten Annas Vermutung, dass sie auch nicht glaubte, dass es der Zimmerservice war, der nach dem Rechten sehen wollte.

Alex blieb sitzen, sah seiner Frau hinterher, ehe er Mutter und Tochter ein verhaltenes Lächeln sendete. Beccy zog die Tür auf. Ein junger Mann mit Brille trat durch die Tür ins Innere. Eine mütterliche Umarmung nahm ihn in Empfang. Sie schloss die Tür.

In dem Moment, als Beccy den Besucher in den Raum schob, klappte Anna die Kinnlade bis auf den Schoß. Sie hatte keinen Schimmer, was sie erwartet hatte. Womöglich doch den Zimmerservice, andere Gäste, mit denen sich das Paar angefreundet hatte. Selbst den Polizeihauptkommissar Rüdiger Brahm mit seinem schicken Schnäuzer hatte sie vermutet. Alles, nur nicht das. Sofort erinnerte sie sich an den Tag, als sie die beiden Wanderer zusammen mit einem Mann gesehen hatten. Gut möglich, dass er es gewesen war. Doch das war es nicht, was Anna schockierte.

»Das ist Daniel«, stellte Beccy ihn vor und klopfte ihm von hinten auf die Schulter.

»Hallo«, grüßte er verlegen in die Runde, hob kurz die Hand zum Gruß und lächelte dümmlich.

Es gab keinen Zweifel mehr. Seine Gesichtszüge waren älter, aber es war unverkennbar der blonde Junge von dem Familienfoto, das Anna im Beisein ihrer Mutter am Straßenrand fotografiert hatte.

***

Die Fragen in Annas Kopf überschlugen sich beim Anblick des jungen Mannes vor ihr und verlangten nach Antworten, doch keine davon brachte sie zur Sprache. Es drängten sich nur Weitere auf. Was machte er hier? Was hatte er mit den Engländern zu tun? Schwester Swetlana sagte, niemand wisse, wo die Familie abgeblieben war. Aber nun stand der Junge von der Fotografie vor ihnen. Warum hatte er seine Oma nicht besucht? Dass die alte Frau sich mit der Demenz nicht erinnerte, war eine Sache. Die Schwestern hätten sich aber daran erinnern müssen, wenn dem so gewesen wäre. Er hatte sie nicht besucht. Wo war Daniel also die ganze Zeit über? Und wo waren die anderen? Es war nicht schwer, eins und eins zusammenzuzählen. Else, die Frau aus dem Seniorendomizil war seine Oma. Ob er wohl schon wusste, dass sie inzwischen verstorben war?

Beccy drückte Daniel auf ihren freien Stuhl. »Ich mache dir erst einmal einen Tee.«

Er sah zu ihr auf und bedankte sich, ehe er den Gästen ein verlegenes Lächeln entgegenbrachte und den Kopf senkte. Währenddessen rieb er seine Finger unter dem Tisch aneinander, als wäre ihm Beccys Bemutterung peinlich.

Alex klopfte ihm auf die Schulter. »Das sind Christine und Anna«, stellte er die Gäste vor.

»Ich bin in ein Loch gefallen«, äußerte sich Christine ungenau, die über Daniels Auftreten genauso verwirrt war, wie ihre Tochter.

Während Daniel mit dieser Aussage nichts anfangen konnte, gackerte das Paar los.

»Oben bei der Klosterruine«, erklärte Alex ohne Umschweife. »Christine ist dort in eines der Löcher gestürzt. Wir haben sie rufen hören und sie anschließend da raus geholt.«

Beccy stellte dem Neuankömmling eine Tasse Tee hin, nahm ihre eigene vom Tisch und lehnte sich an die winzige Küchenzeile.

Daniel machte große Augen und sah zu ihr. »Da haben Sie aber Glück gehabt, dass Ihnen nichts passiert ist.«

»Ach, nur eine Beule«, äußerte sich Christine hierzu salopp. »Ich bin Ihren Eltern für ihre Rettungsaktion unheimlich dankbar.«

Annas Blick schnellte unbedacht zu ihr hinüber. Sie konnte unmöglich die Ähnlichkeit zu Daniels Person und dem Familienfoto verkennen, während sie sich so sicher war, wie der Himmel blau ist. Um ihre Reizüberflutung im Zaum zu halten, griff sie nach ihrer Teetasse und pustete, obwohl er nur noch warm war, ehe sie einen Schluck davon trank.

Daniel winkte ab. »Nein, nein«, widerlegte er die Vermutung. »Alex und Beccy sind nicht meine Eltern.«

»Wir sind Freunde«, konkretisierte Beccy.

»Oh Verzeihung«, entschuldigte sich Christine und nur Anna hörte den Unterton der Scheinheiligkeit heraus, sodass sie nun ganz genau wusste, dass ihre Mutter wusste, wer vor ihnen saß. »Ich wollte nicht vorschnell urteilen.«

Alex winkte ab. »Kein Problem. Konnten Sie ja nicht wissen.«

»Wie haben Sie sich denn hier kennengelernt?«, bat Anna, zu wissen, und sprang damit auf den gleichen Zug, wie ihre Mutter, auf. »Die Menschen hier unten sind wohl geselliger, als bei uns im Ruhrgebiet.« Bewusst vermied sie es, zu erwähnen, dass sie aus dem Bergischen kamen, und lobte sich im Stillen für diese Art von Vorsicht Fremden gegenüber.

Beccy stellte ihre Tasse hinter sich ab, gesellte sich zu ihrem Mann und legte die Arme um seine Schultern. »Man könnte sagen, dass das Schicksal uns zusammengeführt hat. Es ist noch gar nicht so lange her, da sind wir bei unserer Suche ins Gespräch gekommen.«

Alex tätschelte seiner Frau die Hand.

»Das heißt«, schlussfolgerte Christine, »dass er Ihnen bei der Suche nach Ihrer Tochter hilft.«

»Sie wissen davon?« Daniel wirkte verblüfft, aber nicht verärgert.

Alex nickte. »Wir haben es ihnen erzählt.«

Beccy ließ von ihrem Mann ab. »Eigentlich helfen wir uns sogar gegenseitig.« Sie inspizierte den Inhalt der Tassen. »Möchte noch jemand Tee?«

Alle verneinten.

»Wie meinen Sie das, dass Sie sich gegenseitig helfen?« Anna konnte sehen, dass Daniel ihre Blicke mied.

»Er sucht nach seiner Schwester«, plauderte sie aus dem Nähkästchen.

»Honey«, forderte Alex ihre Aufmerksamkeit. »Vielleicht möchte Daniel selbst entscheiden, wem er etwas von sich erzählt.«

»No, Honey.« Ein Blick seiner Frau brachte ihn zum Schweigen. »Du weißt, wie es damals bei uns war. Jeder Hinweis, jedes Augenpaar hat uns weitergeholfen.«

»Du hast recht.«

»Ist schon gut«, mischte sich Daniel ein und gab Beccy damit die Zustimmung, weiter über seine Privatangelegenheiten zu sprechen.

»Das mag jetzt komisch sein«, sagte sie deshalb, »aber es könnte sein, dass seine Schwester und unsere Tochter ein und dieselbe Person sind.«

Anna zog fragend die Brauen zusammen. »Wie denn das?« Die Geschichte wurde immer absurder. Nicht nur, dass vor ihr ein vermisster, blonder Harry-Potter-Verschnitt saß, der selbst seine verschollene Schwester suchte, den sie und ihre Mutter zuvor zufällig auf einem unbekannten Familienfoto irgendwo im Nirgendwo entdeckt hatten. Jetzt behauptete das Pärchen, das seit acht Jahren auf der Suche nach ihrem Kind war, dass das gleiche vermisste Mädchen auch seine Schwester sein könnte. Noch verrückter ging es wohl kaum noch. Aus reiner Höflichkeit hielt Anna ihre Gedanken bei sich, was ihr, bei allem, was sie hörte, kein bisschen leicht fiel.

»Meine Schwester kam vor acht Jahren zu uns« führte Daniel aus. »Mein Vater sagte, er müsse sie aufnehmen, weil, ich glaube seine Cousine, sich nicht mehr um sie kümmern konnte.« Er war sichtlich um die Erinnerung bemüht. »Ich weiß das nicht mehr so genau. Ich war damals dreizehn Jahre alt.« Entschuldigend sah er Alex und Beccy an, bevor er weitersprach. »Wir nahmen sie also bei uns auf. Mein Vater hatte das Sagen, also blieb sie. Wir verstanden uns gut. Sie wuchs mir ans Herz, wie eine kleine Schwester eben.« Er senkte den Kopf und knibbelte an seinen Händen herum. »Ich half ihr, wenn sie Hilfe brauchte. Ich passte auf sie auf, wenn es sein musste. Alles war normal.«

Anna hatte so viele Fragen im Kopf, wie eine Maschinenpistole in kurzer Zeit Munition abfeuern konnte. Am liebsten hätte sie sie alle nacheinander losgeschossen, aber sie schwieg.

»Aber wieso glaubt ihr, wenn ich fragen darf«, und Christine fragte einfach, »dass seine Schwester eure Tochter aus England sei?«

Beccy kicherte, als habe sie diese Frage erwartet. »Es gibt zu viele Übereinstimmungen.« Mit Sicherheit hatte sie die Fakten nicht nur einmal zurechtgelegt und bewertet. »Vor acht Jahren verschwand unsere Kleine. Vor acht Jahren, trat seine Schwester in sein Leben. Unsere Tochter wurde höchstwahrscheinlich nach Deutschland verschleppt. Sein Vater war zuvor in England und kommt auch ursprünglich von dort.«

Mutter und Tochter begriffen, dass es faktisch ein paar Zufälle zu viel waren, um nicht der Tatsache zu entsprechen.

»Und das Wichtigste daran«, schaltete Daniel sich ein, »meine Schwester hieß Ellie.«

Kurz überlegte Anna, ob jemand, der ein Kind entführt, den richtigen Namen behalten würde. Wenn man in Betracht zog, dass es nicht das gleiche Land war und das Kind nicht angemeldet wurde, war es wohl möglich und egal, wenn auch riskant. Sie schlug die Hand vor den Mund, als ihr bewusst wurde, dass Daniels Vater das Kind entführt haben soll. Der Mann, der vermutlich die alte Dame die Treppe hinuntergestoßen hatte. Sie erinnerte sich an die Ausführungen ihrer Mutter zu den verschwundenen Kindern bei Maria Laach. Es hatte Hinweise auf einen Täter gegeben, saß aber wegen versuchten Mordes im Gefängnis. Sie spürte, wie sich ihr Magen zusammenzog und ihr übel wurde.

»Hättest du nicht merken können«, lenkte Christine glücklicherweise die Blicke auf sich, »dass da irgendetwas faul dran war?«

Daniel schüttelte den Kopf. »Ich war dreizehn.«

»Was ist mit deiner Mutter?«, bohrte sie weiter. »Hat sie nicht gemerkt, dass da etwas nicht stimmte?«

»Ich weiß es nicht.« Er machte eine kurze Pause. »Mein Vater konnte sehr überzeugend sein.«

»Und wo ist sie jetzt?«

»Das weiß ich nicht«, gab Daniel zu. »Es gab«, er zögerte, »persönliche Umstände.«

Anna hatte sich, dank ihrer Mutter, wieder weitestgehend gefangen, glaubte aber immer noch, dass sich die Farbe aus ihrem Gesicht gestohlen hatte. Sie trank den letzten Schluck ihres Tees und spülte damit ihren trockenen Mund aus. Sie holte ihr Handy aus der Hosentasche. Sie wollte nicht entscheiden, ob sie ihnen das Bild des Familienfotos zeigen sollten, und suchte darum im gleichen Moment den Blick ihrer Mutter.

Sie verstand sofort. »Ich glaube«, setzte Christine an und räusperte sich. »Ich glaube, dass wir etwas zur Aufklärung dabeisteuern könnten. Damit Sie sicher sein können, ob sie die gleiche Ellie suchen.«

Die sofortige Haltungsänderung der Anwesenden schien die Luft im Raum zu elektrisieren.

Christine nickte ihrer Tochter zu.

»Wir haben ein altes Familienfoto von Ihnen gefunden«, erklärte Anna an Daniel gerichtet. »Auf diesem ist auch ein Mädchen zu sehen.«

Irgendwann in den letzten acht Jahren

Fluchend ließ er den Controller seiner Playstation zu Boden fallen. Der dunkelblaue Teppich federte glücklicherweise seinen kleinen Wutausbruch ab und rettete damit seiner Lieblingsbeschäftigung das Dasein.

»Daniel!«, drang es aus der Küche. »Ich möchte dieses Wort nicht noch einmal hören! Sei froh, dass Papa das nicht gehört hat.«

Seine Mutter musste Elefantenohren haben oder er hatte tatsächlich lauter seinen Frust über das Spiel zum Ausdruck gebracht, als er wollte. Fluchen war in diesem Haus nicht gestattet. Zumindest hatte es sein Vater immer wieder gesagt. Benjamin Collins hielt sich selbst nicht daran, maßregelte aber jeden, dem ein Schimpfwort entwich.

Die Lust am Spielen war Daniel vergangen. Er schaltete die Konsole aus. Sein Vater hasste es ohnehin, wenn er ständig davor saß, war aber gleichzeitig froh, dass sein Sohn dann wenigstens leise war.

Ein Blick durch sein volles, dennoch aufgeräumtes Zimmer, konnte die Langeweile nicht vertreiben. Unordnung im Haus hasste sein Vater noch mehr als das Playstationspielen. Daniel war aus dem Alter raus, um mit den auf dem Regal aufgereihten Kuscheltieren zu spielen, und schenkte ihnen nur wenig Beachtung. Sie hatten mindestens genauso viel Staub angesetzt, wie die Ritterburg auf dem Boden darunter.

Die Spielkarten auf der Kommode gegenüber ließen ihn für einen Moment darüber nachdenken, sie erneut zu sortieren, ehe er diesen Gedanken wieder verwarf.

Sein wackeliger Kleiderschrank war schmal und bot inhaltlich nichts zum Spielen.

Er robbte auf den Knien zu der Kiste mit seinen Playstationspielen. Viele waren es nicht. Er hatte noch nicht alle zu einhundert Prozent durchgespielt. Schnell ging er sie mit den Fingern durch. Keines davon weckte sein Interesse. So war auch das letzte bisschen Hoffnung, etwas gegen die Reizlosigkeit zu finden, dahin.

Ein Grund mehr, warum er sich das neue Spiel wünschte. Bei dem Gedanken und der Vorfreude bekam er eine Gänsehaut, auch wenn er nicht wusste, ob er es wirklich bekommen würde.

Er stand auf und ging durch den Flur in die Küche.

»Oh gut. Wasch dir bitte schon mal deine Hände«, befahl seine Mutter, Tina. »Wir essen jetzt.«

Im winzigen WC neben seinem Zimmer unter der Treppe wusch Daniel sich die Hände, ehe er in die Küche zurückkehrte. Er setzte sich an seinen Platz am gedeckten Esstisch. »Was gibt's denn?«

Tina stellte einen Topf in die Mitte auf einen Untersetzer. »Ich habe dir dein Lieblingsessen gemacht.« Sie umarmte ihn von hinten und gab ihm einen Schmatzer auf die Wange.

Er schob seine verrutschte Brille wieder zurecht. Tina setzte sich und schaufelte eine große Kelle auf seinen Teller.

»Spaghettiiii!«, rief er freudig aus. Spaghetti mit Fleischbällchen gab es nur, wenn sein Vater nicht da war. Er glaubte nicht, dass es ausschließlich an der damaligen Kriegserklärung während des Zweiten Weltkriegs lag, dass er das italienische Essen verschmähte. Bevor Daniel sich noch länger der Geschichtsstunden seines Vaters unterzog, verzichtete er lieber weitestgehend auf seine Lieblingsspeise. Der Geschichtsunterricht in der Schule raubte ihm schon genug Nerven. Der war längst nicht so öde, wie sich immer wieder die gleiche Leier seines Vaters anhören zu müssen. Es war schwer, seine Erwartung mindestens an eine Zwei zu erfüllen. »Danke, Mama.« Auch sie war anders, wenn ihr Mann verreist war.

»Soll ich dir die Nudeln kleinschneiden?«

»Ich bin doch kein Kind mehr, Mama«, stellte Daniel klar und wackelte mit den Beinen unter dem Tisch. »Ich werde doch dreizehn.« Er steckte sich eine volle Gabel in den Mund.

Tina lachte und befüllte ihren eigenen Teller. »Aber erst in ein paar Tagen.«

Ein Lachen hörte er nicht oft von ihr. »Ist Papa bis dahin zurück?« Erwartungsvoll und mit rot beschmiertem Mund hob er den Kopf. Er rückte seine Brille zurecht, ohne die Gabel abzulegen, und zog eine Schnute. »Oder ist er an meinem Geburtstag nicht da?«

Tina legte das Besteck ab. »Aber natürlich wird er an diesem Tag da sein. Er ist doch immer an deinem Geburtstag hier.«

»Ich dachte, weil er schon so lange in England ist, schafft er es vielleicht nicht.« Ein Haufen Spaghetti landete in seinem Mund. Als er damit sprechen wollte, handelte er sich einen ernsten Blick seiner Mutter ein. Sie brauchte nichts zu sagen. Sein Vater sagte es ihm andauernd: Mit vollem Mund wird nicht gesprochen. Er kaute zu Ende und schluckte hastig, ehe er weitersprach. »Ich hoffe so sehr, dass ich das neue Spiel zum Geburtstag bekomme. Das wünsche ich mir schon so lange.«

***

Es störte Daniel nicht, dass an seinem dreizehnten Geburtstag niemand aus seiner Klasse da war. Er sah sie ohnehin alle am Montag wieder. Zwei Tage ohne die Bande waren schon Geburtstagsgeschenk genug. Überhaupt wollte er keinen von ihnen in seinem Zimmer herumlungern sehen. Wie toll es war, an einem Samstag seinen Jahrestag zu haben.

Es klingelte an der Haustür. Daniel sprang auf und rannte aus dem Kinderzimmer durch den Hausflur. »Ich mache auf!« Freudig riss er die Tür auf. »Oma Else!« Er schloss sie in die Arme und war nur wenig bedrückt, dass es nicht sein Vater war. Es war schon Mittag. Eigentlich wollte er um diese Zeit bereits hier sein.

»Alles Gute zum Geburtstag, mein Junge.« Sie schob ihn kurz von sich und stellte ihre Tasche auf die Treppe neben sich ab. »Lass dich ansehen.« Sie ging ihm durch die feinen Locken. »Du bist schon so ein großer Bursche geworden.«

Daniel umarmte sie noch einmal und löste sich dann von ihr. Er schloss die Haustür hinter ihr und geleitete sie in die Küche. Er atmete den Duft von Kaffee und dem Schokokuchen ein, den er sich gewünscht hatte. Nur die Gummibärchen fehlten als Verzierung. Weil er wusste, dass niemand, außer ihm, das mochte, war er nicht böse darum. Seine Mutter hatte wenigstens ordentlich

Schokoguss darübergegossen und mit ein paar Schoko-linsen eine Dreizehn geformt.

Daniel setzte sich auf seinen Platz.

»Habe ich doch richtig gehört«, sagte Tina und trat in die Küche. »Hallo Elisabeth.« Sie gab ihr einen flüchtigen Kuss auf die Wange. »Schön, dass du da bist. Wie geht es dir?«

»Mama!«, platzte es aus Daniel heraus, ohne seine Oma antworten zu lassen und wackelte mit dem Stuhl. »Oma sagte, ich wäre schon groß.«

»Setz dich richtig hin«, maßregelte Else ihren Enkel. »Ein Stuhl ist zum Sitzen da.«

Tina goss ihrer Schwiegermutter einen Kaffee in die Tasse. »Für mich wirst du immer mein kleiner Junge bleiben«, neckte sie ihn und stellte die Kanne wieder ab.

»Papperlapapp«, winkte Else ab. »Zu meiner Zeit haben wir mit dreizehn angefangen zu arbeiten, um die Familie zu unterstützen.« Sie nippte an ihrem Kaffee. »Der ist hoffentlich koffeinfrei.«

Tina bejahte und goss sich selber auch eine Tasse ein.

»Ich gehe schon arbeiten«, erwähnte Daniel stolz und wuchs auf seinem Stuhl.

»Er hilft Herr Müller bei der Gartenarbeit«, führte seine Mutter aus.

»So.« Else war sichtlich überrascht und nickte anerkennend. »Was willst du denn mit dem Geld anstel-len?«

»Also.« Daniel setzte sich noch gerader hin. »Von meinem ersten gesparten Geld möchte ich mir mein erstes eigenes Playstationspiel kaufen.« Er hatte sich das zuvor lange und gründlich überlegt. Es gab nichts, was er sich mehr wünschte. Ein Spiel davon zu kaufen, ohne vorher zu fragen und ohne warten zu müssen, war sein einziger Wille. »Das dauert aber noch. Ich muss noch ein bisschen sparen. Vielleicht ein Jahr oder so.« Falls seine Oma es für sinnlos hielt, ließ sie es sich nicht anmerken. »Alles, was ich danach verdiene, werde ich dann erst mal fleißig sparen.«

Befürwortendes Nicken seiner Oma und ein stolzer Blick seiner Mutter bestärkten ihn. Seinem Vater hatte er von seinem Vorhaben nichts erzählt. Er wusste, dass dies auf negative Äußerungen stoßen würde. Bei der ganzen Schufterei im Garten wollte er sich davon nicht runterziehen lassen.

Else sah sich um. »Ist Benjamin noch nicht zurück?«

»Er verspätet sich ein wenig.« Tina schnitt den Kuchen an. »Er ist aber auf dem Weg.«

»Na dann.« Else stupste ihren Enkel an. »Hol´ mal meine Tasche von der Treppe.«

Daniel sprang auf und holte die Ledertasche aus dem Flur. Er gab seiner Oma die Tasche, die fast genauso alt war, wie sie, aber ebenso gut erhalten. »Dann brauchen wir mit dem Geschenk ja nicht zu warten.« Sie holte zwei Geschenke hervor und überreichte sie ihm.

Mit großen Augen nahm Daniel sie entgegen. »Danke.« Das größte Paket öffnete er zuerst. Ein Pyjama kam zum Vorschein. Ihm gefiel die Farbe, auch wenn blau nicht seine Lieblingsfarbe war. Das zweite Paket begutachtete er erst von allen Seiten. Er wusste schon, worum es sich handelte. Er riss das Papier ab. Neue

Päckchen seiner Sammelkarten fielen ihm in die Hände und bestätigten freudig seinen Verdacht. »Danke, Oma.« Er drückte sie und verschwand mit den Geschenken im Kinderzimmer. Den Pyjama legte er neben das Lösungsbuch, das er von seiner Mutter für das Playstationspiel bekommen hatte. Jetzt würde er es endlich schaffen, es zu einhundert Prozent durch zu spielen. Die Karten legte er zu den anderen, die er auch von seiner Mutter erhalten hatte.

Daniel stürmte in die Küche zurück, sammelte das zerrissene Geschenkpapier vom Boden auf und warf es in den Müll.

Tina legte ihrem Sohn ein mit Schokolinsen bedecktes Stück Kuchen auf den Teller. »Jetzt wird erst mal Kuchen gegessen.«

***

»Daniel!«, drang es durch den Flur bis in sein Kinderzimmer. »Oma geht jetzt nach Hause. Sagst du auf Wiedersehen.«

Er legte die Spielkarten auf den Fußboden ab, die er wegen der neuen Errungenschaften ein weiteres Mal sortierte, und stand auf. Seine Niedergeschlagenheit hatte nichts mit Elses Aufbrechen zu tun. Sie blieb immer nur maximal drei Stunden, als sei es eine magische Zahl bei ihren Besuchen. Dabei hatte sie es nicht weit. Von Ahrweiler nach Bad Neuenahr zu ihrem kleinen Haus, das in der Nähe des Krankenhauses lag, waren es gerade dreißig Minuten, wenn man schnell ging. Sie besaß kein Auto und erledigte alles zu Fuß.

Ein Blick auf seinen Wecker auf dem Nachttisch bestätigte Daniel, dass es fünfzehn Uhr war.

»Kommst du?«

Er kam der zweiten Aufforderung nach und rannte durch den Flur, als Tina sie gerade zum Abschied umarmte.

»Danke, dass du gekommen bist, Oma.« Daniel schloss sie in die Arme. Wenn er bei jemanden große Herzlichkeit spürte, dann bei ihr. Ein paar Sekunden lang roch er ihr leichtes Parfüm. Es war anders, als die Alte-Leute-Düfte, die er sonst kannte. Solche, bei denen man vermutete, sie wollten damit nur versuchen, ihren dahinsiechenden Geruch überdecken.

Else verabschiedete sich und ging.

»Was ziehst du denn für ein Gesicht?«

Daniel trat missmutig gegen die Treppenstufe und wurde von seiner Mutter angewiesen, es zu unterlassen. »Papa kommt bestimmt nicht mehr.«

»Wir haben erst drei Uhr, Daniel.« Tina schlenderte in die Küche und begann, den Tisch abzuräumen. »Er wird schon noch kommen.«

Kommentarlos verschwand er im Kinderzimmer, um seine Spielkarten zu Ende zu sortieren. Die Überzeugung seiner Mutter ging nicht auf ihn über. Es wäre nichts Neues, dass sein Vater etwas versprach, das er nicht halten konnte. Gut, an seinem Geburtstag war er immer da gewesen, aber es gab schließlich für alles ein erstes Mal. Wenn sein Vater an seinem Geburtstag auch netter war, als sonst, kam Daniels Niedergeschlagenheit gerade eher von der sich schwindenden Hoffnung auf sein neues Playstationspiel.

Die Zeit verstrich, dank ein paar albernen Fernsehserien, als er endlich hörte, wie ein Schlüssel in die Haustür gesteckt wurde. Daniel sprang auf. Ein wenig zu schnell. Seine überströmende Freude ließ ihn stolpern. Er fing sich mit den Händen am Boden ab und rannte durch den Hausflur auf die Tür zu. Als er in das seltsame Gesicht seines Vaters blickte, bremste er ab. Etwas stimmte nicht. Er sah glücklich aus. Nach einer derartigen Fahrt nach England war er sonst schlecht gelaunt. Der Geburtstag war wohl kaum der Grund, auch wenn sein Vater an diesem Tag immer etwas humaner war. Nein. Er sah nicht nur einfach erfreut aus, sondern herzerfrischend.

»Mein großer Junge!« Benjamin breitete die Arme aus und schnappte ihn für eine großzügige Umarmung. Etwas, dass es in dem Umfang noch nicht gegeben hatte. »Herzlichen Glückwunsch zu deinem dreizehnten Geburtstag.«

»Ben?« Tina kam aus der Küche und wollte ihm das Gepäck abnehmen, doch auch sie zog er zu sich heran und drückte sie. Auch das war noch nie vorgekommen.

Daniel sah in dem verwirrten Blick seiner Mutter, dass auch sie bemerkte, dass etwas nicht stimmen konnte.

»Schön, wieder bei euch zu sein.«

Nach diesem Satz hätte sich Daniel am liebsten gekniffen, um zu kontrollieren, ob er nicht auf dem Boden vor dem Fernseher eingeschlafen war und alles nur träumte. Als sein Vater ein kleines Mädchen mit rotblonden Haaren in den Hausflur schob, verstand er überhaupt nichts mehr.

***

»Ihr Zwei«, Ben deutete auf die Kinder, »geht schon einmal in die Küche und setzt euch.« Er stellte seinen Koffer an die Treppe.

Daniel tat, wie ihm geheißen. Das unbekannte Mädchen folgte ihm. Er ließ sich auf den Stuhl plumpsen und konnte von seinem Platz aus sehen, wie sein Vater die stumme Frage im Gesicht seiner Ehefrau ignorierte.

Ben ging zum Auto und kam mit einem weiteren Koffer zurück, den er neben den anderen abstellte. Er schloss die Haustür und schob seine Frau in die Küche.

»Ich nehme gerne einen Kaffee und ein Stück Kuchen.« Ben lächelte seinen Sohn an und nahm Platz.

Mit zusammengekniffen Augen kam Tina seiner Bitte nach. »Möchtest du auch ein Stück Schokokuchen?«, fragte sie das unbekannte Mädchen, erhielt aber keine Antwort. Sie sah ihren Mann an.

»Gib ihr einfach ein kleines Stück.« Er ignorierte ihren Blick und die Problematik, dass das Mädchen kein Deutsch sprach. Gierig trank er aus der Tasse, die sie vor ihm abgestellt hatte.

Der Kuchen vor ihr zauberte dem Mädchen keinen anderen Gesichtsausdruck ins Gesicht. Immer noch saß sie mit gesenktem Kopf auf dem Stuhl und starrte vor sich hin. Sie lächelte nicht, sie weinte nicht.

Trotz des ausdruckslosen Körpers neben ihm war Daniel sich sicher, dass sie traurig war.

Tina verschränkte die Arme vor der Brust.

Daniel schob seine Brille zurecht. Die aufmüpfige Haltung, die seine Mutter hatte, wurde normalerweise von seinem Vater nicht geduldet. Zu seinem Erstaunen bemerkte er es, sagte aber nichts dazu, sondern schaufelte sich Kuchen in den Mund.

»Das ist Ellie. Ich muss mich um sie kümmern. Meine Cousine Florence aus England hatte einen Unfall und liegt im Koma.« Er erklärte es so beiläufig, als wäre es nichts Ungewöhnliches. »Ich bin der einzige Verwandte.«

»Florence?« In Tinas Stimme war eine viel zu hörbare Spur des Misstrauens zu vernehmen. »Ich wusste nichts von einer Cousine. Ich dachte Else wäre die Einzige, die von deiner Familie übrig ist.«

Er machte eine abwehrende Handbewegung. »Ihr kennt sie nicht. Ich habe eigentlich keinen Kontakt zu ihr.« Er steckte sich ein weiteres Stück Kuchen in den Mund. »Es war ein Autounfall. Sie wissen nicht, ob sie es schaffen wird.«

»Und dann...«

»Wir reden gleich«, unterbrach er seine Frau barsch. »Jetzt möchte ich erst einmal wissen, wie der Geburtstag von meinem Sohn war.«

Ungeachtet seines zu freundlichen Verhaltens räusperte sich Daniel.

Das Mädchen hatte den Kuchen nicht angerührt, aber das war ihr Pech, wenn sie den leckeren Schokokuchen verschmähte.

»Oma Else war hier. Sie hat mir neue Karten geschenkt und einen Pyjama. Von Mama habe ich ein Lösungsbuch für das Playstationspiel bekommen, bei dem ich nicht weiterkomme.«

Unbeeindruckt griff Ben in seinen Hosenbund und brachte ein Geschenk zum Vorschein, das er seinem Sohn überreichte. »Hier. Das ist für dich.«

Daniel erkannte bereits an der Form des Pakets, dass es ein Spiel für seine Konsole war. Fast hätte er vor Freude aufgeschrien, riss sich aber noch zusammen. »Danke, Papa.« Gespannt riss er das Papier ab. »Danke, danke, danke«, jaulte er, als er sah, dass sein Vater ihm tatsächlich genau das Spiel gekauft hatte, was er sich die ganze Zeit schon wünschte. Insgeheim hatte er nicht daran geglaubt, schließlich hörte sein Vater ihm nie genau zu, wenn er davon sprach. Heute musste sein Glückstag sein.

»Dann kannst du es ja spielen gehen.« Ben nahm einen Schluck Kaffee und sah seine Frau eindringlich an. »Deine Mutter und ich haben etwas zu besprechen«, sagte er, ohne den Blick von ihr abzuwenden.

Daniel sprang vom Stuhl, hielt dann aber inne.

Auch wenn er es kaum erwarten konnte, das Spiel zu starten, war es unhöflich, das Mädchen einfach hier sitzen zu lassen. Aber was sollte er mit ihr anstellen? Sie redete nicht einmal. Sie war jünger als er und davon abgesehen, kannte er sie überhaupt nicht.

»Ich glaube auch, dass wir reden müssen.« Tina setzte sich auf einen freien Stuhl. »Du hast mir, denke ich, Einiges zu erklären.«

»Was ich zu erklären habe und was nicht, bestimme immer noch ich.«

Der Lärmpegel der Stimmen hob sich und wurde immer lauter.

»Du bringst sie einfach mit, ohne vorher mit mir darüber zu sprechen.«

»Ich hatte keine Wahl. Sollte ich sie in ein Heim stecken lassen.«

Das laute Wortgefecht brachte Daniel dazu, um den Tisch herumzueilen. Er wusste, wo das enden würde. Es endete immer gleich. Er stupste beim Vorbeirauschen das Mädchen an und winkte sie hinterher. Sie reagierte zögerlich. Als die Stimmen sich weiter erhoben, lief sie ihm erschrocken nach.

Daniel schloss die Kinderzimmertür hinter ihnen. »Puh. Das dauert, kann ich dir sagen. Aber Papa gewinnt sowieso.« Er zuckte die Achseln. »Das tut er immer.«

Mit eng anliegenden Armen sah sich das Mädchen in seinem Zimmer um. Schnell hob Daniel die Karten vom Boden auf und drapierte sie auf der Kommode. Sie waren noch nicht fertig sortiert. Er wollte nicht, dass sie sie aus Versehen durcheinander trampelte. Sein Blick fiel auf das Lösungsbuch. »Schau mal.« Er hielt es ihr hin. »Das habe ich von Mama geschenkt bekommen. Ich habe heute Geburtstag, weißt du«, schob er hinterher, weil er merkte, dass sie ihm noch gar nicht gratuliert hatte. »Ich habe das Spiel schon echt weit gespielt, aber ich komme einfach nicht weiter. Dafür gibt es so Lösungsbücher.« Er schlug es auf und hielt es ihr hin. »Siehst du? Da sind dann die Wege beschrieben. Man kann sehen, wo man so Kisten findet. Ich will das nämlich zu hundert Prozent durchspielen.« Ihre Augen begutachteten die Seiten, aber als sie nichts sagte, klappte er das Buch wieder zusammen. »Okay. Ist wahrscheinlich nichts für dich.« Er legte das Buch wieder weg. »Die Ritterburg.« Er sprintete darauf zu. »Damit spiele ich nicht mehr. Wenn du willst, kannst du damit spielen.« Ihre Augen folgten, aber auch das weckte keinerlei Interesse bei ihr. »Ich hab nichts für Mädchen zum Spielen, weißt du.«

Sie sah über seinen Kopf hinweg.

Er folgte ihrem Blick. »Magst du Kuscheltiere?« Auch wenn er sich zu alt fand, um mit Kuscheltieren zu spielen, waren es immer noch welche, die er gerne hatte. Er entschied sich für die Ente, die Oma Else ihm geschenkt hatte, und reichte sie dem Mädchen. »Hier. Aber mach es bitte nicht kaputt.«

Sie löste sich aus ihrer Starre und griff nach dem Tier, das sie in ihre Arme schloss.

Er fragte sich, ob es gemein wäre, sie stehen zu lassen und sich einfach seiner Playstation zu widmen. Er seufzte laut. »Habt ihr in England auch eine Playstation?« Plötzlich dämmerte es ihm, warum sie nicht sprach. Sie verstand ihn nicht. Er hielt das Spiel hoch. »Do you want to play with me?«

Sie sah ihn endlich bewusst an. Dann nickte sie zögernd, sagte aber kein Wort. Die Ente fest an sich gedrückt, hockte sie sich zu ihm auf den Boden vor dem

Fernseher. Als das Spiel auf dem Bildschirm aufleuchtete und die lauten Stimmen aus der Küche in den Hintergrund drängte, schenkte sie ihm ein zurückhaltendes Lächeln.

Ein Jahr später

Unbehagen hatte Daniel den kurzen Schultag über begleitet. Noch nie hatte er Geld mit in die Schule genommen. Und heute gleich ein halbes Vermögen.

Gerne hätte er Herr Müller die Wahrheit gesagt, als er fragte, wofür er so schuftete. »Für ein Playstationsspiel«, war seine Antwort gewesen, die nicht wirklich gelogen war. Er wollte es sich kaufen, nur nicht heute. Er hatte für sein erstes Geld andere Pläne und seinen ursprünglichen Wunsch an zweiter Stelle gesetzt.

Mit dem Bus fuhr Daniel in die Stadt. Er schlenderte den Weg von der Bushaltestelle entlang, um in dem Drogeriemarkt an der Ecke das Geschenk, das er sich für Ellie überlegt hatte, zu kaufen. Vor Wochen, als er früher Schulschluss gehabt hatte, war er schon einmal hierhin gefahren, um sicherzugehen, dass er es auch ganz sicher hier bekam. Er hoffte, dass niemand den Vorrat aufgekauft hatte. Sonst hätte er sich etwas anderes überlegen müssen und das wollte er nicht. Ein Lächeln der Vorfreude umspielte seine Lippen. Er ging an den kleinen Geschäften vorbei, die die Leute mit prunkvollen Schaufenstern zum Kauf animieren sollten. Wie immer blieb er kurz an der Konditorei stehen, um sich die Nase am Fenster platt zu drücken, die dort herrliche Leckereien zur Schau stellte. Er schluckte die Spucke hinunter und marschierte weiter.

Drei Jungs aus seiner Klasse kamen ihm entgegen. Mark, der Raudi der Schule, und seine zwei Anhänger, dessen Namen genauso schnell vergessen wurden, wie der von Daniel, und die den Stellenwert an der Schule nur besaßen, weil sie Mark in den Hintern krochen. Sie gehorchten ihm. Das war genau das, was der kleine König brauchte, weil er bei seinen Eltern nur die zweite Geige spielte. Daniel hatte einmal zufällig mitbekommen, wie Marks Eltern mit ihm geredet und seinen jüngeren Bruder bevorzugt hatten. Als er ihn dabei gesehen hatte, war das leider auch die ausschlaggebende Situation, die ihn dazu veranlasste, ihn ständig zu schikanieren.

Daniel senkte den Kopf, als würden sie ihn dadurch nicht bemerken, und schob seine Brille hoch.

»Hey du«, sprach ihn Mark an. »Brillenschlange!«

Daniel hob den Kopf. Es war sowieso zwecklos.

»Wo willst du denn hin? Gehst du etwa bummeln?«

Die anderen beiden quiekten, als hätte er einen Witz gemacht.

Daniel verkniff sich ein Augenrollen und einen Kommentar, aber er wusste, was passieren würde. »Ich wollte nach Hause.«

»So.« Mark grübelte und sein rundliches Gesicht zog sich merkwürdig zusammen. »Gib mir deinen Rucksack?«

»Was?« Daniel musste unweigerlich an das Geld denken, das er bei sich hatte, um Ellies Geschenk zu kaufen. »Nein.« Er wich einen Schritt zurück.

»Hast du gerade nein gesagt?« Die Dummchen hinter Mark lachten auf. Sein Mitschüler machte einen schnellen Schritt nach vorn und schubste Daniel, der nach hinten taumelte, sich aber schnell fing.

»Den Rucksack her!«, befahl Mark.

Es war ihm offensichtlich egal, dass einige Passanten stehen blieben, um abzuwägen, ob sie eingreifen oder sich lieber um ihre eigenen Angelegenheiten kümmern sollten.

Daniel schüttelte entschlossen den Kopf. Unter keinen Umständen durfte er an sein Geld, das er unweigerlich finden würde. Dann wäre sein Wunsch, Ellie zu beschenken, dahin.

Mark schnellte nach vorne. Ein älterer Passant maßregelte ihn, doch das war im schier egal. Ein weiterer, heftigerer Stoß würde folgen, doch Daniel hatte damit gerechnet und wich aus. Im gleichen Moment stieß er nach vorne und rammte seinem Mitschüler die Faust ins Gesicht.

Mark fiel sofort zu Boden. Ein Haufen Münzgeld fiel ihm aus der Hosentasche und machte ein klimperndes Geräusch, als es über den Boden kullerte. Seine Mitläufer rissen die Augen auf und liefen wie aufgescheuchte Hühner umher, nicht imstande, eigene Entscheidungen zu treffen.

Mark hielt sich die blutende Nase.

Daniel war über sich selbst überrascht. Noch nie hatte er sich gegen seinen Mitschüler verteidigt. Ganz gleich, wie gemein er war. Er konnte nicht ausmachen, was das in der Zukunft für Folgen hätte, aber das war jetzt nicht wichtig. Marks Geld lag auf dem Bode. Kurz überschlug Daniel, wie viel es war. Es würde sich lohnen, es mitzunehmen. Er sah zwischen dem heulenden Raudi und dem Geld hin und her, ehe er unbeirrt seinen Weg zum Drogeriemarkt fortsetzte.

Dort angekommen trat Daniel durch die Eingangstür. Die kalte Brise der Klimaanlage schlug ihm ins Gesicht und vermischte sich mit der stickigen, warmen Luft von draußen. Als er an einem Regal mit Parfüms vorbeiging, stieg ihm die Mischung der verschiedenen Eau de Parfums in die Nase und verätzten seinen Geruchssinn. Er ließ auch die Schminke und Deodorants hinter sich. Am Ende des Gangs fand er, was er suchte. Der Vorrat des Artikels hatte sich augenscheinlich nicht verändert. Er nahm einen Gegenstand vom Haken und pilgerte damit zur Kasse. Mit einem Lächeln auf den Lippen bezahlte er das Geschenk für Ellie und trat an die Einpackstation.

Mühevoll und sorgfältig packte Daniel es mit Geschenkpapier ein. Weil er nicht wusste, wie man die Bänder kräuselte, band er einfach zwei Schleifen darum. Im Nichtwissen ihrer Lieblingsfarbe wählte er rosa. Das Geschenk verstaute er in seinem Rucksack, bedacht, es nicht aus Versehen aufzureißen. Niemand kannte ihren richtigen Geburtstag, daher hatten sie den Tag ihrer Ankunft für ihren Ehrentag gewählt. Seine Mutter hatte irgendwann aufgehört, danach zu fragen, als Vater ausgerastet war, und ihr dafür eine schallernde Ohrfeige verpasst hatte.

Daniel hatte sein Vorhaben schneller erledigt, als gedacht. Der Bus war gerade weg. Darum setzte er sich an die Bushaltestelle und wartete.

***

Daniel stieg aus dem Bus. Von der Bushaltestelle aus lief er nach Hause. Je näher er kam, umso mehr steigerte sich seine Erwartung. Er hoffte, dass Ellie sich auf das Geschenk, das er sich hatte einfallen lassen, freute. Sie wusste nicht, wie viel er dafür gearbeitet hatte.

Er sah auf seine Armbanduhr. Es war gut möglich, dass sein Vater sie noch unterrichtete. Ellie sollte noch nicht nach draußen. Er wollte nicht, dass sie Kontakt zur Außenwelt hatte, weswegen sie in Deutsch und anderen Fächern von ihm geschult wurde. Erst wenn es ausreichte, sollte sie die Schule besuchen. Aber das sagte sein Vater schon seit einem Jahr.

Sollten sie also noch lernen, dann musste Daniel eben warten, bis sie fertig waren.

Zu Hause angekommen schloss er die Haustür auf. Er entdeckte Ellie am Küchentisch. Von seinem Vater keine Spur. Freudig lief er auf sie zu, setzte seinen Rucksack ab und holte das Päckchen hervor. »Hier.« Er hielt ihr es hin. »Herzlichen Glückwunsch, Ellie. Ich hab´ ein Geschenk für dich.«

Sie sah ihm tief in die Augen und biss sich auf die Lippe.

»It is a present for you«, wiederholte er auf Englisch. Sie konnte die deutsche Sprache schon ganz gut, aber er war sich nicht sicher, ob sie immer alles verstand.

»Habe ich nicht gesagt, dass du nicht beim Lernen stören sollst?«, donnerte es hinter ihm und er zuckte zusammen. »Wir sind mitten im Geschichtsunterricht.« Sein Vater riss ihm das Geschenk aus den Händen und knallte es auf den Tisch.

Daniel riss die Augen auf, weil er befürchtete, er hätte es kaputt gemacht. »Ich wusste nicht, dass ihr noch nicht...« Er hob schützend die Hände über den Kopf, als die Hand seines Vaters seinen Hinterkopf traf. Seine Brille verrutschte und er versuchte, sie festzuhalten. Würde sie herunterfallen und kaputt gehen, würde ihn das teuer zu stehen kommen.

Sein Vater holte aus und gab ihm einen Schlag auf den Hintern. »Du gehst jetzt in dein Zimmer und kommst erst wieder raus, wenn ich es sage.«

Daniel unterdrückte ein lautes Wimmern. Leider konnte er seine Tränen nicht so gut beherrschen, die ungehindert über seine Wangen liefen. Nachdem er erst zu dem Geschenk, dann zu Ellie sah, wandte er sich beschämt ab.

»Nimm deinen Rucksack mit.« Sein Vater schob ihn mit dem Fuß zu ihm hinüber.

Daniel konnte ein letztes Mal in Ellies mitfühlendes Gesicht blicken, ehe er seinen Rucksack aufhob, in sein Kinderzimmer rannte und die Tür schloss.

***

Daniel lag auf seinem Bett und starrte an die Decke. Er war es gewohnt, von seinem Vater niemals „hab dich lieb" oder „ich bin stolz auf dich" zu hören. Das einzige Mal, als er seinen Vater wirklich glücklich gesehen hatte, war, als er Ellie in die Familie gebracht hatte. Den Gesichtsausdruck hatte er nie vergessen. Von da an hatte sich überhaupt einiges verändert. Sein Vater fuhr nicht mehr nach England, sondern arbeitete von zu Hause aus und seine Mutter arbeitete wieder, zumindest in Teilzeit. Oft mit Überstunden. Die Anwesenheit des Mädchens hatte seinen Vater verändert. Er war um sie bemüht. So, wie er es weder bei seiner Frau noch bei seinem Sohn war.

Die Kinderzimmertür flog auf. Daniel hob ruckartig den Kopf und erwartete eine weitere Tracht Prügel von seinem Vater.

»Komm«, forderte dieser ihn auf und zeigte damit eine erneute Veränderung. »Du kannst Ellie jetzt dein Geschenk geben.«

Daniel verschwendete keinen Gedanken daran, ob die Gnade seines Vaters nur daran lag, weil es etwas Positives für Ellie war, und sprang sofort auf, um seiner Bitte nachzukommen.

Ellie saß noch immer am Küchentisch und wartete. Er hoffte, dass sein Geschenk nicht durch den Wutausbruch seines Vaters in Mitleidenschaft gezogen wurde. Er hob es vom Küchentisch, inspizierte es kurz und überreichte es ihr. »Ein Geschenk für dich«, wiederholte er seine vorherigen Worte auf Deutsch. Sein Vater wollte nicht, dass sie weiterhin Englisch sprach. Obwohl er eingefleischter Engländer war, verleugnete er dies jedes Mal, wenn er nicht gerade nach England musste. Nicht einmal seine Mutter ahnte, woher dies rührte. »Mach es auf.« Daniel schenkte Ellie ein ehrliches Lächeln.

Sie sah von Daniel, zum Geschenk und dann zu Ben, der ihr nickend zu verstehen gab, dass sie es aufmachen durfte. Vorsichtig öffnete sie die Schleifen.

Daniel hoffte, ihren Farbgeschmack zumindest ein bisschen getroffen zu haben. Oft hatte er beobachtet, wie sie immerzu die rosafarbenen Malstifte bevorzugte. Behutsam entfernte sie das Papier und hielt eine weitere Packung in der Hand. Fragend sah sie zu Daniel.

»Das ist eine Einwegkamera«, lüftete er das Geheimnis. Er machte eine Geste, als würde er fotografieren. »Eine Kamera. Für Bilder. Dann kann ich dir schon mal zeigen, wie es vor unserem Haus aussieht und auf der Straße. Und wie es bei Oma ist. Die Kamera hat sogar einen Selbstauslöser.« Er hielt seine Euphorie in Zaum und rückte seine Brille zurecht.

Der Gesichtsausdruck seines Vaters verfinsterte sich und Daniel wusste, dass er etwas falsch gemacht hatte. Nur nicht was. Doch plötzlich erhellte sich seine Mimik wieder und er klopfte seinem Sohn stolz auf die Schulter. »Gut gemacht, mein Junge«, lobte er ihn zum ersten Mal in seinem Leben und Daniel verstand die Welt nicht mehr.

Ellie lächelte. Das hatte sie noch nie getan. »Danke Daniel.«

Die Freude über die Anerkennung seines Vaters und die Dankbarkeit von Ellie jagten Daniel eine Gänsehaut über den Körper. Es fühlte sich gut an, weil seine Quälerei bei der Gartenarbeit mehr als Erfolg gezeigt hatte.

Die Haustür ging auf und Tina trat herein. »Was ist denn hier los?«, fragte sie überrascht. Als sie Ellies Lächeln sah, zog sie die Augenbrauen hoch.

Daniel war wohl bisher der Einzige, der sie jemals hatte lächeln sehen.

»Machen wir ein Foto?«, fragte Ellie, angesteckt von Daniels Hochstimmung.

In dem Moment der Normalität verneinte es niemand.

***

Daniel wälzte sich in seinem Bett von einer zur anderen Seite. Es dauerte, bis sein Gehirn es schaffte, das gedämpfte Stimmengewirr von seinem Traum zu unterscheiden. Er drehte sich zu dem Nachttisch und griff nach seiner Brille. Er blinzelte ein paar Mal, damit die Ziffern auf dem Wecker klarer wurden. Es war mitten in der Nacht und stockdunkel.

»Du hast dich seltsam verhalten«, hörte er die Stimme seiner Mutter mit ein wenig Hysterie. »Hast du eine Affäre?«

Sein Vater lachte auf. Falls er etwas darauf erwiderte, hatte Daniel es nicht gehört.

»Du bist oft zu den ungünstigsten Zeiten weg gewesen und sagst mir nicht, wohin du gehst.«

»Ich sage dir doch, wohin ich gehe.«

Ein paar Sätze folgten, die Daniel wieder nicht verstand.

»Ich habe Maria getroffen. Ihr Mann war nicht mit dir in der Kneipe.«

»Spionierst du mir jetzt hinterher?«, übertrumpfte die Stimme seines Vaters die seiner Mutter.

Das Gespräch wurde lauter, aber unverständlicher. Daniel setzte sich auf und schlug die Bettdecke von sich.

»Daniel braucht einen Vater!«, hörte er seine Mutter.

»Ellie braucht einen Vater!«

»Sie muss auf einer Schule unterrichtet werden. Sie braucht Kontakt zu anderen Kindern!«

»Ich kümmere mich um sie!«, bellte die Stimme seines Vaters, in dem Moment, als Daniel sein Zimmer lautlos verließ und durch den Flur tippelte. »Die Diskussion ist beendet!«

»Mama?« Daniel lugte durch die offene Küchentür und sah, wie seine Mutter weinte. Sein Vater saß am Esstisch.

Urplötzlich hörte seine Mutter auf zu heulen. »Schatz?« Sie sah kurz ihren Mann an. »Geh wieder ins Bett zurück. Es ist alles gut.«

Ben rappelte sich hoch. »Sofort!«, donnerte sein Vater auf Daniel zu. Der helfenden Mutter schlug er ins Gesicht. Sie jaulte auf. Danach flog seine Hand auf das Gesäß seines Sohnes. Grob und schmerzvoll schob er ihn durch den Flur und drückte ihn in sein dunkles Kinderzimmer zurück. Die Tür knallte zu.

Lautes Gebrüll folgte, das auch durch die geschlossenen Türen noch deutlich zu vernehmen war und mit einem Schlag endete.

Weitere zwei Jahre später

Ellie ließ den Playstationcontroller sinken.

»Was ist?«, fragte Daniel und sah sie von der Seite an, ohne das Spiel zu lange aus den Augen zu lassen. »Hast du keine Lust mehr zu Spielen?«

Sie schüttelte den Kopf.

Er hatte in all der Zeit gelernt, auch ohne viele Worte mit ihr zu kommunizieren. Es war immer noch selten, aber mittlerweile redete sie. Mit ihm mehr als mit seinen Eltern. Warum das so war, hatte er sich nie getraut, zu fragen. Er bezeichnete sich auch nicht als großen Redner, von daher passte das ganz gut. Jetzt wusste er nur, dass sie ihm ans Herz gewachsen war und wie eine kleine Schwester für ihn war.

Daniel beendete das Spiel. »Sollen wir ein anderes Spiel spielen?« Er sah sie an und wusste bereits ihre Antwort. »Okay. Was willst du dann machen?«

Sie grinste ihn intrigenreich an.

»Nein! Das machen wir nicht.« Ihm war klar, was sie vorhatte und warum. Nachvollziehbar, aber zu gefährlich. Er räumte die Controller sorgfältig zusammen und hoffte, dass sie ihre Idee vergessen würde, wenn er nicht darauf einging. Als er sie ansah, wusste er jedoch, dass es zwecklos war. »Wenn Papa das rausbekommt, sind wir geliefert.« Er sah kurz zur Zimmertür, als hätte er Angst, dass er jeden Moment hindurch polterte. »Ich weiß, dass er nicht da ist, und Mama auch nicht. Wenn er das mitkriegt, sind wir mausetot.« Seine Sorge galt nicht sich selbst. Er würde seinen Wutausbruch aushalten, aber bei dem zierlichen blonden Engel glaubte er das nicht. »Ellie«, er kniete sich vor sie auf den Boden, »ich weiß, dass du nach draußen willst.« Er ließ den Kopf hängen und legte seine Hände auf ihre Schultern. »Du weißt, wie Papa ist. Was er macht, wenn er davon Wind bekommt.«

Trotzig sah Ellie ihm in die Augen. »Wird er nicht. Er ist nicht da.«

Daniel ließ sie los. Im Zwiespalt zwischen Rechte und Pflichten, Ruhe und Getöse, Harmonie und Schläge war ihm nicht klar, was er machen sollte. Er hielt an seinem Plan fest, den er sich sorgfältig zurechtgelegt hatte. »Hör zu. Noch zwei Jahre, dann bin ich achtzehn. Dann können wir von hier weg.«

Ellie schüttelte den Kopf. Ihre Antwort war auch ohne einen ausgesprochenen Satz mehr als deutlich. »Ich warte keine zwei Jahre mehr.«

»Ellie, ich verstehe dich. Du weißt nicht, wann er wiederkommt. Das kann nicht gut gehen.«

Sie spitzte die Lippen, blieb aber stumm.

Daniel stand auf. »Ich mache uns jetzt einen Kakao und dann reden wir noch einmal in Ruhe darüber, okay?« Sie sagte nichts, darum wiederholte er: »Okay?«

Dann nickte sie kurz und drehte sich von ihm weg.

***

Daniel befüllte die letzte Tasse und nahm beide in die Hände. Er musste aufpassen, dass sie nicht überschwappten, deshalb verließ er langsam die Küche durch den Flur und ging zu seinem Zimmer. Er stieß die Tür mit dem Fuß auf. »Ellie!« Schnell stellte er die Tassen auf die Kommode ab. Wahrscheinlich war es ihr Gesichtsausdruck gewesen, weswegen er tief in seinem Inneren so etwas geahnt hatte. Das Fenster war geöffnet und Ellie verschwunden. Daniel rannte darauf zu. »Ellie!«, schrie er hinaus. Sein Herz hämmerte gegen die Brustdecke. »Ellie!« Er sah sich um, konnte sie im Garten nirgendwo entdecken.

»Daniel!«, kreischte sie vergnügt, sprang vor ihm in die Höhe und erschreckte ihn fast zu Tode. »Ich wusste, dass das Schloss an deinem Fenster kaputt ist. Ich habe es zufällig von Ben gehört.«

Ertappt schoss ihm die Röte ins Gesicht. Sie hatte also mitbekommen, dass sein Vater ihn angewiesen hatte, es für sich zu behalten.

Ellie hockte sich hin und berührte das Gras, als sei es etwas ganz Wertvolles. »Ich weiß, dass das Tor zugesperrt ist und es keinen Weg aus den Garten gibt, aber ich wollte unbedingt endlich nach draußen.«

Er atmete auf, als er merkte, dass Ellie ihm wegen des Verheimlichens des kaputten Schlosses am Fenster nicht böse war. Bei ihrem nächsten Satz zog sich sein Magen zusammen.

»Ich habe die Natur und das draußen sein immer geliebt. Das war das Schönste für mich.«

War es die Erkenntnis der Wahrheit, die an seine Rezeptoren kitzelten und ihm die Tränen in die Augen trieb? Er hoffte, dass es lediglich das strahlende Mädchen vor ihm war, weil er seine Gefühle nicht unter Kontrolle hatte. Sie blickte zum Himmel hinauf, schloss die Augen und lächelte, als würde sie die Sonnenstrahlen absorbieren. Er blinzelte die Tränen weg, klammerte sich am Fensterrahmen und schluckte schwer.

»Daniel?« Sie sah ihm direkt in die Augen, unschuldig und allerliebst. »Ich muss dir etwas Wichtiges sagen.«

Die Tür zum Zimmer flog mit einem lauten Knall auf und riss das Regal mit den Kuscheltieren dahinter zu Boden. »Daniel!«, brüllte ihm die wutverzerrte Fratze seines Vaters entgegen. Speichel flog mit den Worten in seine Richtung und er hatte die Hände zu Fäusten geballt.

Daniel fuchtelte herum und riss beim Anblick seines Vaters die Augen auf. Er hob schützend die Arme vor sein Gesicht, als sein Vater auf ihn zupreschte. Ben stieß ihn zur Seite, sodass er hart gegen das offene Fenster prallte, das Gleichgewicht verlor und zu Boden stürzte.

»Du kommst sofort wieder rein!«

Zitternd richtete Daniel sich auf und sah, wie sein Vater Ellie durchs offene Fenster zerrte. Sie schrie auf. Von dem strahlenden Mädchen im Gras war nichts mehr übrig.

Ben funkelte seinen Sohn an, ehe er das Fenster schloss. »Ellie. Du...«

»Es war meine Idee«, unterbrach Daniel seinen Vater. »Ellie konnte nichts dafür.« Er versuchte, seinen Körper unter Kontrolle zu bringen. Durch das Zittern bereitete er sich auf das vor, was kommen würde. Adrenalin schoss durch seine Glieder und sein Herz pumpte wie verrückt. Mit einem kurzen Nicken und einer schnellen Augenbewegung deutete er seiner Schwester an, sich aus ihrer Starre zu lösen und zu verschwinden.

Ben sah von dem Mädchen zu seinem Jungen. Dann ging er auf Ellie zu.

»Nein!« Daniel schnellte nach vorne. Die harte Ohrfeige seines Vaters riss seinen Kopf zur Seite und er fiel längs zu Boden. Wegen des Schreis seiner Schwester versuchte er, die verlorene Orientierung wiederzuerlangen. »Ellie!« Er schmeckte Blut, als er sich über die Lippe leckte. Blinzelnd kämpfte er, sich aufrichten zu können, und sah, wie Ben sie unter Protest aus dem Zimmer drückte.

»Daniel! Nein!«

Ben schloss die Zimmertür ab. Ellie hämmerte und schrie nach ihrem Bruder.

Als Daniel endlich geschafft hatte, wieder Herr seiner Sinne zu sein, wünschte er sich beim Anblick seines Vaters, dass sie wieder aussetzen würden.

***

Es war die Stimme seiner Mutter, die Daniel weckte. Sie war dumpf und weit weg. Er schluckte und hatte immer noch den metallischen Geschmack im Mund, der deutlich nachgelassen hatte. Sein Hals war trocken und seine Lippe brannte. Mit der Zunge spürte er, dass sie geschwollen war. Sein linkes Auge tränte. Es fühlte sich an, als steckte eine Wimper genau auf der Pupille und schmerzte beim Blinzeln. Ein mühevoller Blick durch den dunklen Raum und er erkannte, dass er alleine in seinem Zimmer war und in seinem Bett lag. Es musste Abend sein. Die Stimmen hallten gedämpft durch die Wand. Er konnte nicht verstehen, was sie sagten, aber seine Eltern stritten. Seine Mutter heulte mehr, als dass sie sprach.

Daniel dachte an seinen Geburtstag zurück. Vor drei Jahren, als er dreizehn geworden war. Der letzte Tag, an dem er seine Oma gesehen hatte. Als seine Mutter ihn umarmt und sein Lieblingsessen gekocht hatte.

Die Tränen brannten ihm in den Augen. Er unterdrückte die aufkommenden Erinnerungen und drehte sich zur Seite, um seine Brille zu nehmen. Unter schmerzendem Stöhnen fasste er an seine Rippe. Der Druck an seinem Arm war dagegen lächerlich. Er ließ den Versuch, seine Brille zu greifen, sein und sank schwer atmend zurück in das Kissen.

Daniel dachte an Ellies Lächeln, draußen in der Sonne. Eine Träne kullerte über seine Schläfe und er schlief ein.

***

Daniel schlug die Augen auf und hoffte, dass alles nur ein Traum gewesen war. Als er auf den Wecker auf dem Nachttisch schauen wollte, erkannte er schmerzvoll die Wahrheit. Es war kein Traum. Es war die pure Realität seines Daseins. Sein Auge hatte sich erholt und tat beim Blinzeln nicht mehr weh. Die Ziffern auf dem Wecker zeigten, dass es halb sieben am Abend war. Er hatte immer noch seine Tageskleidung an und trug sogar noch Socken.

Endlich ließ sein Verstand Fragen zu. Was war mit Ellie? Geht es ihr gut? Das Herz eines Menschen ist wie ein Felsbrocken. Bei Glückseligkeit verfestigt er sich und es dauert länger, bis ihm das Leben etwas anhaben kann. Bei Trauer und Leid bröckelt immer wieder ein Stück ab und er wird kleiner. Ohne Härtung wird von ihm immer wieder etwas abfallen, bis nur noch ein Kieselstein von ihm übrig bleibt. Wenn das so wäre, hätte Daniel kaum noch Zeit. Wie viel blieb Ellie dann noch?

Der Durst drängte Daniels Körper, trotz schmerzvoller Bewegungen, das Wasserglas auf dem Nachttisch zu leeren. Irgendwer muss es zwischenzeitig dort abgestellt haben. Er nahm seine Brille und setzte sie auf. Sie war etwas schief auf seiner Nase. Nachhaltig war der Wutausbruch seines Vaters nicht nur an seinem

Körper zu erkennen. Das Regal hinter der Tür lag immer noch zerstört am Boden. Seine Kuscheltiere waren verstreut.

Plötzlich schwang die Tür seines Zimmers auf.

Am liebsten hätte er sich auf das Kissen zurückgeschmissen und so getan, als würde er schlafen. Seine Schmerzen blockten eine solch ruckartige Bewegung ab. Nur sein Blick schnellte zur Tür.

Sein Vater trat ein.

Daniels Herz beschleunigte auf Hochtouren, aus Angst, einer erneuten Prügelattacke über sich ergehen lassen zu müssen. Eine Kälte schien sich mit ihm in den Raum gestohlen zu haben und ließ ihn frösteln.

Sein Vater hatte nichts Wütendes an sich, trotzdem senkte Daniel den Blick. Nur im Winkel behielt er dessen Schritte im Auge. Er trat aber nicht weiter auf ihn zu, sondern verharrte an der Tür.

»Schön, dass du wach bist«, sagte er, als wäre nichts gewesen. »Du hast einen ganzen Tag verschlafen. Du musst Hunger haben. Auch wenn es spät ist, wird Mama dir noch etwas zu Essen bringen.«

Daniel sagte nichts, auch wenn sein Magen vor Freude hüpfte, weil er mächtig Kohldampf hatte.

»Dein Glas ist leer«, stellte sein Vater, offenbar im Anflug von Fürsorglichkeit oder Reue, fest. Seine Stimme war im Gegensatz zu dem Zeitpunkt seines Wutanfalls ruhig und weich. »Mama soll dir auch noch etwas zu trinken bringen.«

Ein schneller Seitenblick zu seinem Vater und Daniel ärgerte sich über die fehlende Fähigkeit, ihn links liegen zu lassen. Er biss sich auf die Zähne, damit er nicht auch noch »danke« sagte.

»Ellie würde dich gerne noch vor dem zu Bett gehen sehen.« Es klang vielmehr nach einer Aufforderung, als müsste er ihrem Wunsch nachkommen.

Natürlich würde er das. Er dachte ausschließlich an sie. Es würde ihm guttun, sie zu sehen.

Ellie trat hinter Ben in das Zimmer.

»Aber nicht so lange.« Ben ging aus dem Zimmer und schloss die Tür.

Daniel hörte, wie er zu seiner Mutter etwas sagte, verstand aber nichts Genaues. Ein Stich durchbohrte sein Herz, als er die Traurigkeit in Ellies Gesicht wahrnahm. »Ist alles okay bei dir?«

Sie nickte und sah zu Boden.

»Hat er dir wehgetan, Ellie?«

Sie verschränkte die Arme hinter ihrem Rücken und strich mit dem Fuß über den Teppich.

»Ellie?«

Sie schüttelte den Kopf. »Es tut mir leid«, sagte sie kaum hörbar. Sie lief ohne Vorwarnung unter Tränen auf Daniel zu und warf sich in seine Arme.

Der Schmerz in seinem Herzen war größer als der, seiner Verletzungen. Er streichelte über ihre Haare und flüsterte beruhigende Worte auf sie ein. »Es ist nicht deine Schuld, sondern seine. Du bist ein Engel und die beste Schwester, die ich haben kann. So schlimm ist es nicht. Alles wird gut.«

Die vorherige Kälte wich aus dem Zimmer und aus seinem Körper. Ellies Wärme war das Einzige, was er in diesem Augenblick spürte und hoffte, dass es nie vorübergehen würde. Irgendwann löste sie sich sanft von ihm und schenkte ihm ein Lächeln, wie jenes gestern Mittag in der Sonne im Garten.

Es waren sicher nur Minuten, bis sein Vater erneut die Tür öffnete und Ellie anwies, dass es Zeit war, ins Bett zu gehen. Als sie das Zimmer gemeinsam verließen, verschwanden auch das Mitgefühl und die Wärme. Daniels Schmerzen kamen zurück. Trotzdem stand er auf, weil er etwas anderes zum Schlafen anziehen wollte. Heraus aus den Kleidern, die sein Leid in sich trugen. Er schlurfte zum Kleiderschrank und zog den weichesten Pyjama hervor, den er hatte. Gerade als er sich das Oberteil über den Kopf zog, hörte er Ellies Stimme im Flur vor seinem Zimmer.

»Ich möchte nach draußen.«

»Du weißt, dass das nicht geht.«

»Wieso nicht?«

Sein Vater seufzte. »Das hatten wir doch schon. Es gibt viel zu viel Schlechtes da draußen.«

»Ich muss dir etwas sagen, über Daniel.«

Daniel trat nah an die Tür heran und legte das Ohr dagegen. Er spürte, wie er vor Anspannung schwitzte.

»Es war nicht Daniels Schuld. Er wollte mich sogar davon abhalten.«

Daniel drückte sein Ohr noch fester an die Tür und widerstand dem Drang, sie aufzureißen und Ellie davon abzuhalten, Ben wütend zu machen. Er wollte sich gar nicht ausmalen, was als Nächstes passierte, rechnete aber mit einem weiteren Wutausbruch, wie er ihn schon mehrmals ihm gegenüber hatte. Seine Muskeln spannten sich an und quälten ihn mit seinen Verletzungen, die dadurch vermehrt zu spüren waren. Sie bereiteten ihn darauf vor, sich erneut vor seine Schwester zu stellen und es über sich ergehen zu lassen.

Doch es kam anders, als er dachte. Er hörte die Stimme seines Vaters. Ruhig und bedacht. Fast schon liebevoll. »Ich weiß.« Eine kurze Pause. »Ich würde dir niemals weh tun, hörst du. Du bist doch meine kleine Blume.«

Daniels letzte Hoffnung auf Liebe von seinem Vater bröckelte ebenso von ihm ab, wie die Angst um seine kleine Schwester. Somit auch das letzte Stück. Zurück blieb ein winziger Kieselstein.

***

Selbst im Sitzen war es schwer, nicht einzuschlafen. Der Wecker war keine Option. Das Klingeln hätte vielleicht seine Eltern geweckt. So musste Daniel sich mit einer schwachen Taschenlampe unter der Decke und der Karte, die er sich vor Ewigkeiten am Kiosk an der Schule gekauft hatte, wach halten. Die Konsole hätte ihm diese Aktion sehr viel einfacher gemacht, aber das Licht wäre mit Sicherheit zu sehen gewesen. Er durfte kein Risiko eingehen. Wenigstens hatte er genügend Zeit, sich auf der Karte eine bestimmte Route aufzumalen. Das würde ihm einiges erleichtern, wenn es so weit war. Er schaltete die Taschenlampe aus, damit man den Lichtkegel nicht sah und um die Leuchtziffern auf dem Wecker auf seinem Nachttisch erkennen zu können. Nicht mehr lange und er würde seinen Plan in die Tat umsetzen. Er zog die Decke wieder über seinen Kopf, schaltete die Taschenlampe an und studierte die Karte erneut, um sich den ersten Abschnitt seines Weges so weit einzuprägen, damit er sie fürs Erste nicht mehr benötigen würde.

Dann war die Zeit gekommen. Er faltete die Karte zusammen, schaltete die Taschenlampe aus und schob die Bettdecke zurück. Punkt zwei Uhr nachts. Seine Eltern waren um zwölf im Bett gewesen. Die Tiefschlafphase setzte nach dreißig bis sechzig Minuten nach dem Einschlafen ein. Das hatte er letztens in Biologie gelernt und war jetzt dankbar für die langweiligen Ausführungen in der Schulstunde der viel zu hochnäsigen Biolehrerin.

Auf leisen Sohlen schlich Daniel zu seinem Kleiderschrank und holte den Rucksack hervor, den er bereits vor dem zu Bett gehen gepackt hatte. Leider konnte er aus der Küche nichts Nahrhaftes entwenden. Das wäre aufgefallen. Zum Glück hatte er sich schon vor Wochen mit Schokoriegeln und zwei Flaschen Wasser eingedeckt. Nur für den Fall. Er hatte sie einfach in seinem Schulrucksack ins Haus geschmuggelt und im Schrank unter dem Wust aus Wäsche und Krimskrams versteckt.

Die Taschenlampe steckte er vorsorglich in das Seitenfach, auch wenn er glaubte, sie nicht nutzen zu müssen. Haben war nun einmal besser als brauchen. Die Karte verstaute er auf der anderen Seite.

Er zog sich Jeans, T-Shirt und Pullover an. Seine Jacke band er an seinem Rucksack fest. Um Unterwäsche und Wechselkleidung hatte er sich schon gekümmert, aber viel Platz hatte er nicht. Dann nahm er sein Portemonnaie mit dem Ersparten und steckte es sorgfältig dazu. Er setzte den Rucksack auf, was ihm einen Stich in die Rippen bescherte. Ein letztes Mal sah er durch sein Zimmer und hoffte, an alles gedacht zu haben. Ein wehmütiger Blick fiel auf die Playstation. Vor seinem inneren Auge sah er sich mit Ellie dort sitzen. Er schluckte. Es war nicht die Zeit, seinen Gefühlen die Oberhand zu überlassen.

So leise, wie er konnte, verließ Daniel das Zimmer und huschte auf Zehenspitzen durch den düsteren Flur zum Eingang. Mit einem aufmerksamen Blick die Treppe hinauf, vergewisserte er sich, dass niemand wach war. Kurz rang er mit sich selbst und wollte zu Ellie, die ihr Zimmer neben dem Schlafzimmer seiner Eltern hatte. Er beruhigte seine Reue mit dem Wissen, dass es nur vorübergehend sein würde. Er nahm seine Schuhe.

Den Schlüssel für die Haustür hatte er seiner Mutter aus der Handtasche gestohlen, als sie nicht bei der Sache war. Wie so oft in letzter Zeit. Das hatte seinen ganzen Plan deutlich vereinfacht. Auch wenn seine Mutter für diesen Verlust Ärger von seinem Vater bekommen hatte, kam ihm ihre Unachtsamkeit mehr als gelegen. Ohne diesen Fehler wäre er einfach vor Unterrichtsbeginn von der Schule abgehauen. Es hätte bis Nachmittag gedauert, bis ihn seine Mutter vermisst hätte.

Vorsichtig machte er die Tür auf, ging hinaus und schloss sie wieder ab, ehe er seine Schuhe anzog und davonrannte.

Gegenwart

Rebecca schüttelte den Kopf und gab Anna schließlich ihr Handy zurück. »Ich kann es einfach immer noch nicht glauben.« Sie hielt die Hände vor ihre Augen und versuchte, ihre Gefühle zuzuordnen. Sie schien hin- und hergerissen zwischen Freude und Trauer. »Das ist unsere Ellie auf diesem Foto.« Ihre Stimme brach.

Ihr Mann ging zu ihr und nahm sie in den Arm. Auch er sah aus, als könnte er seine momentane Gefühlslage nicht beschreiben.

Anna steckte das Handy wieder ein.

»Wo habt ihr das Foto gefunden?«, schaltete sich Daniel ein.

Mutter und Tochter tauschten einen kurzen Blick aus. Vielleicht war es Einbildung, aber auf Anna wirkte er ziemlich reserviert.

»Wir haben es an einer Mauer gelehnt am Straßenrand gefunden.« Christine wartete ab, rechnete aber mit seiner nächsten Frage.

»Wo genau?«

»Auf der L 113 in der Nähe der Seniorenresidenz.«

Daniel zog die Brauen hoch. »Und wem gehörte es? Wer hatte es dort abgestellt?«

»Es gehörte einer alten Dame«, antwortete Anna.

»Aus der Seniorenresidenz«, fügte Christine hinzu.

»Wie hieß sie?«, forderte Daniel zu wissen.

»Else Collins«, sagten Mutter und Tochter gleichzeitig.

Daniels Gesicht veränderte sich augenblicklich. »Das ist meine Oma.«

»Deine Oma?«, mischten sich die Engländer in das Gespräch ein. »Warum hast du sie nie erwähnt?«

Er zuckte die Achseln. »Ich habe sie seit meinem dreizehnten Geburtstag nicht mehr gesehen. Sie kam nicht mehr zu Besuch. Irgendwann habe ich dann aufgehört, meine Eltern danach zu fragen.«

»Wir müssen mit ihr sprechen«, verlangte Beccy.

»Das geht nicht.« Christine machte ein betroffenes Gesicht. »Sie ist letzte Nacht gestorben.«

***

Rebecca schien keine Kraft mehr zu haben. Sie verließ das Zimmer und ging ins Bad. Es war deutlich zu hören, dass sie sich ausweinte. Nach jedem Lichtblick, den sie erfuhr, wurde sie kurze Zeit später wieder in den Abgrund zurückgerissen. Mit jeder weiteren Spur verlor sich diese auch schon wieder im Nirgendwo.

»Wir müssen mit den Pflegekräften dort sprechen«, versuchte Alex Hoffnung zu schöpfen.

»Außer Schwester Swetlana weiß keiner etwas von dem Bild.« Christine schüttelte den Kopf. »Wir sollten herkommen, weil die Frau uns sehen wollte. Als wir ankamen, wurde uns von einer anderen Mitarbeiterin erzählt, dass Schwester Swetlana nicht da wäre und Else verstorben sei.«

»Das kam uns schon ziemlich merkwürdig vor«, meldete sich Anna zu Wort. »Schließlich hat sie uns extra hierher bestellt.«

Beccy kam aus dem Bad zurück. Ihre Augen und Nase waren rot. Sie setzte sich kommentarlos hin. Man konnte sehen, dass ihr die Kraft fehlte, sich am Gespräch zu beteiligen.

»Warum seid ihr überhaupt extra hierhergekommen, wo ihr die Frau doch eigentlich nicht kennt?« Daniels Skepsis war nicht zu überhören. Dafür aber seine Trauer,

die er scheinbar für seiner verstorbenen Oma nicht emp-
fand.

Christine hielt seinem Blick stand. »Wir waren vielleicht auch einfach neugierig.«

»Hört zu.« Daniel beugte sich zu Mutter und Tochter
vor. »Ihr dürft ihr nicht trauen.«

»Wem?«

»Schwester Swetlana.« Er seufzte lautstark. »Es gab
damals schon einige Komplikationen, soweit ich es mitbekommen hatte.«

»Was meinst du genau?«, hakte Alex nach. »Was für
Komplikationen? Du kennst die Schwester, von der sie
sprechen?«

»Schwester Swetlana erzählte, dein Vater habe deine
Oma die Treppe hinuntergeschubst«, verkündete Christine ohne Vorwarnung und brachte ihm seinerseits nun
auch einen skeptischen Blick entgegen.

Ihre Tochter glotzte sie voller Erstaunen an und
rutschte auf ihrem Stuhl hin und her. Wie konnte ihre
Mutter nur so mit der Tür ins Haus fallen? Selbst wenn
es der Wahrheit entsprach, so etwas sagte man nicht einfach. Das war schon nahezu taktlos von ihr.

Rebecca und Alexander trauten ihren Ohren genauso
wenig und sahen den jungen Mann entsetzt an.

»Ja, ich habe schon von ihr gehört. Damals. Schwester
Swetlana ist eine Betrügerin.« Daniels Blick wurde fins-
ter. Es war, als hätte sich ein Schatten über sein Gesicht
gelegt. »Sie hat das Geld meiner Oma damals wohl für
sich beanspruchen wollen. Meine Eltern wussten nicht,
wo sie war. Auf einmal hatte meine Oma sämtlichen Kon-

takt abgebrochen. Ihr Haus war plötzlich verkauft. Wie diese Schwester es angestellt hatte, weiß ich nicht. Aber eins weiß ich: Ihr ist nicht zu trauen.«

»Wie ist die Frau, Else, denn gestorben?«, wollte Alex wissen.

Christine und Anna sahen sich fragend an.

»Meine Oma hatte schon immer viel Geld«, kam Daniel ihrer Antwort zuvor. »Mich würde es nicht wundern, wenn Schwester Swetlana meine Oma umgebracht hat, um an ihr Geld zu kommen.«

***

Anna sah aus dem Beifahrerfenster, während ihre Mutter den Wagen auf die Autobahn lenkte. »Was meinst du zu dem Ganzen?« Sie konnte immer noch nicht fassen, was sie alles erfahren hatten. Das verschwundene Kind. Der Junge namens Daniel, dessen Vater die eigene Mutter beinahe umgebracht hätte. Das englische Paar, das ihre Tochter seit acht Jahren suchte. Die Schwester, die hinter dem Geld der Oma her war und sie getötet haben soll. Jetzt, auf dem Rückweg ins Bergische Land, fühlte sich Anna von dem ganzen Wissen übermannt, müde und ausgelaugt.

»Geht das etwas konkreter?«

»Ich meine, glaubst du das, was Daniel gesagt hat?« Sie richtete sich in ihrem Sitz auf. »Glaubst du wirklich, dass Schwester Swetlana diese Else umgebracht hat?«

Christine schüttelte energisch mit dem Kopf. »Auf keinen Fall. So jemand wie sie bringt keine Leute um.« Sie überholte einen langsamen Lastwagen und scherte anschließend wieder nach rechts. »Und selbst wenn, warum gab es keine Untersuchung? Warum hat Daniel das nicht bei der Polizei zur Anzeige gebracht?« Nochmaliges Kopfschütteln. »Er sagte, dass er früh von zu Hause abgehauen war. Er wusste es bestimmt nicht besser und spinnt sich etwas zusammen.«

»Auf mich wirkte er nicht wie ein Spinner.« Anna legte den Kopf schief und dachte nach. »Eher wie jemand, der sehr berechnend ist.«

»Es würde mich interessieren«, gab Christine zu und blinkte erneut zum Überholvorgang, »was Beccy und Alex herausfinden. Sie wollten ja noch einmal zu der Seniorenresidenz, um dort mit jemanden zu sprechen. Daniel ist schließlich ein Angehöriger.«

»Wofür?« Anna verzog den Mundwinkel.

»Sie glauben, Schwester Swetlana könnte das Bild noch haben.«

»Was wollen sie mit dem Bild? Und überhaupt, die Schwestern werden alles entsorgt haben«, mutmaßte Anna. »Niemand hatte Kenntnis vom Aufenthalt irgendwelcher Angehörigen. Warum also sollten sie ein Foto behalten, zu dem sie keinerlei Bezug haben?«

»Vermutlich hast du recht.« Christine stöhnte. »Wie auch immer. Unser Abenteuer ist hiermit wohl endgültig vorbei.«

***

Christine stützte sich auf den Tresen ab. Die letzte Kundin, die ihren Second-Hand-Laden besucht hatte, war schnell fündig geworden. Jetzt war es wieder ruhig, sodass sie vor lauter Langeweile das Handy aufnahm und ihre Tochter anrief.

»Ja«, kam es ein wenig genervt von Anna.

»Hast du Zeit zu Telefonieren?«

»Ich arbeite noch. Ich habe also wenig Zeit zu Telefonieren.« Anna stöhnte ins Telefon. »Ist dir wieder langweilig?«

Christine lachte verhalten. Sie wusste, wie es rüberkommen musste, wenn sie als Mutter immer wieder ihre Tochter anrief. Noch dazu während ihrer Arbeitszeit.

»Du brauchst echt einen Mann, Mutter.«

»Hey«, maßregelte Christine ihre Tochter. »Ich brauch keinen Mann, sondern ein Abenteuer.«

»Ich werde am Wochenende nicht mit dir irgendwohin fahren können. Ich muss auch mal meine Wohnung sauber machen und brauche Zeit für mich allein.«

»Schon gut.« Christine verstand sie, wenngleich sie sich selbst nicht danach sehnte, alleine zu sein. »Und was mache ich dann?«

»Geh doch mal raus und amüsiere dich«, schlug Anna vor.

»Mit so Langweilern?« Christine schüttelte den Kopf. »Nein, danke. Die Männer wollen immer nur zu Hause sein. Sich den Hintern mit Bier auf dem Sofa verbreitern. Keiner von ihnen schlägt eine Unternehmung vor oder will überhaupt etwas machen. So etwas brauche ich nicht. Ich bin froh, dass ich aus der Nummer endlich raus bin.«

»Ist im Laden nicht so viel los?«

»Nein.« Christine erhob sich und prüfte ihre E-Mails. Nicht einmal Bestellungen waren eingegangen. Ihr Laden lief gut. Sie arbeitete einfach viel zu schnell. Würde das Geschäft schlecht laufen, könnte sie sich keine Aushilfe leisten. »Ich liebe meinen Laden. Manchmal wünschte ich mir nur, er würde mich mehr fordern.«

»Das tut er, bis auf die wenigen Tage, an denen du dich langweilst«, erinnerte Anna ihre Mutter. »Wie oft hast du mich schon angerufen, weil du nicht hinterherkamst und ich dir...«

»Ja, ja. Ist schon gut«, mopperte ihre Mutter. »Ich habe es verstanden.«

Unter dem Klingeln der Glocke an der Tür trat ein Paketzusteller ein. Er eilte durch den Laden, begrüßte Christine mit einem Nicken und legte ihr ein Paket auf den Tisch. Dann verschwand er so schnell, wie er gekommen war.

»Denk immer daran...«, hörte sie ihre Tochter sagen.

»Warte«, unterbrach Christine sie barsch, als die Türglocke erneut läutete. Sie blinzelte ein paar Mal, weil sie nicht glaubte, wen sie vor sich sah. »Anna, ich ruf gleich zurück«, sprach sie ins Handy und legte auf.

***

Anna stöhnte unter dem erneuten Klingeln ihres Smartphones laut auf. Sie nahm den Anruf beiläufig entgegen, klemmte das Gerät unter ihr Kinn und versuchte dabei, weiter ihrer Arbeit nachzugehen. »Ich kann jetzt wirklich nichts gegen deine Langeweile unternehmen, Mama. Ich arbeite«, meldete sie sich ungehalten und schob die Arbeit von sich weg, als sie merkte, dass es mit der Unterbrechung keinen Sinn hatte. »Wieso hast du überhaupt aufgelegt?«

Eine Stimme ertönte, doch es war nicht die ihrer Mutter. »Rüdiger Brahm hier.«

Anna stieß einen Laut der Scham aus. »Tut... tut mir leid. Ich dachte, Sie wären meine Mutter.«

»Passt es Ihnen nicht? Soll ich mich später noch einmal melden?«

»Nein. Schon gut.« Sie sah sich um und wollte sich vergewissern, dass keiner ihrer Kollegen meckerte. Sie durfte telefonieren. Niemand hatte etwas dagegen. Nicht einmal ihre Chefin. Man sollte es nur nicht übertreiben.

»Sie hatten meinem jungen Kollegen bereits telefonisch mitgeteilt, dass Ihre Mutter wieder aufgetaucht ist«, erklärte Brahm. »Ich wollte mich abschließend erkundigen, wie es Ihrer Mutter und Ihnen geht«

»Meine Mutter war wirklich in dem Loch«, rechtfertigte sich Anna.

»Das habe ich nie bezweifelt«.

»Hat Ihnen Ihr Kollege also die Story erzählt?« Sie wollte niemandem etwas vorhalten. Schon gar nicht Rüdiger Brahm, der nach Feierabend durch den Wald gelaufen war, um nach ihrer Mutter Ausschau zu halten. Er war nicht umsonst ein guter Polizist. Sein Gespür und seine Intuition hatten ihn schon einige Male zum Erfolg verholfen. Zumindest wiesen das die Artikel im Internet aus, die Anna über ihn gefunden hatte, als sie aus Interesse nach seinem Namen gegoogelt hatte. Viele Leute waren ihm sehr dankbar. Es war nicht die Schuld der Polizei oder der Feuerwehr, dass ihre Mutter nicht mehr vor Ort war.

»Nein, hat er nicht.« Brahm hörte sich überrascht an. »Welche Story meinen Sie?«

»Meine Mutter wurde von jemandem aus dem Loch gezogen, stieß sich dabei den Kopf und sie nahmen sie mit.«

»Was? Wer?« Der Polizist hatte offenbar mit einer weniger dramatischen Erklärung gerechnet. »Und dann?«

»Ich ging zum Auto zurück. Wusste nicht, was ich machen oder wohin ich gehen sollte.« Anna machte eine kurze Pause, nahm sich einen Kugelschreiber und malte auf einem Blatt Papier. Sie hatte keinen Schimmer, warum sie ihm das alles erzählte, hatte bisher noch keine Gelegenheit gehabt, mit jemandem darüber zu sprechen. »Ich bin zu einem Gästehaus gegangen. Ich wusste ja nicht, wo ich schlafen sollte.«

»Sie hätten mich anrufen können«, sagte er leise und Anna wusste, er meinte es ehrlich.

»Jedenfalls«, erklärte sie weiter, »habe ich jemanden wiedererkannt und zufälligerweise, hat dieses englische Paar meiner Mutter da rausgeholfen. Beccy und Alex Sie waren sehr ...«

»Rebecca und Alexander?«, unterbrach Brahm sie.

»Ja, glaub´ schon.«

»Hießen sie Jackson mit Nachnahmen?«

»Kann schon sein.« Anna hörte auf zu malen.

»Waren sie allein?«

»Wieso? Nein, ein junger Mann war bei ihnen.«

»Ein Junge?« Seine Stimme hatte sich verändert. Polizeilicher. Kälter. »Wie hieß der Junge?«

Anna verstand nicht, warum er dieses plötzliche Interesse hegte, aber irgendetwas an seinem Ton ließ sie wahrheitsgemäß antworten. »Daniel.«

»Wie weiter?«

»Ich«, sie überlegte, ob sie seinen Nachnamen schon einmal gehört hatte. »Ich glaube, er hat ihn nicht genannt.«

»Alles in Ordnung mit dir?« Eine Kollegin kam herein und sorgte sich wegen ihrer blassen Gesichtsfarbe.

Anna hob die Hand und schüttelte den Kopf, um ihr anzuzeigen, dass es gerade unpassend war. »Ich weiß ihn nicht«, sagte sie in den Hörer.

Obwohl besorgt, verließ ihre Kollegin den Raum.

»Können Sie mir sonst etwas über ihn erzählen? Wie sah er aus?«

Sie überlegte, was an dem besagten Tag alles für Worte gefallen waren. Im Gegensatz zu ihrer Mutter erinnerte sie sich an diesen Tag nicht gerne zurück.

»Blonde Locken, Brille. Er sagte, er suche nach seiner Schwester. Seine Oma wohnt in dem Seniorendomizil.« Sie stockte, während der Beamte verdächtig ruhig blieb. »Vielmehr wohnte sie dort. Sie ist gestorben.« Auf einmal fiel ihr eine Sache wieder ein. »Er sagte, die Schwester von dort, Schwester Swetlana, man dürfe ihr nicht trauen und es könnte sein, dass sie etwas mit dem Tod der Oma zu tun hat.« Sie erzählte alles, woran sie sich erinnerte.

»Frau Böhmer«, Rüdiger Brahm räusperte sich, als müsse er seine Stimme wieder erlangen, »danke für Ihr Vertrauen«, sagte er fast väterlich.

Sie wusste nicht, was es mit seinem Satz auf sich hatte. Hatte sie etwas ausgesprochen, was sie nicht hätte sagen dürfen? Interpretierte sie mehr in das Gespräch hinein, als es tatsächlich der Fall war?

»Ich muss jetzt auflegen«, verkündete der Beamte, ehe sie nachfragen konnte. »Ich melde mich noch einmal, sobald ich kann.« Er legte auf.

Anna starrte das Handy in ihrer Hand an und versuchte, ihre Verwunderung über diesen merkwürdigen Anruf und plötzlichem Gesprächsende zu akzeptieren. Ein sorgenvolles Gefühl breitete sich in ihr aus und nahm einen zu großen Stellenwert ein, als dass sie es hätte ignorieren können. Sie drückte auf dem Display herum und wählte die Nummer ihrer Mutter.

Es klingelte und klingelte. Niemand nahm ab.

»Scheiße!«

***

»Ich habe die Adresse Ihres Geschäfts durch Ihren hinterlegten Namen und Ihrer E-Mail-Adresse herausbekommen.«

Christine versteifte sich und wog diese Möglichkeit ab. Es stimmte. Wenn man diese zwei Daten googelte, kam man auf ihre Boutique. Sie musterte ihren Besuch von Kopf bis Fuß. »Wieso sind Sie hier?«, fragte sie mit einer Spur von Neugier, wenngleich ihr Misstrauen im Vordergrund stand. Ihr Handy klingelte. Sofort schaltete sie es stumm.

»Gehen Sie ruhig ran.« Schwester Swetlanas Frisur saß wie an jenem Tag, als sie sie das erste Mal gesehen hatte. Ihr schwarzes Haar fiel ihr glatt bis auf die Schulter und umspielte ihr rundliches Gesicht. Ohne ihre Arbeitskleidung sah sie wie eine umsorgte Mutter aus, die sich Mühe gab, etwas aus sich zu machen. Ihr einfarbiges Kleid mit den weiten Ärmeln erinnerte an einen Sonntagsgang in die Kirche.

»Schon gut.« Christines Neugier über den plötzlichen Besuch war zu groß. »Ich rufe später zurück.« Sie legte das Handy beiseite.

»Sie haben es sehr schön hier.« Swetlana trat vor und sah sich ein paar Kleidungsstücke an, die neben dem Eingang hingen. »Sie geben sich Mühe mit Ihrem Geschäft. Das sieht man.«

Christine behielt ihren Stolz und ihre Freude über diese Aussage für sich. »Sie haben meine Frage nicht beantwortet«, sagte sie und versuchte, ihrer Stimme Nachdruck zu verleihen, was ihr misslang. Sie glaubte nicht daran, dass die Schwester etwas Böses im Sinn hatte. Schon gar nicht in diesem Aufzug. »Wieso sind Sie hier?«

Swetlana umschloss den Riemen ihrer Tasche fester und ging auf die Theke zu. »Ich muss mit Ihnen sprechen.« Sie blieb einen Meter davor stehen.

»Sie hätten auch anrufen können.« Christine erkannte die Ernsthaftigkeit in ihrem Gesicht. »Wo waren Sie an dem Tag, als Sie uns zum Seniorendomizil bestellten?«

»Das tut mir leid.« Swetlana machte einen schuldbewussten Gesichtsausdruck. Er wirkte ehrlich. »Es war nicht sicher für mich dort. Ich musste so schnell, wie möglich, von dort weg.«

Christine wusste nicht, ob sie ihr Glauben schenken konnte. Sie entschied sich, weitere Fragen zu diesem Thema erst einmal zurückzustellen, bis sie mehr wusste. »Worüber wollen Sie mit mir sprechen?«

»Sie dürfen Daniel nicht trauen.«

»Komisch.« Christine zog die Brauen zusammen. »Das gleiche behauptet er von Ihnen.«

Swetlana lächelte ohne Freude. »Und wahrscheinlich behauptet er auch, ich hätte Elisabeth Collins, also ich meine Else, auf dem Gewissen.«

Christine stutzte. »So was in der Art.«

Dasselbe freudlose Lächeln umspielte abermals Swetlanas Lippen.

Die Glocke über der Eingangstür läutete und kündigte unpassend eine Kundin an. Die Schwester wandte sich von der Theke ab und schlenderte zum nächstgelegenen Kleiderständer, um durch die Ware zu stöbern.

»Guten Tag«, grüßte die Dame.

»Guten Tag.« Christine warf einen kurzen Blick auf die Schwester, ehe sie zu ihrer Kundin hinüberging. »Kann ich Ihnen helfen?«

Während sie der Dame half, etwas Passendes zu finden, ließ sie ihre Besucherin nicht aus den Augen. Obwohl es viele Gründe gab, ihr nicht zu trauen, gab es genauso viele, ihr Glauben zu schenken. Dieses Mal lag es nicht an ihrer Abenteuerlust oder Phantasie. Vielmehr war es Intuition, die ihr vermittelte, dass von ihr keine Gefahr ausging. Die Frage war nur: Konnte sie ihrem Urteilsvermögen trauen? Bei ihrem Ex-Mann war das schließlich nach hinten losgegangen.

Christine fertigte die Kundin ab und, als diese den Laden verlassen hatte, wendete sich der Besucherin wieder zu. Zuvor marschierte sie zur Tür und drehte das Öffnungszeitenschild um, wonach sie in fünf Minuten zurück sei. »Also.« Sie schloss ab, damit sie nicht noch einmal gestört wurden. Ihre Neugier hatte die Oberhand übernommen. »Sie wollen demnach andeuten, dass Daniel lügt und Sie nichts mit dem Tod der Frau zu tun haben?«

»Was denken Sie?«

Die Frage brachte Christine für einen kurzen Moment aus dem Konzept. »Es ist nicht wichtig, was ich denke, sondern was der Wahrheit entspricht.«

»Sie haben Recht.« Swetlana atmete schwer aus und ließ von den Kleidungsstücken ab, die sie sich angesehen hatte. »Es ist irrelevant, ob Sie mir glauben oder nicht. Ich habe Elisabeth nicht umgebracht. Ich glaube, es war Daniel.«

»Daniel?« Christine kniff die Augen zusammen. »Warum sollte er das tun? Warum sollte er seine eigene Oma umbringen? Das ergibt doch überhaupt keinen Sinn.«

Swetlana wandte sich den nächsten Kleidungsstücken zu. »Ich weiß nicht, warum oder wie er es getan hat. Als ich es mitbekommen hatte, bin ich sofort untergetaucht. Nach Hause konnte ich nicht, da war es zu gefährlich.«

»Wieso gehen Sie nicht zur Polizei, wenn Sie sich sicher sind, dass er es war und Sie in Gefahr sein könnten?«, fragte Christine skeptisch.

Die Schwester lachte auf und drehte sich zu ihr um. »Ich bin es gewohnt, mich nicht auf andere zu verlassen. Das hat mir meine Großmutter beigebracht. Ich kann nicht beweisen, dass er es war. Wir sind ein Heim. Wir besitzen keine Kameras. Eine Untersuchung hätte nur zur Folge, dass das Seniorendomizil und alle Mitarbeiter Schwierigkeiten bekämen. Für die Bewohner wäre es eine große Belastung.«

Bei dieser Ausführung merkte Christine, was für eine Gewichtung sie hatte. »Und was machen Sie dann jetzt hier?«

»Ich kann Ihnen nur sagen, halten Sie sich von Daniel fern.« Swetlana trat vor. »Wo ist das Bild?«

»Welches Bild?« Christines Frage war überflüssig, weil sie im nächsten Moment sofort wusste, was sie meinte.

»Das Familienfoto vom Straßenrand.«

»Keine Ahnung.« Sie war überrascht, woher das Interesse für ein altes Familienfoto herrührte, dessen Besitzerin eine verstorbene Oma aus dem Heim war. »Was ist damit?«

»Das kann ich Ihnen nicht sagen.« Swetlana senkte den Blick. Sie biss sich auf die Lippe, ehe sie Christine entschlossen ansah. »Daniel darf es nicht bekommen. Unter keinen Umständen.«

»Was? Warum? Was ist damit?«

»Das kann ich Ihnen nicht sagen. Zu Ihrem eigenen Schutz.« Die Schwester wandte sich zum Gehen.

»Warten Sie! Sie wissen wo Ellie ist, stimmt´s?«, hielt Christine sie auf, bekam jedoch keine Antwort. »Wo wollen Sie hin?«

»Ich werde ein paar Sachen von zu Hause holen und dann zu meiner Tante nach Norddeutschland fahren«, ließ Swetlana die Frage über die vermisste Ellie unbeantwortet. Sie sah sich um, trat an die Theke und nahm sich einen Stift und schrieb etwas auf einem Blatt Papier, das dort lag. »Hier ist meine Handynummer. Melden Sie sich, wenn etwas sein sollte oder Sie das Bild finden. Es ist wirklich wichtig!« Sie ließ die perplexe Ladenbesitzerin stehen, drehte sich an der Tür noch einmal um. »Passen Sie auf sich auf.« Sie schloss die Tür mit dem Schlüssel, der darin steckte, auf und verließ das Geschäft.

Christine sah ihr mit offenem Mund nach, unfähig, einen klaren Gedanken zu fassen.

***

Nachdem die Schwester das Geschäft verlassen hatte, schloss Christine die Eingangstür wieder von innen ab. Sie schlenderte zum Tresen zurück. Die Pause brauchte sie nicht wegen Arbeitsüberlastung, sondern um den unerwarteten Besuch und das Gespräch Revue passieren zu lassen. Es bestand kaum einen Zweifel daran, dass Elisabeth Collins im Heim nicht eines natürlichen Todes erlegen war, wenn zwei Personen behaupteten, sie sei getötet worden. Sie musste Stellung beziehen und entscheiden, wem sie Glauben schenken sollte. Da sie niemanden von ihnen gut kannte, stand sie auf keiner Seite.

Ihr Blick fiel auf das Paket, das der Paketzusteller zuvor an die Kasse gestellt hatte. Sie riss es auf und holte das dürftige Füllmaterial aus dem Karton. Wie immer erwartete sie eine Lieferung der Großhändler. Doch als sie den Inhalt sah, hielt sie die Luft an und sah auf den Absender. Sie hob den Gegenstand heraus und hielt ihn vor ihr Gesicht.

Ein Poltern gegen die Scheibe der Eingangstüre ließ Christine zusammenfahren. Sie legte den Gegenstand beiseite. Schnell ordnete ihr Gehirn das Gesicht zu, das durch die Scheibe glotzte, und trat rasch hinter dem Tresen hervor. Sie eilte zur Eingangstür und schloss sie auf.

»Was machst du denn um diese Uhrzeit hier«, fragte Christine verwundert, als sie die Türe aufriss. »Musst du nicht arbeiten?«

»Wieso gehst du nicht an dein Handy?«, schimpfte Anna lautstark und schob ihre Mutter beiseite, um sich Einlass zu geben. »Ich habe mir verdammt noch mal Sorgen gemacht.«

»Entschuldigung.« Christine dämmerte es. »Und jetzt? Bist du einfach gegangen? Was ist mit deiner Arbeit?« Sie schloss die Tür.

»Ich habe meine Pause vorgezogen und hänge die Arbeit hinten dran.«

»Es tut mir leid, Schatz.«

Anna schnaubte, obwohl sie froh war, ihre Mutter gesund und munter vor sich zu sehen. Sie hatte sich mindestens vierzehn Szenarien ausgemalt, die sie vorfinden würde. Geiselnahme, eine Leiche. Nur, um ein paar zu nennen.

Dann fing Anna das geöffnete Paket ein. Sie erkannte den Rahmen. Als sie näher trat, entdeckte sie das Familienfoto, das sie einst am Straßenrand gefunden hatten. »Wo kommt das denn auf einmal her?« Sie zeigte mit dem Finger darauf.

Christine winkte ab. »Ich weiß gar nicht, wo ich anfangen soll.« Sie ging zu dem Tresen und sammelte die zerfledderte Verpackung zusammen, um sie in den Karton zu stopfen. »Schwester Swetlana war hier.«

»Was?«, stieß Anna entrüstet aus. »Das musst du der Polizei melden.«

Ihre Mutter beschwichtigte ihre Erregung mit einer Handbewegung. »Es gibt nichts, das ich der Polizei melden müsste. Alles ist gut. Ich erkläre es dir.« Sie versuchte, bei ihren Ausführungen nichts auszulassen und jede noch so winzige Einzelheit zu erzählen. »Und vorhin, habe ich das Paket aufgemacht und das Bild lag darin. Weil wir die letzten eingetragenen Personen waren, die Elisabeth besucht hatten, und ich mich als Freundin ausgegeben hatte, hat uns das Seniorendomizil wohl einfach das Bild geschickt.«

Anna schluckte. Ihr Mund fühlte sich trocken an. »Und was machen wir jetzt damit?« Sie wünschte sich, in diesem Augenblick, dieses Foto niemals vorgefunden zu haben. Dann wäre das alles nicht passiert und sie hätte einfach einen schönen Ausflug mit ihrer Mutter gehabt. »Daniel sucht seine Schwester. Ich kann mir nicht vorstellen, dass das schlecht ist.« Oder dass er seine eigene Oma umgebracht haben soll. Das ergab alles keinen Sinn. Anders herum verstand sie nicht, was Schwester Swetlana davon hätte, einer Heimbewohnerin den Garaus zu machen.

»Nein«, Christine schüttelte den Kopf. »Trotzdem war sie hier und hat mich vor ihm gewarnt.«

»Dieser Daniel hat uns auch vor ihr gewarnt.«

»Ich weiß, ich weiß.« Christine sah auf den Bilderrahmen, der auf dem Tresen lag. »Wir geben das Foto nicht Daniel und auch nicht Swetlana. Die Polizei werden wir hierüber auch nicht informieren.«

»Du willst Brahm nicht darüber in Kenntnis setzen?«

Christine schüttelte den Kopf.

»Willst du es zurückschicken?«

Wieder Kopfschütteln. »Es gibt nur eine logische Wahl.«

»Die wäre?«

»Wir geben es Beccy.«

»Bist du dir sicher?«

Christine nickte entschlossen, wenngleich sich in ihrem Inneren noch Zweifel auftaten. »Wir wissen nicht, wem wir trauen können. Daniel oder Swetlana. Als Mutter kann ich Beccys Handlung am ehesten verstehen. Sie sucht ihr Kind.« Sie dachte noch einmal über ihre Entscheidung nach und überlegte, was sie an ihrer Stelle tun oder sich wünschen würde. »Ich bin mir sicher, sie wird das Richtige tun. Sie ist Mutter.«

»Okay.« Anna war hin- und hergerissen. Sie wusste nicht, wem man trauen konnte und wem nicht. Die Polizei schien ihr immer noch die logischste Wahl. Vielmehr, es Rüdiger Brahm zu erzählen. Aber was auch immer die Beweggründe ihrer Mutter waren, sie wollte das Bild loswerden. Es durfte nicht in der Nähe von ihr oder ihrer Mutter sein, nachdem, was sie gehört hatte. Es musste verschwinden. »Du willst es persönlich zu ihnen bringen, habe ich recht?«

Christine nickte. »So kann ich sicher sein, dass sie es auch ausschließlich bekommt.«

»Und Daniel?«, gab Anna zu bedenken. »Was, wenn er auch da ist?«

»Wird er nicht. Ich rufe Beccy an und erkläre es ihr. Glaub mir, sie wird es verstehen.«

»Wenn du meinst.« Anna stieß die Luft aus. »Ich schaue, dass ich frei bekomme, dann fahren wir morgen los.«

Christine widersprach nicht. Sie wusste, es wäre zu übereilt, heute noch aufzubrechen. Obwohl es ihr unter den Nägeln brannte, war keinem damit geholfen, die Angelegenheit zu überstürzen.

***

»Es war nicht nötig, dass du mitkommst«, sagte Christine am nächsten Tag, als sie ihre Tochter zu Hause eingesammelt hatte.

»Ich weiß.« Anna ließ sich auf den Beifahrersitz plumpsen. Sie verkniff sich den Ausspruch ihrer zahlreichen Bedenken und schnallte sich an. »Bringen wir es einfach hinter uns.« Unter keinen Umständen hätte sie ihre Mutter alleine losgeschickt. Abgesehen von ihren wildesten Phantasien eines geisteskranken Mörders, musste sie dafür sorgen, dass das Bild wegkommt. In gewisser Weise konnte sie sich auch nur so selbst davon überzeugen. »Mir fällt gerade ein, dass ich dir noch erzählen wollte, warum sich der Polizist aus der Eifel gestern bei mir gemeldet hatte.«

Christine warf ihr einen kurzen Blick zu. »Was wollte er denn?«

»Fragen, wie es dir geht.« Anna kicherte in Erinnerung daran, dass der Fall ihrer Mutter in das Loch, gegen die weiteren Ereignisse und Informationen, geradezu zum Totlachen waren. Es gab lediglich eine nette Anekdote zu ihrem Ausflug ab, war aber kaum mehr ein Vergleich zu dem, was ihnen über Elisabeth, Swetlana und Daniel zugetragen wurde. Genau das brachte sie wieder zu ihrem ursprünglichen Gedanken, dass sie Brahm hätte anrufen sollen. Er sollte wissen, dass Schwester Swetlana bei ihrer Mutter war. Die Frage war nur: Hätte er ihr geglaubt? Vielleicht hätte er es überhaupt nicht für wichtig erachtet. Sie wusste nicht einmal, ob die Polizei bei so etwas ermittelt. Es war schließlich noch nichts geschehen.

Christine schnaubte.

»Er ist sehr nett«, sagte Anna so beiläufig, wie es ihr möglich war.

»Wie hieß er noch gleich?«

»Rüdiger Brahm.«

»Cooler Name.« Christine blinkte und fuhr auf die Autobahn A3 Richtung Köln. »Er steht bestimmt auf dich.«

»Oh Gott! Nein!«, stieß Anna hervor. »Er könnte mein Vater sein. Er ist so alt wie du. Er ist eher etwas für dich.« Sie blickte ihre Mutter an und lächelte neckisch. »Ich glaube, er würde dir gefallen.«

»Pah«, machte Christine und fädelte sich in den fließenden Verkehr der A3 ein. »Ich will keinen Mann. Mir kommt so schnell keiner mehr ins Haus.«

***

Obwohl Christine Beccy von Mutter zu Mutter klar gemacht hatte, wie wichtig es war, dass Daniel nicht vor Ort war, sah sie sich um, als sie aus dem Auto stieg. Als könnte sie einen Anhaltspunkt finden, ob er womöglich doch in der Nähe war oder nicht, suchte sie die Straße vor der Schmökermühle ab.

»Bringen wir es schnell hinter uns«, bat Anna und knallte die Beifahrertür zu.

Christine öffnete die Hintertür des Wagens und fischte die Tasche mit dem Familienfoto vom Rücksitz.

Schnurstracks liefen sie zum Bach-Apartment und klopften an die Tür. Es dauerte nur einen kurzen Moment, ehe die Tür aufgerissen wurde.

Rebecca schien zumindest genauso aufgewühlt, wie Mutter und Tochter. Sie winkte die beiden herein und schloss sofort die Tür hinter ihnen. »Was gibt es so Dringendes, dass ihr uns das nicht am Telefon sagen wolltet?«

Christine hatte sich bei ihrem gestrigen Anruf so knapp wie möglich ausgedrückt, dafür aber doppelt so viel Ernsthaftigkeit an ihrem Anliegen kundgetan. »Wo ist Daniel?« Sie schaute durch den spärlichen Raum.

»Keine Angst. Er ist nicht hier«, beschwichtigte Beccy.

»Wir haben ihn vorgestern das letzte Mal gesehen.« Alexander trat aus dem Badezimmer und schenkte ihnen ein Lächeln zur Begrüßung. »Möchtet ihr etwas trinken.« Er deutete auf den Tisch. »Tee? Er ist schon fertig.« Er zeigte auf die Kanne vor sich.

Der Besuch nickte einstimmig. Sie setzten sich.

Im Gegensatz zum letzten Mal, als sie hier waren, wirkte der Raum aufgeräumter und nicht mehr ganz so eng.

»Ist etwas mit Daniel?«, fragte Beccy und schenkte dem Tee, den ihr Mann ihr nachgoss, keine Beachtung. In ihrer Stimme schwang Sorge mit.

»Also, das ist nicht so einfach.« Christine konnte verstehen, dass sie sich in der Zeit der gemeinsamen Suche nach Ellie näher gekommen waren. Der Weg durch den Schmerz war einfacher zu ertragen, wenn man ihn mit jemanden teilte. »Ich fange am besten vorn vorne an. Schwester Swetlana ist gestern bei mir im Laden aufgetaucht.«

»Grundgütiger«, entfuhr es Beccy und sie schlug sich die Hand vor den Mund. »Man darf ihr nicht trauen.«

»Das sagte Daniel, ja«, mischte sich nun auch Anna ein.

»Glauben Sie ihm nicht?« Alex hob die Brauen.

»Schwester Swetlana hat eine andere Ausführung der Dinge.« Christine erzählte weiter. Teilte alles mit, was diese Frau ihr gesagt hatte. Sie äußerte ihren Zwiespalt, weil sie nicht wusste, wem sie trauen konnte, und warum sie sich, ohne Beisein von Daniel, an das Paar wandte. »Sie sagte, ich solle mich melden, wenn ich das Bild finde und gab mir ihre Handynummer.«

»Und wo ist das Bild?«

Mutter und Tochter tauschten einen Blick aus. Christine holte es aus ihrer Tasche und legte es vor sich auf den runden Tisch.

Alle sahen es an, als wäre es eine eigentlich überhaupt nicht existierende Prophezeiung in fester Form.

»Sie haben es nicht der Schwester gegeben.« Beccys Augen wurden feucht. Ohne es genau zu wissen, war klar, dass sie Ellie fixierte.

»Und was bedeutet es?« Alex umschloss die Hand seiner Frau. Keiner von ihnen beiden wollte das Bild hochnehmen, als sei es ein zerbrechliches Relikt.

»Wissen wir nicht.«

»Hat die Schwester nichts gesagt?«

Christine schüttelte den Kopf.

»Das Bild scheint für Elisabeth, Daniel und Swetlana in irgendeiner Weise von großer Bedeutung zu sein«, fasste Anna die Fakten zusammen. »Wir müssen nur herausfinden, auf welche Weise. Alles führt zu diesem Familienfoto.« Sie deutete auf das gerahmte Bild.

»Und das Foto führt uns vielleicht zu Ellie.«

»Bitte leg nicht zu viel Hoffnung hinein, Honey«, bat Alex seine Frau.

»Es ist unverkennbar unsere Tochter und wir werden sie finden.«

***

Beccy starrte auf das Familienfoto, das immer noch unberührt auf dem Tisch in der Mitte lag. Sie schob ihre Teetasse beiseite und zog es zu sich. Ihr Blick heftete an dem Mädchen, das vor den anderen stand und in die Kamera strahlte. Ein feuchter Film bildete sich über den Augen der Engländerin. Als sie blinzelte, liefen stumme Tränen ihre Wangen hinunter. Ein Tropfen landete auf dem Tisch. »Wie soll uns denn ein Bild zu Ellie führen?«, fragte sie in die Runde, ohne eine Antwort zu erwarten.

Ihr Mann beugte sich vor. »Die Frau?« Er sah abwechselnd Christine und Anna an und tippte auf das Foto. »Wir kennen Daniel. Wir wissen von seinem Vater. Weder er noch sonst jemand weiß etwas über seine Mutter.«

»Stimmt«, erinnerte sich Beccy. »Er hat sie seither nicht mehr gesehen.«

Christine konnte die Hoffnung in ihrer Tonlage erkennen. »Ihr wollt diese Frau suchen?«

Das Paar tauschte verheißungsvolle Blicke aus.

Ein Handy klingelte. Der Ton übertönte jeden Gedanken. Als Anna bemerkte, dass es ihres war, errötete sie und Hitze stieg ihr in den Kopf. Als säße sie in einer Klasse und wartete auf die Maßregelung des Lehrers. Sie zog das Gerät aus der Hosentasche und schaute auf das Display. Unbekannte Nummer. »Anna

Böhmer«, nahm sie das Gespräch entgegen und schaute in die Runde.

»Rüdiger Brahm hier.« Seine Stimme klang aufgeregt und fokussiert. »Sie erzählten mir gestern von den Ereignissen nach dem Verschwinden Ihrer Mutter.«

»Ähm«, sie sah kurz ihre Mutter an und erwartete, etwas falsch gemacht zu haben. »Ja«, gab sie trotzdem zu.

Brahm seufzte laut in den Hörer. »Hören Sie. Eigentlich darf ich mit Ihnen nicht darüber sprechen. Es ist nur.« Er macht eine kurze Pause. »Ich verlasse mich auf mein Gefühl in dieser Sache.«

Anna schwieg. Weder wusste sie, was sie dazu sagen sollte noch, ob sie besser schweigen sollte.

»Schwester Swetlana wurde heute Morgen tot in ihrer Wohnung aufgefunden. Die Ermittlungen laufen.«

Anna musste mit einem Mal so bleich im Gesicht geworden sein, dass sie mit jeder weißen Wand hätte verschmelzen können.

»Schatz, alles okay«, fragte ihre Mutter besorgt, der es sofort aufgefallen war. »Was ist?«

Annas Augen wanderten umher in dem Versuch, das Gesagte zu verarbeiten. Sie überlegte, ihm endlich von allem zu berichten. Das zu tun, was sie die ganze Zeit schon vorhatte. Doch seine nächsten Worte fegten all diese Gedanken hinweg.

»Da ist noch etwas«, sagte der Beamte. »Daniel Collins hatte Kontakt zu seinem Vater, Benjamin Collins. Er wurde gestern aus dem Gefängnis in Rheinbach entlassen.«

Zwei Tage zuvor

Die kahlen Wände der JVA Rheinbach ließen nichts von der Wärme draußen spüren und schirmten die Sonne ebenso ab wie alles andere.

Daniel hatte es satt, die fünfzig Kilometer von Andernach nach Rheinbach fahren zu müssen. Andererseits blieb ihm das nicht erspart und war heute sowieso das letzte Mal.

Nach seinem Ankommen wurde er durch die ebenso nackten wie hässlichen Flure geführt. Den Weg kannte er längst auswendig. Wie üblich kroch die vertraute Nervosität durch seine Venen und schärfte seine Sinne.

»Pah«, äußerte sich Benjamin, nachdem er von einem Beamten in den Besucherraum geführt worden war, und seinem Sohn gegenüber saß. Er verschränkte die Arme. »Ein Witz. Die Jahre, die ich schon in diesem Loch festsitze. Wegen nichts und wieder nichts.« Er fuhr sich über die kurzen Haare und grinste ihn an.

Daniel war froh, rein äußerlich voll und ganz nach seiner Mutter zu kommen. Er mochte das dämliche Grinsen seines Vaters nicht. Er hatte es immer gehasst.

Er blieb stumm und redete nur, wenn er aufgefordert wurde. Ohnehin waren seine Gedanken bei Ellie. Ein merkwürdiges Gefühl überkam ihn, als er an sie dachte. Ein Gefühl, das ihm selbst Angst machte.

»Ist doch nichts passiert«, echauffierte sich sein Vater weiter.

So konnte man versuchten Totschlag nur nennen, wenn man Benjamin Collins hieß. Welche Absicht er wirklich an diesem Tag gehabt hatte, war bis heute ein Rätsel. Es war nur den aufmerksamen Nachbarn geschuldet, dass er nicht zu Ende führen konnte, was er angefangen hatte. Seine Wutausbrüche hatte sein Sohn jahrelang am eigenen Leib zu spüren bekommen. Er konnte sich nur zu gut vorstellen, was er vorgehabt hatte. Seinen Vater ohne Grund ins Gefängnis gesteckt? Welch ein Hohn. Dabei wusste selbst Daniel insgeheim, dass er noch viel mehr verdient hätte. Sein Vater sprach es nicht aus und er fragte nicht danach. Dieses vergrabene Gespür hatte es jedoch bislang nicht an die Oberfläche geschafft und nun saß er wieder einmal hier. Getrieben von Sehnsüchten aus seiner Vergangenheit versuchte er, einem unterbewussten Drang nachzugehen.

»Aber eins sag ich dir, mein Junge.« Ben streckte ihm den Finger entgegen und in Daniel regte sich erneut etwas.

Zwei Worte, die ihm wie ein Pfeil tief durch die Brust schossen: Mein Junge. Sie hatten etwas von Stolz und Zugehörigkeit, die Daniel bislang so gut wie nie erhalten hatte. Schon gar nicht von seinem Vater. Nur bei einer Person war ihm dieses Gefühl nicht völlig fremd. Ellie. Allein die Vorstellung, sie könne dieses Gefühl mit jemand anderem teilen, als mit ihm, ließ ihn erschaudern.

»Wir zwei werden neu anfangen«, hörte er seinen Vater sagen. »Wir beginnen den Neuanfang damit, etwas Altes zu Ende zu bringen.«

Wir zwei. Auch diese Worte hatten für Daniel eine Gewichtung, die er seinem Vater nicht offenlegen würde. Nicht ohne Grund war es ihm schwergefallen, ihn das erste Mal im Gefängnis zu besuchen. Seine damalige Intention war eine andere als heute. Er hatte erwartet, damit einen Schlussstrich unter der Vergangenheit ziehen zu können. Ein Trugschluss, wie er heute wusste. Ein lächerlicher Versuch, ein letzter Hoffnungsschimmer, nicht zu sein, wie sein Vater. Doch er hatte das Verlangen gespürt, wovon sein Vater geredet hatte. Daniel glaubte, es verstanden zu haben.

»Wenn man aus Liebe handelt, gibt es nicht immer eine Erklärung.« Bens Stimme wurde weicher und hatte etwas Fremdes an sich. »Wir müssen die Blume vor der schlimmen Welt schützen. Es gibt keinen anderen Ausweg.«

Daniel wog seine Worte ab. Glaubte, sie nachvollziehen und verstehen zu können. Er senkte den Blick unter dem durchdringenden seines Vaters.

»Noch ein Tag«, sagte er und ließ den Satz unheilvoll kurz im Raum hängen. »Morgen früh bin ich ein freier Mann.« Seine Stimmlage wechselte wieder zur Altbekannten. »Hast du erledigt, worum ich dich gebeten habe.«

Eine Frage. Daniel durfte antworten: »Es ist alles bereit für den Tag.« Er rieb sich die Hände und legte sie in den Schoß.

Das anerkennende Nicken seines Vaters schoss seinen Puls in die Höhe. So viel Zuspruch und Vertrauen hatte er sich in der Vergangenheit stets gewünscht. Dabei war es sogar leicht, die Waffe zu besorgen, ohne aufzufallen. Sein Vater hatte ihm nur einen Namen und eine Adresse genannt, zu die er gefahren war. Er hatte dem volltätowierten Dealer Geld auf den Tisch gelegt und die Waffe bekommen. Das war es. Einen angemeldeten, nicht auf ihn laufenden Wagen, war da schon schwieriger.

»Es wäre alles einfacher gewesen, wenn diese Ausländerin sich nicht eingemischt hätte. Dann hätten wir unsere Information und...« Benjamin stockte und kaute imaginär auf etwas herum.

Ein kurzer Blick und Daniel wusste sofort, dass sein Vater zweifelte und die ihm auf der Zunge brennende Frage folgen würde.

Ben lehnte sich zurück. Musterte ihn. Versuchte, offenbar abzuschätzen, wie viel er ihm zutrauen konnte. »Wirst du das hinbekommen?« Er musste nicht konkretisieren, was.

Daniel hielt kurzzeitig den Atem an, dann nickte er. Er war bereit und wollte es seinem Vater beweisen. Eine nochmalige Chance würde er nicht bekommen. Entweder er war mit im Boot oder seine ganze Anstrengung war umsonst. »Ich bekomme das hin, Vater«, untermauerte er. Und ob er das hinbekommen würde. Für sie.

»Gut.« Sein Vater seufzte. »Ich denke du weißt, dass ich nur so hart zu dir war, um dich auf das Leben vorzubereiten.«

Daniel riss ungläubig die Augen auf. War das etwa eine Entschuldigung? Er musste sich verhört haben und schluckte, blieb aber stumm und knetete seine Hände. Er wollte, dass dieser Satz für immer in seinem Gedächtnis eingebrannt wurde. Auf gar keinen Fall wollte er mit einer Erwiderung diesen Moment zerstören. Sein ganzes Leben hatte er gehofft, eine Rechtfertigung seines Vaters zu hören. Für all die Prügel, die er über sich ergehen lassen musste. All die Ungerechtigkeiten, die er ertragen hatte. Dass sein Vater indirekt um Verzeihung für seine Taten bat, hatte er sich als Kind noch mehr gewünscht, als eine Umarmung von ihm.

»Du kannst dich auf mich verlassen«, versicherte Daniel, stand auf, ohne in Frage zu stellen, ob die versteckte Entschuldigung seines Vaters ernst gemeint war oder nicht.

***

Dafür, dass Schwester Swetlana sich das Geld seiner Oma unter den Nagel gerissen haben sollte, wohnte sie ziemlich bescheiden. Ein in die Jahre gekommenes Mehrfamilienhaus in einer ländlichen Gegend. Schlicht und renovierungsbedürftig. Kein Vergleich zu dem, was sich Daniel vorgestellt hatte. War er falsch informiert? Wohnte jemand anderes mit ihrem Nachnahmen hier? Sein Vater hatte gesagt, dass sie hinter dem Geld seiner Mutter, also Oma Elses, her war. Gut möglich, dass sie es noch gar nicht erhalten hatte.

Er wusste, dass die Schwester, wenn es so war, im Dachgeschoss wohnen musste. Die Klingel hatte er Tage zuvor inspiziert. Ganz oben war alles dunkel. Nirgendwo hinter den Fenstern brannte Licht, was er von der Seitenstraße aus sehen konnte.

Daniel tastete nach dem Messer in seiner Hosentasche, als glaubte er, es könne verschwunden sein. Seine Hand begann zu kribbeln. Das Gefühl wanderte seine Venen entlang. Eben dieses Empfinden, das er verspürt hatte, als er mit dem Messer geübt hatte. Im Wald war er weit und breit alleine gewesen. Lediglich die Bäume waren Zeuge seiner Tat, als er die Katze aufgeschlitzt und anschließend begraben hatte. Dabei hatte es sich um ein wehrloses Tier gehandelt, nicht um einen Menschen, der definitiv versuchen wird, sich zur Wehr zu setzen.

Um jeden Preis musste er die Information aus der Schwester herausbekommen. Nur sie wusste, wo Ellie war.

Er durfte nicht scheitern.

Daniel trat aus dem Dunkeln der Seitenstraße heraus und ging auf das Haus zu.

Jetzt oder nie.

***

Daniel hatte kaum schlafen können und zitterte am ganzen Körper. Er war in Versuchung, die Heizung in dem alten *Golf Variant* aufzudrehen, was angesichts der Außentemperaturen nicht notwendig war. Er bibberte, aber nicht, weil ihm kalt war.

Er sah hinüber und konnte durch das Beifahrerfenster den Eingang des hohen Gebäudes sehen. Seit zehn Minuten wartete er vor der JVA Rheinbach, ohne, dass sich etwas rührte.

Daniel überprüfte noch einmal die Uhrzeit. Er war pünktlich gewesen. Wie lange mochte es noch dauern? Unweigerlich dachte er an die Tasche, die er unter dem Sitz versteckt hatte. Wer glaubte, dass ein Kombi genug Platz bot, hat noch nie Waffen verstecken müssen. Genau genommen eine *Beretta M9*, ein zusätzliches Magazin, ein Klappmesser und Kabelbinder. An Drogen zu kommen, wäre einfacher gewesen. Die wurden mittlerweile an jeder Ecke verkauft. Eine nicht zurückverfolgbare Waffe war da schon verzwickter. Doch er hatte seinen Vater nicht enttäuscht. Die Tasche lag unter dem Sitz. Selbst das versicherte, nicht auf ihren Namen lautende Fahrzeug, das ein schwieriges Unterfangen gewesen war, hatte er gemeistert.

Endlich schwang die Tür der JVA Rheinbach auf und Benjamin Collins trat in die Freiheit. Der schlaksige

Mann mit Jeans und Hemd erinnerte nicht mehr an einen Sträfling, der wegen versuchten Mordes an seiner eigenen Mutter weggesperrt worden war.

Daniels Körper zitterte mehr denn je. Er spürte, wie sich der Schweiß bildete und es ihm unter den Armen und im Nacken juckte.

Ben öffnete die Beifahrertür und ließ sich auf den Sitz fallen. Er atmete kräftig ein und aus, als habe er frische Luft schon lange nicht mehr genießen können. »Na, mein Junge.« Er knallte die Tür zu und grinste ihn böse an. »Aber, aber«, sagte er mit einem Unterton, den er früher schon benutzt hatte, als Daniel noch ein Kind war. »Was bist du denn so aufgeregt?«

Er wusste es. Sein Vater hatte erkannt, dass er ein Versager war. Tausend Ausreden schossen Daniel durch den Kopf. Er war sich sicher, dass keine davon reichen würde, um die Wut seines Vaters zu bändigen. »Es tut mir leid«, brachte er nur hervor und machte sich auf alles gefasst. Er umgriff das Lenkrad und versuchte, irgendetwas außerhalb der Frontscheibe zu fixieren, um sich dem Blick seines Vaters zu entziehen.

»Was tut dir leid?«, fragte Ben, als würde er mit einem Hund sprechen.

»Ich habe nicht alles, was du brauchst.« Daniels Beine fingen an zu zittern. Er wusste, dass es keinen Sinn machte, seinem Vater zu erklären, warum er versagt hatte. Es brachte nichts, ihm zu vermitteln, dass es nicht seine eigene Schuld gewesen war. »Ich habe es nicht«, wimmerte er fast und ekelte sich selbst davor, wie schwach er war.

»Ich habe, was wir brauchen.« Bens feste Stimme wunderte Daniel.

Er sah ihn nun direkt an. »Aber wie?« Seine Glieder entspannten sich.

»Fahr los!«, forderte er und schnallte sich an. »Ehe noch jemand misstrauisch wird.«

Gegenwart

Daniel wurde von seinem Vater auf einen alten Bauernhof gelotst. Irgendwo in der Nähe von Niederzissen. »Existiert der Bauernhof noch?«

»Den gibt es schon so viele Generationen.« Benjamin grinste hämisch. »Es würde mich wundern, wenn nicht.«

Daniels Anspannung hatte sich während der Fahrt verringert. Er wusste, wenn sein Vater sauer gewesen wäre, dann hätte er nicht gewartet, ihn das spüren zu lassen. Das kannte er zu Genüge. Die vielen Schläge in seiner Kindheit waren der Beweis. Warum war er nicht wütend? Es musste etwas geben, was Daniel nicht wusste.

Er fuhr auf ein Grundstück. Der Wagen holperte über die Kopfsteine auf ein Ziegelgebäude zu. Beim näheren Betrachten erkannte er, dass es sich um eine Firma handelte, die irgendetwas mit Holz machte. Er stellte das Auto vor einem alten Schuppen ab, vor dem ein Geländewagen der Marke *Mitsubishi* stand.

»Du wartest hier«, befahl Ben und stieg unvermittelt aus.

Daniel beobachtete, wie sein Vater in einem großen Schuppen aus verzinktem Stahl verschwand, der mindestens nach fünf Generationen und harten Wettereinflüssen aussah.

Mit den Gerätschaften, die unter dem gegenüberliegenden Carport standen, hätte man leicht Menschen zerstückeln und vergraben können. Daniel verwarf diese Gedanken schnell wieder und sah sich zu allen Seiten um. Für den Bruchteil einer Sekunde stellte er sich die Frage, ob er das Richtige tat. Es wäre so einfach, abzuhauen und so weit weg, wie möglich, zu kommen. Aber Benjamin hatte gesagt, er habe die Information, die sie brauchten. Es war seine einzige Chance seit so vielen Jahren.

Er hatte keine Zeit mehr, darüber nachzudenken. Sein Vater kam aus dem Schuppen auf den Wagen zu. Ben öffnete die Beifahrertür und setzte sich neben Daniel. Ein zufriedenes Lächeln umspielte seinen Mund.

Er begriff, dass alles bereit war und schluckte.

»Navi«, forderte Ben und hielt die Hand hin.

Daniel kramte das Handy aus der Türverkleidung. Er entsperrte es und wählte die App aus, ehe er es seinem Vater reichte. Sofort tippte er etwas darin ein. Nur weil man im Knast saß, hieß das nicht, dass man nichts von dem Wandel der Zeit mitbekam.

»Woher weißt du, wo wir hinmüssen, wenn...«, er sprach den Satz nicht aus. Er hatte den Aufenthaltsort von Ellie, das Wichtigste, das sie brauchten, nicht beschaffen können. Trotzdem schien sein Vater genau zu wissen, wo sie hinfahren müssen.

»Ich wollte auf Nummer sichergehen«, erklärte Ben ohne Umschweife. Er warf seinem Sohn einen abschätzigen Blick zu. »Ich habe jemanden beauftragt, Daniel«, sagte er, als wäre es selbstverständlich.

»Wie das?«

Er grinste diabolisch. »Das musst du nicht wissen.« Er startete das Navigationssystem.

»Route wird gestartet.«

»Und weil meine Mutter wegen ihrer Demenz nichts mehr wusste, war sie unbrauchbar.«

Daniel riss die Augen auf. »Du hast Oma Else umgebracht? Du hast gesagt, es war die Schwester.«

Seine Stimme war ein leises Zischen. Wenn er noch jemanden seiner Familie gemocht hatte, war es seine Oma, die ihm nie etwas Böses wollte.

»Konnte ja keiner ahnen, dass diese Schwester mit der Information verschwinden würde«, hörte er seinen Vater sagen. »Ich habe jemanden beauftragt, der mir diese Information beschafft. Komme, was wolle.«

Daniel musste an die bereits aufgebrochene Wohnungstür und unweigerlich an den leblosen Körper in der Wohnung denken. Es war zu spät gewesen, die Information aus ihr herauszubekommen, weil die Schwester mit einer durchgeschnittenen Kehle auf dem Boden ihr Ende gefunden hatte.

»Jetzt schau doch nicht so«, lachte Benjamin.

Daniel glaubte nicht, was er hörte. »Ich hatte alles vorbereitet. Ich war bei ihr. Ich hätte sie...« Er sagte nicht, was er vorgehabt hätte. Was er gemacht hätte, um an die Information zu kommen. Alles nur, um Ellie zu sehen.

»Hut ab, mein Junge. Ich dachte ja erst, du kneifst. Aber scheinbar kann ich dich doch irgendwann gebrauchen.« Er legte seine Hand auf seine Schulter.

Daniel widerstand dem Drang, sie abzuschütteln. Früher hätte er sich diese Geste des Stolzes gewünscht. Heute war sie Sehnsucht und Fluch zugleich. Er hasste sich dafür, dass er immer noch um die Gunst seines Vaters kämpfte. Nach all den Jahren der Misshandlung und obwohl er wusste, was er mit Ellie vorhatte. Er hatte nie Drogen in seinem Leben eingenommen, aber so stellte er es sich vor. Es würde eines Tages sein

Untergang bedeuten. Wenn es nicht seinen Tod bedeuten würde, dann das innerliche Zerbrechen wegen einer Sache, die er sich nie verzeihen könnte. »Du hast gedacht, ich schaffe es nicht.«

Ben stöhnte. »Die Sache musste sauber sein.« Eine nähere Ausführung bedarf es nicht für einen Mord. »Fahr los!« Er sah aus dem Fenster. »Es wird Zeit, meine Blume vor allem zu beschützen.«

***

Das Ehepaar und Christine waren jetzt ungefähr genauso bleich wie Anna zuvor, als sie den Anruf von Rüdiger Brahm erhalten hatte. Die Kenntnis über die Ermordung von Schwester Swetlana hatte der ohnehin furchtbaren Sache mit Ellie einen noch größeren Stellenwert verpasst. Anna hätte es nie für möglich gehalten, einmal in unmittelbarem Umfeld mit einem Mord konfrontiert zu werden. Kein Wunder, dass Brahm verlangte, dass sie und ihre Mutter eine Aussage tätigen sollten. Sie waren nicht verdächtig, versicherte er. Sie könnten allerdings wertvolle Hinweise liefern, die zur Aufklärung beitragen würden. Sie nahm sich vor, ihrer Mutter auf dem Nachhauseweg zu erzählen, dass Brahm höflich darum gebeten hatte, dass sie sich melden, um ihm mitzuteilen, wann sie auf das Polizeirevier kommen könnten.

»Daniel hatte doch gesagt, er hat keinen Kontakt.« Alexander schüttelte verständnislos den Kopf. »Zu niemandem. Er sagte, er hasse seinen Vater.«

»Vielleicht hat er gelogen«, mutmaßte Christine.

»Und was machen wir jetzt?«, fragte Alex verzweifelt und niemand hatte eine Antwort.

Beccy rückte den Stuhl zurück, der unter einem lauten Geräusch protestierte, und stand auf.

Ihr Mann sah erschrocken zu ihr auf. »Was machst du?«

»Mir reicht´s!« Sie nahm ihr Handy vom Tresen hinter sich und tippte darauf herum. »Ich rufe Daniel an.« Sie hielt das Gerät ans Ohr.

»Ich halte das für keine gute Idee«, sprach Anna unter lautem Protest aus, was alle anderen auch schon dachten.

Sie redeten auf sie ein, doch Beccy ließ sich nicht verunsichern und lauschte dem Freizeichenton.

Die Übrigen hielten den Atem an, als würde das einen Unterschied machen.

Beccy riss das Handy vom Ohr. Es nahm niemand ab. Auf Englisch fluchend knallte sie es auf den Tisch vor sich und stütze sich mit zitternden Armen darauf ab. Sie schrie das Bild an, krallte es sich und fegte es mit einer großen Wucht vom Tisch. Es knallte gegen die Ecke der Wand und zerschellte.

Während Anna und Christine erschrocken die Augen aufrissen, erhob sich Alex und umarmte seine Frau, die weinend in sich zusammenbrach. Unter der ständig aufkeimenden Hoffnung, der langen Suche und zuletzt dem Vorwurf, jemand Falschem vertraut zu haben, war ihre Reaktion mehr als verständlich. Anna riss sich, ihrem Mitleid zum Trotz, zusammen, um keine Träne zu vergießen. Sie hielt es nicht für richtig, zu weinen und im gleichen Zug womöglich Mitgefühl für nichts und wieder nichts von einer trauernden Mutter zu ernten.

Christine stieß sie mit den Ellenbogen an und holte ihre Tochter damit aus der Anteilnahme. Sie hob den Kopf in Richtung Eingangstüre.

Erst jetzt erkannte Anna, worauf sie ihre Aufmerksamkeit richten sollte. Ehe sie einen fragenden Blick zurückwerfen konnte, stand Christine auf und ging zu dem in Einzelteilen auf dem Boden liegenden Rahmen mit dem Familienfoto hinüber, unter diesem ein Zettel hervorragte. Als sie die Glasscherben auf Seite schob, klirrten die Bruchstücke.

Beccys Hysterie hatte abrupt geendet und sie beobachtete gemeinsam mit ihrem Mann die Szenerie.

Christine hielt den Zettel in die Höhe, auf dem nur zwei Wörter standen:

Ruperto Carola

***

Christine hob nun auch das Familienfoto an. Drehte es in den Händen um, damit sie die Rückseite begutachten konnte. Nichts. Die Seite war leer. Mit Zettel und Foto kehrte sie zu den anderen zurück und legte beides in die Mitte des Tisches.

Beccy zog die Nase hoch. »Was hat das zu bedeuten?« Ihre Stimme war heiser. Sie hustete. »Was ist das?«

»Vielleicht ein Hinweis?«, vermutete Christine. »Schwester Swetlana sagte, dass das Bild wichtig für Elisabeth war.«

»Und für Daniel«, sprach Alex seine Gedanken aus.

»Wie sollen wir herausfinden, was es bedeutet?«

Anna holte hier Handy hervor und gab Ruperto Carola in *Google* ein, bevor Alex den Zettel nahm und ihn von allen Seiten prüfte, als könne sich eine geheime Mitteilung darauf befinden.

»Könnte das ein Name sein?«

»Vielleicht ist sie bei jemanden, der so heißt.«

»Klingt für mich nicht nach einer Person.«

»Dann muss es ein Ort sein.«

»Ich glaube ich weiß, was es bedeuten könnte.« Anna schoss die Hitze in den Kopf und las von ihrem Smartphone ab: »Ruperto Carola ist ein ehemaliger lateinischer Name der ältesten Universität Deutschlands, der Ruprecht-Karls-Universität in Heidelberg.« Sie legte das

Handy so auf den Tisch vor sich, dass es alle sehen
konnten, was sie über die Suchmaschine herausgefunden
hatte. »Uni Heidelberg.«

***

Das Ehepaar lief durch die engen Räume und war dabei, zu packen. »Kommt ihr mit?«, wurde im Vorbeigehen gefragt. Sie waren routiniert und machten das nicht zum ersten Mal. Seit sie einen neuen Anhaltspunkt hatten, waren sie nicht mehr zu bremsen, wenngleich nicht einmal sicher war, ob Ellie sich tatsächlich in Heidelberg befand.

Mutter und Tochter hatten sich in eine Ecke verkrochen und beobachteten die beiden bei ihrem Tun.

Anna schüttelte energisch den Kopf. »Ich kann nicht mitkommen, wegen der Arbeit.«

»Die Wasserflaschen«, flog die Aufforderung von einem Raum in den nächsten. »Okay.« Die Antwort wurde zur Kenntnis genommen, ohne sich damit zu beschäftigen.

»Ihr wisst doch gar nicht, ob sie dort ist«, versuchte Anna, das Pärchen auf den Boden der Tatsachen zurückzuholen. »Vielleicht hat es nichts mit Ellie zu tun. Ihr Alter würde rein rechnerisch gar nicht zu einer Studierenden passen.«

»Das vielleicht nicht, aber dennoch könnte sie dort sein«, hielt Beccy dagegen und verstaute Proviant in ihren Rucksack. »Es ist eine Spur und der gehen wir nach. So haben wir es immer getan.«

»Und was ist mit diesem Benjamin?«

Niemand beantwortete die Frage.

»Christine?« Beccy pausierte ihren Packtrieb und sah ihr erwartungsvoll in die Augen. »Kommst du mit?«

»Ich, ich...«, stammelte sie hin- und hergerissen. Ihre Abenteuerlust schrie nach Aufbruch, wogegen ihre Vernunft versuchte, dagegen anzukämpfen.

»Mama?«, stieß ihre Tochter unter Entsetzen ihrer Überlegung aus. »Du erwägst doch nicht, mit zu fahren. Was ist mit dem Laden? Wie komme ich nach Hause?«

Alex griff nach dem Autoschlüssel und seinem Rucksack. »Alles klar! Auf geht's?«

Beccy zog den Reißverschluss ihres Rucksacks zu und schulterte ihn. »Wir fahren jetzt sofort los.« Sie marschierten zur Tür.

Christines Körper kribbelte mit einem Mal. Unruhig sah sie sich um. Ihre feuchten Hände wischte sie an ihrer Hose ab und griff in ihre Tasche. »Hier«, sie drückte Anna den Autoschlüssel in die Hand. »Fahr mit meinem Wagen nach Hause.«

»Was? Das ist nicht dein Ernst.«

»Anna«, Christines Stimme wurde sanft und mütterlich. »Fahr mit meinem Auto nach Hause. Hänge das Schild für mich in den Laden. Das wo drauf steht, dass aufgrund einer Messe das Geschäft geschlossen ist. Es liegt unter der Kasse.« Sie drückte ihre Tochter an sich. »Ich werde so schnell wie möglich zurückkommen. Zur Not nehme ich einen Zug.«

Irgendetwas in der Stimme ihrer Mutter veranlasste sie, keine Widerworte zu geben. »Bist du dir sicher?«

Christine sah sie fest entschlossen an und nickte. »Ich muss das machen.«

Anna nickte und umarmte ihre Mutter noch einmal.

Später saß Anna mit den Gedanken im *Ford Puma* ihrer Mutter, dass dies ein Abschied für immer hätte sein können. Sie hatte das Gefühl, ihre Mutter alleine gelassen zu haben. Schließlich hatte sie sie schon einmal verloren. Hätte sie womöglich doch mitfahren sollen?

Die eigenen Vorwürfe nahmen Überhand an und Anna dachte darüber nach, Rüdiger Brahm zu unterrichten. Aber was würde er von ihr denken? Albern. Einfach lachhaft. Er könnte sowieso nichts machen. Ihre Mutter war freiwillig nach Heidelberg aufgebrochen.

Anna blinkte genervt, als sie die Abbiegung zur Autobahn nahm, die sie ins Bergische Land zurückführte. »Zum Teufel mit ihrer Abenteuerlust«, sagte sie laut. Sie nutzte den Beschleunigungsstreifen, um auf die Autobahn zu fahren. Sie beschloss in diesem Moment, auf die zwanghafte Neigung ihrer Mutter zu Abenteuern künftig keine Rücksicht mehr zu nehmen. »Das nächste Mal gibt es nur Gutscheine für ein Wellness-Wochenende.«

***

Nicht ganz zweieinhalb Stunden hatten sie von Andernach nach Heidelberg gebraucht, in denen sie mehr oder minder in Schweigen verfallen waren. Zu groß war die Hoffnung. Zu viele Fragen schwirrten in den Köpfen.

Sie hatten den Wagen in der Nähe des Geländes zum Haupteingang abgestellt, um keine Zeit zu verlieren. Der Eingang des großen weißen Gebäudes war über einen Platz zu erreichen. Inmitten ragte eine Statue mit einem Tier. Christine, Rebecca und Alex fragten sich durch die halbe Ruprecht-Karls-Universität Heidelberg, bis sie endlich die Rektorin sprechen konnten.

Alex klopfte zaghaft an ihre Bürotür.

»Herein«, bat eine kräftige Frauenstimme.

Beccy ließ es sich nicht zwei Mal sagen und stieß die Tür auf. Ihr Mann folgte.

Christine zog sie hinter sich zu, ehe sie die prunkvolle Einrichtung bestaunte, als wäre die Zeit hier stehengeblieben. Bücherregale über kryptische Fachliteratur reihte sich zu ihrer Linken. Die Wand rechts wurde von Sideboards, Fotos und Auszeichnungen geschmückt.

Eine Frau trat vor ihren Schreibtisch, den man ansonsten wohl nur im Weißen Haus vermutet hätte. »Mein Name ist Christa Langenfelder.« Sie begrüßte alle drei nacheinander mit festem Händedruck, den man einer so alten Dame gar nicht zutrauen würde. »Wie kann ich Ihnen behilflich sein? Ich hörte, es sei dringend.« Sie bot Sitzplätze vor ihrem Schreibtisch an, ehe sie sich dahinter niederließ.

Mit ihrem dunkelblonden Dutt, dem schwarzen Bleistiftrock und der Bluse mit Manschettenknöpfen fehlte nicht mehr viel, um als Hexe aus *Harry Potter* durchgehen zu können. Zumindest schien sie wohlhabend zu sein. Christine kannte sich durch ihr Geschäft ein wenig aus. Der Schmuck, den sie trug, war nicht billig.

Ihr Schreibtisch war aufgeräumt. Sie wirkte gutmütig und diszipliniert. Man konnte davon ausgehen, dass sie Gleiches wohl auch von ihren Studenten forderte.

Der Besuch setzte sich auf drei Stühle, die vor dem Schreibtisch Wache schoben. Man hatte sie erwartet, andernfalls würde nicht die passende Anzahl Sitzgelegenheiten bereitstehen. Zwei waren üblich.

»Wir sind Rebecca und Alexander Jackson.« Beccy deutete auf sich und ihren Mann. »Wir suchen unsere Tochter. Ihr Name ist Ellie.«

Christine war nicht böse, weil die Engländerin vergaß, sie vorzustellen.

Alex kramte nach dem Foto, das er in seine Hosentasche gesteckt hatte, bevor sie losgefahren waren. »Sie müsste mittlerweile vierzehn Jahre alt sein.«

»Mit vierzehn kann man nicht studieren.«

Er hielt der Rektorin das Bild hin, die es sich mit einem flüchtigen Blick ansah.

Christine entging die winzige Sekunde nicht, in der ihr Gesicht einen anderen Ausdruck angenommen hatte. Sie hatte sich schnell wieder unter Kontrolle.

»Wer sind Sie genau?«, fragte Christa und kniff die Augen zusammen. Jede Liebenswürdigkeit war aus ihr entwichen. Sie musterte die Besucher jetzt mit einem scharfen Blick.

»Wir sind die Eltern von Ellie!« Beccy musste versuchen, Fassung zu behalten.

Ihr Mann nahm ihre Hand. »Unsere kleine Ellie wurde im Alter von sechs Jahren aus England entführt. Eine Spur führte nach Deutschland. Genauer gesagt nach Ahrweiler in Rheinland-Pfalz.«

»Und Sie?« Christa machte eine Kopfbewegung in Christines Richtung.

»Ich bin Christine Böhmer«, erklärte sie prompt. »Meine Tochter und ich haben dieses Familienfoto bei einem Ausflug gefunden.«

»Das Foto führte uns hierher«, erklärte Alex. »Bitte«, flehte er beinahe.

Es gab keinen Zweifel daran, dass die Rektorin etwas wusste.

»Oh my God«, entfuhr es Beccy. »Sie wissen, wo sie ist.«

»Bitte, Frau Langenfelder.«

Christa schürzte die Lippen und faltete die Hände vor sich. »Zuerst, erzählen Sie mir alles ganz genau. Wer sind Sie? Woher kommen Sie? Ich will alles von Ihrem Umfeld wissen.« Sie machte eine Pause. »Und davon mache ich abhängig, was ich Ihnen erzähle.«

Irgendwann in den letzten acht Jahren

»Bisher gibt es keine weiteren Erkenntnisse im Fall der verschwundenen Kinder bei Maria Laach, seit die Vermisstenfälle vor ein paar Jahren aufhörten«, drang die Stimme des Nachrichtensprechers aus dem Radio. »Die Liste der bisherigen Verdächtigen scheint lang, kann aber nicht ...«

Tina schaltete das Gerät aus. Ein Schauer lief ihr über den Rücken. Die Wandlung ihres Ehemannes war in jeder Hinsicht immer zu spüren gewesen. Beim Kennenlernen war er aufmerksam und höflich. In der Beziehung fordernd, in der Ehe - wenn man es überhaupt so nennen konnte - ein Kontrollfreak und ein Arschloch. Die Schläge ab und zu waren verkraftbarer, als die Trauer, die mit ihrem Leben mitschwamm. Die Trauer, als Mutter versagt zu haben. An die glücklichen Momente konnte sie sich kaum noch erinnern. Die Veränderungen und ständigen Lügen waren zu offensichtlich. Sie war sich sicher, dass er etwas mit den verschwundenen Kindern damals zu tun hatte. Aufgefallen war es ihr erst, als Ellie in ihre Familie kam.

Wieder ein Umschwung. Wenn er so aufopferungsvoll und behutsam auch zu seinem eigenen Sohn gewesen wäre, dann...

Tina schob den Gedanken an Daniel beiseite und unterdrückte die aufkommenden Tränen. Sie schluckte und versuchte, nicht die Nerven zu verlieren.

Nicht jetzt.

Benjamin war geschäftlich nach England aufgebrochen. Nicht lange, zwei Tage vielleicht, aber das musste reichen. Seit Daniels Verschwinden war ihr Mann nicht mehr in England gewesen. Er hatte alles versucht, doch die Firma verlangte es und drohte mit der Kündigung.

»Ellie!«, rief Tina den Flur hinunter. Sie mied es, wenn sie konnte, in Daniels altes Zimmer zu gehen, das jetzt einem Mädchen gehörte. Die Kleine konnte nichts dafür, sie war nur ein Kind. Das Einzige, was noch an Daniel erinnerte, war die Spielekonsole, die das Mädchen unbedingt behalten wollte. Ein schwacher Trost für die Mutter, für Ellie das Gegenteil.

Egal, wann Tina versucht hatte, in Erfahrung zu bringen, wie lange das Kind noch blieb, die Fragen stießen immer wieder auf eine Mauer. Ben blockte sie ab. Ihr war schon lange klar, dass das kleine Mädchen für immer bleiben würde. Anfangs kam Tina damit nicht klar, doch schnell wurde ihr bewusst, dass sie sich ohne Ellie auch nicht besser fühlte. Keiner konnte das eigene Kind ersetzen. Das Gefühl aber, gebraucht zu werden, benötigt jede Mutter.

Ellie kam durch den Flur in die Küche geeilt und sah sie erwartungsvoll an.

»Zieh dich bitte an«, sagte Tina nicht allzu streng, aber mit einem Unterton, der keine Fragen zuließ.

Ihr entgegneten scharfe Augen und ein zu einem Schlitz gepresster Mund. Ellie machte auf dem Absatz kehrt und zog sich im Flur Schuhe und Jacke an.

Auch Tina warf sich eine Jacke über und nahm Tasche und Autoschlüssel.

»Ich weiß, du darfst nicht raus. Du bist ein kluges Mädchen, Ellie. Ich denke du weißt, was wir machen und dass wir das tun müssen.« Sie beugte sich zu ihr hinunter. »Möchtest du noch irgendetwas mitnehmen?«

Ellie verschwand im Zimmer und kam mit zwei Sachen zurück. Die Kamera, die ihr Daniel zu ihrem ersten gemeinsam gefeierten Geburtstag gekauft hatte, und das erste Playstationspiel, das er mit ihr zusammen gespielt hatte. »Was, wenn Daniel wiederkommt?«, fragte sie und sah ihre Ziehmutter traurig in die Augen. »Ich weiß, dass er mich holen kommen wird. Irgendwann.«

Der Satz versetzte Tina einen Stich. Woher wusste sie, dass Daniel zurückkommen würde? War es ein Gefühl oder hatte er vor seinem Verschwinden mit ihr darüber gesprochen? Sie hatte viel zu lange alles nur mitangesehen. Aus Verzweiflung, Angst, sie wusste es nicht. Aber jetzt war Schluss. Es war schwer genug, mit dem Wissen zu leben, ihrem eigenen Sohn nicht geholfen zu haben. Jetzt konnte sie eine andere Seele aus den Klauen ihres Mannes retten oder sich wieder verkriechen. Denn dieses Mal war sie stark genug. Dieses Mal wird sie es durchziehen. Sie hatte keine Wahl, es blieb nicht mehr viel Zeit und eine weitere Chance würde sich nicht bieten.

Sie öffnete die Haustür. »Du kannst nicht auf Daniel warten, Ellie.«

***

Else erhob sich aus ihrem Sessel, als es an der Wohnungstür klingelte. »Ich komme schon«, sagte sie, als es noch einmal läutete. Sie kam zwar nicht mehr so schnell die Treppen hoch und runter, aber auf geraden Stücken war sie noch recht fit für ihr Alter. Sie drückte den Knopf an der Gegensprechanlage, um die Haustür unten zu öffnen.

Sie öffnete die Wohnungstüre. »Das ist ja eine Überraschung«, verkündete sie, als sie das Gesicht erkannte, das es bis in das erste Obergeschoss geschafft hatten. Ihre Miene verfinsterte sich. Wenn sie hier war, bedeutete das nichts Gutes. »Ist alles in Ordnung?«

Tina kam näher. »Wir brauchen deine Hilfe.«

»Wir?«, hakte sie nach, doch dann erkannte sie das rotblonde Mädchen, als sie die Treppe hinter ihr hochkam. »Tina, du weißt, dass ich das nicht gut finde.«

»Können wir drinnen reden?« Sie sah ihre Schwiegermutter eindringlich und flehend an. »Bitte«.

Ellie stellte sich neben sie und sah sie beide abwechselnd an.

Else öffnete die Tür ein Stück weiter und winkte sie herein. Sie ging voraus in ihre Stube und setzte sich auf ihren Sessel.

»Seit wann läuft *Der Bergdoktor* um diese Zeit?« Tina wusste nicht, warum sie mit einem solchen Satz das

Gespräch begann. Sie wies Ellie an, sich auf die Couch auf der anderen Seite zu setzen.

Die Garnitur versprühte den gewissen Charme, den man nur in Wohnungen einer älteren Dame fand. Die Spitzendeckchen auf dem Tisch waren schon seit Urzeiten aus der Mode und trotzdem passten sie immer noch hier rein. Die Luft roch leicht abgestanden und hatte sich mit dem rosigen Duft von Else vermischt. Alte Bilder an der Wand zeigten Familienfotos. Darunter schmückte eine antike Wohnwand das Zimmer ein wenig zu stark.

»Das ist eine Videokassette«, erklärte Elisabeth und stoppte den Film mit der Fernbedienung.

»Videokassette? Meinst du nicht, es sei an der Zeit, einen DVD-Player zu kaufen?«

»Ihr jungen Leute«, Else winkte ab. »Immerzu wollt ihr nur das Neueste haben. Immer werft ihr alles weg. So lange es noch funktioniert, brauche ich nichts Neues.«

»Schon gut.« Tina hob die Hände. »So war das nicht gemeint.«

Else winkte ab. »Ja, von mir auch nicht.«

Tina setzte sich neben Ellie, streichelte kurz über ihr Bein und stellte ihre Handtasche vor sich auf dem Boden ab.

»Weiß mein Sohn, dass ihr hier seid?«, durchbrach Else das Schweigen.

Tina schüttelte den Kopf.

Die alte Dame lehnte sich in ihrem Sessel zurück und faltete die Hände. Das dachte sie sich.

»Er ist in England, aber nicht lange.« Tina fummelte an der Naht ihrer Hose herum. »Ich weiß«, sie atmete schwer ein und aus. »Ich weiß, dass er dir verboten hat, uns zu besuchen, und umgekehrt. Es tut mir leid.«

Elses Blick wanderte kurz zu Ellie hinüber und ruhte wieder auf ihrer Schwiegertochter. »Es ist nicht eure Schuld.«

»Wir wissen beide, du noch mehr als ich, dass es keine Cousine Florence aus England gab, weswegen Ellie notgedrungen in unsere Familie gekommen war. Du hast Ben damit konfrontiert, das weiß ich.« Tina schluckte. Es war keine Zeit, darüber nachzudenken, ob es gut oder schlecht war, weil das Mädchen alles mit anhörte. Sie wartete auch nicht auf eine Bestätigung ihrer Schwiegermutter. »Die verschwundenen Kinder bei Maria Laach hörten ab dem Zeitpunkt auf, als Ellie in unsere Familie kam. Das kann alles kein Zufall sein.«

»Wo ist Daniel?«, fragte Else und ließ die Mutmaßungen ihrer Schwiegertochter unkommentiert.

Tina wusste, dass diese Frage früher oder später gestellt werden würde. »Er ist weggelaufen.« Ihre Augen füllten sich mit Tränen. »Zwei Jahre nachdem Ellie zu uns gekommen war. Eines nachts hat er seine Sachen gepackt und ist weggerannt. Wir wissen nicht, wo er ist.«

Else blickte wieder zu dem Mädchen, dem stumm eine Träne über das Gesicht rann. Um zu verbergen, dass sie um Fassung rang, kaute sie auf ihrer Lippe herum. Sie hatte ihn seit seinem dreizehnten Geburtstag nicht mehr gesehen. Es änderte nichts an ihrer Zuneigung zu dem aufgeweckten Jungen, der es viel zu schwer bei ihrem Sohn als Vater hatte. »Was macht ihr hier, Tina?«

»Wir brauchen deine Hilfe, Elisabeth. Wir müssen irgendwo hin. Weg von hier. Weg von ihm. Du weißt, was dein Sohn getan hat.«

»Dann verschwindet einfach. Fahrt, wohin ihr auch immer wollt.«

»Das ist nicht so einfach.«

»Wieso nicht?« Else beugte sich vor. »Tina, es ist nicht sicher bei meinem Sohn. Ja, ich weiß es selbst am besten. Wie oft ich schon daran dachte, zur Polizei zu gehen. Aber wer würde mir glauben? Es hätte einer ollen Frau wie mir doch niemand geglaubt, wenn ich erzählt hätte, das mein eigener Sohn mir das Haus weggenommen hat, mich hierher steckte und mich kleinhält. Bis heute. Es hätte nur euch geschadet, sonst niemandem. Fahrt so weit weg, wie ihr könnt.«

»Das geht nicht, Elisabeth.«

»Natürlich geht das«, antwortete Else lauter, als sie wollte.

»Ich kenne niemanden, ich weiß nicht wohin.«

»Ich gebe euch Geld mit.« Else wollte aufstehen, aber Tina hielt sie davon ab.

»Es geht nicht um Geld.« Tina blickte sich um, als würde sich die Erklärung in den Bildern an der Wand finden. »Ellie muss an einen sicheren Ort. Sie muss versorgt werden. Das kann ich nicht.«

»Was meinst du mit, das kannst du nicht? Du bist Mutter.«

»Ich bin krank, Elisabeth.«

Else und Ellie sahen sie beide unvermittelt an.

Tina schluckte. »Ich habe einen Hirntumor. Sie können ihn nicht behandeln.« Ihre Augen wurden feucht, doch sie bemühte sich, nicht zu weinen. »Ich kann nicht für Ellie da sein. Ich habe nicht mehr lange zu leben.«

Das Mädchen riss die Augen auf und tätschelte ihre Hand.

Else stand auf. »Wartet kurz.« Sie ging in die Küche und kam wenig später wieder zurück. »Hier.« Sie reichte ihrer Schwiegertochter einen Zettel.

Tina wischte sich die Tränen weg und nahm ihn entgegen. »Was ist das?«

»Fahrt dorthin. Fragt nach Christa Langenfelder. Sie ist Rektorin an der Universität Heidelberg und eine sehr gute Freundin. Sag ihr, dass ich euch geschickt habe und erkläre ihr die Situation. Sag das zu ihr«, sie deutete auf den Zettel.

»Semper Apertus«, las Tina vor und verstand kein Wort.

»Das ist lateinisch und bedeutet „stets offen"«, erklärte Else mit einem Lächeln. »Christa wird wissen, was sie zu tun hat. Das verspreche ich dir.«

Else erinnerte sich an die Zeit zurück, als ihre Schulfreundin angefangen hatte zu studieren. Christa war aufgeschlossen, hübsch und voller Tatendrang. Jeder mochte sie. Für Else stand Studieren im Leben nicht bereit. Eine Familie zu gründen und eine gute Ehefrau und Mutter zu sein war das, was von ihr erwartet wurde. Sie wurde schwanger und wurde Hausfrau mit einem Mann, der sich finanziell um sie sorgen konnte. Was die anderen der Truppe aus ihrer Schulzeit taten, wusste sie nicht. Sie hoffte, dass sie Besseres mit ihrem Leben angefangen hatten. Christa war sowieso immer für etwas Höheres bestimmt gewesen. Ihr Ziel war es von Anfang an, Rektorin der Universität Heidelberg zu werden. Nachdem sie ein Seminar besucht hatte, wo es unter anderem um die Geschichte der Universität ging, war sie hin und weg. Sie erzählte es der gesamten Clique. Semper Apertus stand nicht nur für Weltoffenheit, sondern auch für die Auseinandersetzung mit Problemen. Sie schwor, dass jeder von ihnen, der einmal Schwierigkeiten hatte, bei ihr auf eine offene Tür stoßen und Hilfe bekommen würde. Es war das letzte Mal, dass alle zusammenkamen, als hätte Christa sie einst zusammengehalten.

»Danke.« Tina umarmte ihre Schwiegermutter. »Falls Daniel dich aufsucht, musst du ihm sagen, wo wir sind.«

Else nahm Tinas Gesicht in ihre Hände. »Ich habe Demenz, Kindchen. Mein Gedächtnis funktioniert nicht mehr so gut. Wer weiß, ob ich es mir bis dahin merken kann.«

»Dann schreib es auf.«

Else schüttelte den Kopf. »Zu gefährlich. Benjamin darf es niemals erfahren.« Ein Gedankenblitz schoss ihr in den Kopf. Demenz hin oder her. Es durfte für niemanden einfach sein. Sie verschwand noch einmal in die Küche und kam mit einem Zettel zurück. Sie hielt ihn hoch.

»Ruperto Carola?« Tina verstand wieder nicht. »Wofür ist das?«

»Das ist der alte lateinische Name der Universität. Selbst wenn jemand den Zettel findet, weiß er erst einmal nichts damit anzufangen.« Sie sah Ellie an.

Tina holte etwas aus ihrer Tasche und reichte es Else.

Die alte Dame nahm ein gerahmtes Foto entgegen und lächelte, als sie das Bild sah. Rechts war Tina, links stand Ben und vor ihnen Daniel und Ellie. Sie strich mit den Fingern über Daniels Kopf. »Danke.«

Tina umarmte ihre Schwiegermutter noch einmal und etwas verengte sich in ihrer Brust, als ihr bewusst wurde, dass sie nie mehr zurückkommen würde.

***

Zum zweiten Mal an diesem Tag klingelte es an der Haustür. Dieses Mal Sturm, wodurch Else jedoch nicht schneller zur Tür gelangte. Sie beeilte sich nicht. Sie wusste ohnehin, wer es war. Sie drückte auf und jemand polterte die Treppe hinauf. Ein Wunder, dass ihr Sohn nach all der Zeit überhaupt noch den Weg hierhin fand.

Er war außer Atem, als er das erste Obergeschoss erreichte. »Wo sind sie?«, bellte er ohne nähere Ausführungen. Er drückte seine Mutter unsanft in die Wohnung zurück, wodurch sie gegen die Wand im Flur prallte und dadurch ein Bild hinunterwarf. »Wo sind sie, verdammt noch mal!« Speichel flog aus seinem Mund.

Else bückte sich mühsam, um das Bild aufzuheben. »Wen meinst du?«, fragte sie. Nicht um ihn zu provozieren, sondern, um sich dumm zu stellen. Ihre Demenz hatte den Besuch von Tina und Ellie vor zwei Tagen aber nicht vergessen lassen.

»Du weißt genau wen ich meine!«

»Ich habe sie seit Jahren nicht gesehen, wie du weißt.« Else wollte an ihm vorbei, doch er stellte sich ihr in den Weg. Sie hob den Finger. »Du hast mir laut genug zu verstehen gegeben, dass ich das nicht mehr dürfe. Und das nur, weil ich es als Mutter gut gemeint hatte. Glaubst

261

du wirklich, eine Mutter merkt das nicht. Dann noch die Lüge mit dieser Cousine Sowieso«, sie erinnerte sich nicht an den Namen, den er damals genannt hatte. »Was habe ich nur falsch gemacht? Wie konnte ich einen solchen Sohn großziehen.«

Seinem wutentbrannten Gesicht folgte ein widerliches Grinsen. »Da komme ich wohl nach Vater.«

Else winkte ab. Über ihrem kriminellen Ex-Mann wollte sie kein Wort hören. Seine krummen Geschäfte haben sie ständig in Angst leben lassen. Aber früher trennte man sich nicht einfach. Der Mann brachte das Geld und sorgte für die Familie, die Frau blieb zu Hause bei den Kindern, kochte und putzte. Heutzutage war das alles für eine Frau wesentlich einfacher. Sie hatte damals noch still zu sein und zu gehorchen. Sie war nur allzu froh, als er damals bei einer Messerstecherei den Kürzeren gezogen hatte.

Else versuchte erneut, an ihrem Sohn vorbei zu gelangen.

»Wo sind sie?«, fragte er in einem Ton, der es ihr eiskalt den Rücken hinunter laufen ließ.

»Ich weiß es nicht.«

»Stell dich nicht dumm, Mutter. Ich weiß genau, dass du weißt, wo sie sind.«

»Selbst, wenn ich es wüsste, würde ich es dir nicht sagen. Diese Familie hat genug unter dir gelitten.«

Benjamin grinste noch einmal, als sei es gewiss, dass er sie früher oder später finden würde.

Er drehte sich um und lief durch die sperrige Wohnung.

Er fegte etwas zu Boden, Geschirr ging kaputt.

Else nutzte ihre Chance, wartete nicht, bis sein Wut-ausbruch vorbei war, riss die Tür auf und eilte, so schnell, wie es ihre alten Knochen zuließen, die Treppe hinunter. »Hilfe! Hilfe«, schrie sie. Das Bild, das ihr Tina gegeben hatte, drückte sie mit aller Kraft an sich, damit es nicht unter ihrer weiten Jacke hervorblitzte.

Das Letzte, was sie spürte, war ein harter Tritt in den Rücken, ehe sie die Treppe hinunterstürzte. Das Bild hielt sie mit der Armbeuge umklammert. Sie ließ es nicht los. Danach war alles schwarz.

Gegenwart

Das Studentenwohnheim erinnerte Christine von innen an eine Jugendherberge. Nur ohne Lagerfeuer und Lehrer.

Sie hatten erfahren, dass Ellie in einem Zimmer mit einer Studentin zusammenwohnte und von hier aus regelmäßig zur Schule ging. Nach der Schule nahm sie freiwillig an Lesungen oder Projekten teil.

Es war nicht möglich gewesen, die Eltern davon abzubringen, mitzukommen. So sehr Christa auch gegensteuerte, sie blieben stur und ließen sich nicht abschirmen.

Das Wohnheim war zu Fuß in wenigen Minuten erreicht. Sie folgten Christa an verschiedenen Zimmern vorbei. Hier und da grüßten Studenten, die vom Anblick der Rektorin spürbar nervös waren.

An einer Zimmertür blieb Christa stehen und warf den Besuchern einen strengen Blick zu.

Alexander hob die Hände. »Wir überlassen Ihnen das Reden, versprochen.«

Christine war sich da nicht so sicher. Wenn sie sich vorstellte, nach so vielen Jahren das erste Mal ihre Tochter wiederzusehen, würde sie aufschreien. Vor Freude, Verzweiflung, die ganze Gefühlsparade und Erleichterung eben.

Egal, was Beccy auch versuchen würde, um ruhig zu bleiben, es würde ihr nicht gelingen. Zu Recht. Wie lange hatte sie gesucht, gebangt, gehofft und geweint? Aber sie hatten die Hoffnung nicht aufgegeben und standen nun hier.

Eine bloße Tür trennte sie von dem Wiedersehen.

Christine spürte Hitze in sich aufsteigen, als Christa an die Zimmertür klopfte. Wie musste es in diesem Augenblick Beccy und Alex gehen? Sie waren immerhin die Eltern.

»Moment«, hörten sie eine Stimme aus dem Zimmer rufen.

Dann wurde die Tür geöffnet.

***

Eine junge Frau öffnete die Tür. Nicht nur das Alter passte nicht. Die braunen Haare waren zu einem Pferdeschwanz gebunden und fielen ihr glatt über die Schulter.

»Frau Langenfelder?«

»Karina.« Christa nickte ihr knapp zu und schaute über ihren Kopf hinweg in das Zimmer. »Ist Ellie hier?«

»Ähm, nein.« Ein unsicherer Blick schwenkte über den Besuch hinweg. »Sie ist noch bei dem Museumsausflug.« Sie kniff die Brauen zusammen und öffnete den Mund.

Christine hatte seit Stunden nichts gegessen, aber ihre Übelkeit rührte nicht vom Hunger. Sie konnte die Zuckungen in Beccys Gesicht erkennen, mit denen sie versuchte, ihre Gefühle zu unterdrücken. Sie legte mitfühlend eine Hand auf die Schulter der kämpfenden Mutter.

»Karina, ich möchte, dass Sie in meinem Büro anrufen, sobald Ellie hier ist.« Christa wandte sich zum Gehen.

»Frau Langenfelder«, hielt die Studentin sie auf. »Vorhin war ein Junge hier.«

»Was für ein Junge?«

Alle Augen waren auf die junge Frau gerichtet.

»Ähm, er sagte, er sei Ellies Bruder.«

Beccy stöhnte auf. Es war eine Mischung aus Wimmern und Entsetzen.

»Frau Langenfelder«, Karina sah von der weinenden Frau zur Rektorin, »ich wusste nicht einmal, dass Ellie einen Bruder hat. Stimmt das?«

»Das ist eine lange Geschichte«, beantwortete Christa damit ihre Frage mit zu viel Spielraum. »Sie oder Ellie rufen mich an, sobald sie hier ist!«

***

»Was machen wir jetzt?« Beccy lief durch das Büro der Rektorin. »Wir müssen Daniel aufhalten.«

»Wieso aufhalten?«

»Wir haben Ihnen doch erzählt, was wir über ihn und seinen Vater wissen.«

»Wir beruhigen uns jetzt erst einmal wieder«, forderte Christa und lehnte sich gegen ihren Schreibtisch. »Karina hat nichts von einem weiteren Mann gesagt.«

»Aber sie sprach von einem Jungen.« Beccy konnte ihre Tränen nicht mehr zurückhalten. »Daniel war dort.«

»Er und sein Vater sind eine Gefahr für Ellie!« Alex' Beherrschung bröckelte unter der Last aus Angst und Hoffnung. »Wir müssen Ellie schützen, uns vor ihrem Zimmer positionieren und warten.«

»Ich werde jetzt die Polizei rufen und denen alles erklären«, informierte die Rektorin sie allesamt über ihre Absicht.

»Warum um alles in der Welt hat niemand Ellie zurück nach England gebracht?« Beccys Stimme glich einem Schrei, ehe sie in verzweifeltes Wimmern überging. »Warum wollte Ellie nicht nach Hause, zu uns? Warum hat man sie nicht schon längst zur Polizei gebracht?«

»Ich verstehe Ihre Aufregung und Ihre Fragen.« Christa faltete die Hände in ihrem Schoß. »So einfach war das nicht.«

»Diese Tina hätte sie sofort zur Polizei bringen können.«

Die Rektorin schüttelte den Kopf. »So einfach ist das nicht. Natürlich hatte sie in Erwägung gezogen, zur Polizei zu gehen. Aber Ellie wäre in ein Pflegeheim gekommen. Das einzig logische Prozedere.«

»Und ihr Entführer hätte sie dort gefunden«, bemerkte Christine und erhielt ein zustimmendes Nicken von Christa.

»Ellie war sechs, als sie entführt wurde«, führte die Rektorin weiter aus. »Sie kann sich kaum an alles aus ihrer Heimat erinnern. Es ist nach den Jahren immer mehr verblasst. Sie hat ihre Eltern vermisst und auch geahnt, dass sie sie ebenfalls vermissen. Doch Genaueres war über die Zeit einfach weg. Erinnerungen verblassten.« Sie verschränkte die Arme vor der Brust. »Glauben Sie mir. Sie war hier sicherer als sonst irgendwo. Hier konnte sie wieder ein normales Leben führen. Hier wurde sie nicht einfach in ein Pflegeheim gesteckt und vergessen. Je mehr Zeit verging, umso weiter entfernte sich ihr früheres Leben.«

»Können wir mit dieser Frau, bei der Ellie aufgewachsen ist, sprechen?«, fragte Beccy.

»Tina verstarb kurze Zeit, nachdem sie Ellie hierher gebracht hatte.«

Alex rückte an seine Frau heran und legte einen Arm um sie. Es war zu erkennen, dass die Eltern mit dieser Antwort zufrieden waren und einsahen, dass es wirklich die beste Alternative für ihr Kind gewesen war. »Warum unsere Ellie? Warum ein Kind aus England?«

»Ben Collins war selbst halb Engländer. Seine Mutter, Else Collins, kam ursprünglich von dort.« Die Rektorin stieß sich vom Schreibtisch ab und trat hinter ihn. »Er arbeitete für eine dort ansässige Firma. Warum er gerade Ellie entführt hatte, kann man nur spekulieren. Auffällig war natürlich, dass Ellie eine Abkürzung von Elisabeth ist. Elses Mann hat sie früher Ellie genannt, wenn es Momente des Friedens gab. Tina erzählte, dass Bens Vater kein Mann von Traurigkeit war. Er war ein schlechter Ehemann und schlechter Vater. Wer weiß, vielleicht hat sich Ben nach irgendetwas gesehnt, das ihm Frieden schenken sollte oder so.«

»Dieser Abschaum hat keinen Frieden verdient«, urteilte sich Beccy.

»Da stimme ich Ihnen absolut zu.«

»Hat er denn...?« Alex rang nach Worten. »Wissen Sie ob er unserer Ellie...?« Er stieß laut die Luft aus. »Ich meine, wurde sie...?«

»Hat er nicht«, beantwortete Christa die unausgesprochenen Fragen, die die Eltern mit Sicherheit schon seit langem beschäftigten. »Er hat nie Hand an sie gelegt. Sie nie in irgendeiner Weise angefasst.«

Die Eltern atmeten erleichtert aus.

Ihre Schultern sackten nach unten, als wäre die eine schwere Last, die sie mit sich getragen hatten, von ihnen gerutscht.

Die Rektorin wandte sich an Christine. »Sie bringen die beiden bitte runter in die Cafeteria und geben ihnen Wasser oder Kaffee. Ich werde in der Zeit die Polizei verständigen.« Dann sprach sie wieder zu dem Paar.

»Was glauben Sie, was passiert, wenn eine Vierzehnjährige drei Fremde vor ihrem Zimmer findet?«

Christine schluckte. Neutral betrachtet, war das ein gutes Argument. Es ist fraglich, ob sie ihre Eltern erkennen würde. An Stelle von Ellie würde sie sich umdrehen und weglaufen.

»Warum wurde Ellies Name nicht geändert?«, kam die Frage von Alex aus heiterem Himmel, als sei es ihm erst jetzt in den Sinn gekommen.

»Wie bitte?« Christas steinerne Fassade war für einen kurzen Moment in Entrüstung übergegangen.

»Warum haben Sie Ellies Namen nicht geändert? Er kann doch nachverfolgt werden, wenn man versucht, sie zu finden und sie in einer Uni lebt, für die sie noch zu jung ist.«

Der Blick der Rektorin wurde selbstsicherer denn je. »Sie ist nicht gemeldet. Nicht hier und auch nicht sonst irgendwo. Ich nehme an, sonst hätten Sie sie ebenfalls gefunden.« Ihre Stimme war höflich, aber bestimmend. »Sie können mir glauben, wenn ich Ihnen sage, dass diese Angelegenheit wasserdicht ist. Wie und wer da mit drin steckt, brauchen Sie nicht zu wissen. Haben Sie noch irgendwelche weitere Fragen, Herr Jackson?« Sie sah in die Runde. Als niemand antwortete, sagte sie: »Dann wäre ja alles geklärt. Karina wird Ellie anweisen, im Zimmer zu bleiben, bis sie jemand abholt. Das ist das einzig Vernünftige.« Sie nahm ihr Telefon. »Ich komme gleich nach«, schickte sie den Besuch mit einer Geste hinaus und legte den Hörer an ihr Ohr.

***

Ellie bedankte sich bei dem Busfahrer, der nahe des Universitätsgeländes gehalten hatte, und stieg mit den anderen aus. Der Ausflug war ein schöner Zeitvertreib und das Museum war interessant gewesen. Das Naturkundemuseum in Stuttgart bot viel, wenn man Biologie studieren wollte. Sie war nur mitgefahren, weil es gerade einmal eine Stunde Fahrtzeit war und zeitlich so gut an ihren Schulunterricht grenzte.

Sie liebte die Natur und die Freiheit, aber es war nicht ihre Studienrichtung, die sie einschlagen wollte.

Sobald sie alt genug war, würde sie Psychologie studieren. Sie wollte Kindern helfen, traumatische Ereignisse besser verarbeiten zu können, damit sie die ganzen Wunder des Lebens noch vor sich hätten und genießen könnten.

Mit der Leichtigkeit des Tages schlenderte sie zum Studentenwohnheim. Sie gelangte an ihr Zimmer und schloss es auf.

Ellie schmiss ihren Rucksack aufs Bett und überlegte im selben Moment, ob sie im Park ein Buch lesen oder noch zu einer Vorlesung gehen sollte. Das beste war, dass sie als vermeintliche Tochter der Rektorin keine Fragen gestellt bekam. Sie konnte hier wohnen und sich hier frei bewegen. Es war ein viel zu schöner Tag, um drinnen zu verharren.

»Ellie?« Karina trat aus dem kleinen Badezimmer. »Du sollst umgehend bei Frau Langenfelder im Büro anrufen.«

Ellie lachte auf. »Du wirst sie wohl niemals Christa nennen.«

»Nein.« Sie setzte sich gegenüber auf ihr Bett. »Das werde ich nicht. Sie ist schließlich die Rektorin der Uni.«

»Weißt du, was sie möchte?«

Karina verzog die Lippen, wie sie es immer machte, wenn sie über etwas nachdachte. »Auf jeden Fall sollst du im Zimmer bleiben.«

»Was? Warum?«

Ihre Mitbewohnerin gab keine Antwort.

»Egal«, Ellie stand auf, »ich ruf sie an.«

»Warte!«

Ellie ließ sich wieder auf das Bett fallen.

»Ich muss dir vorher noch etwas geben.« Sie ging an den Schreibtisch, in die Mitte zwischen den Betten, und holte etwas aus der Schublade heraus, behielt es aber in der Hand. »Dein Bruder war hier, Ellie.«

»Mein Bruder«, stieß sie aus und stand abrupt auf.

»Er sagte zumindest, er sei dein Bruder.« Karina wirkte verunsichert. »Ich wusste nicht einmal, dass du...«

»Wie sah er aus?«, fragte Ellie. Sie trat näher an ihre Mitbewohnerin heran. »Wie sah er aus, Karina?«, bohrte sie nach, als sie immer noch nicht reagierte.

»Ähm«, ihre Augen schossen umher. »Blond, Locken und Brille.« Sie sah ihre Freundin eindringlich an. »Warum hast du nie gesagt, dass du einen Bruder hast?«

»War jemand bei ihm?«, schoss ihr die erste wichtige Frage in den Kopf, aber es folgten tausend weitere. Ein flaues Gefühl breitete sich in ihrer Magengegend aus. Sie spürte, wie ihr jede Farbe aus dem Gesicht wich, wenngleich ihr Kopf zu glühen begann.

»Alles okay?« Ihre Mitbewohnerin trat an sie heran, doch Ellie schüttelte sie ab.

»Karina, war jemand bei ihm?«

»Nein«, sie schüttelte den Kopf. »Er war allein.«

Ellie ließ sich auf ihr Bett fallen und sah zu Boden. Sie musste erst einmal einen klaren Kopf bekommen, bevor sie falsche Schlüsse zog. Woher wusste er, wo sie war? Ihr fiel nur ein einziger Mensch ein, der es wissen konnte.

»Ich fühle mich schrecklich, im Nachhinein«, sagte Karina nach einer Weile und fasste sich an die Stirn. »Er gab mir das hier.« Sie hielt ihr ein Stück Papier hin. »Er gab mir hundert Mäuse, nur, damit ich es geheim halte und dir alleine gebe.«

Ellie sah auf und nahm es zittrig entgegen. Ihr Herz pochte wie verrückt, als sie darauf starrte.

»Kannst du damit was anfangen?«

»Achtzehn Uhr. Sprunghütte«, las sie leise vor. Ganz sicher ein Treffpunkt. Ein Treffen mit ihrem Bruder. Ihre Gefühle spielten verrückt und veranstalteten ein Chaos, das sie schon lange nicht mehr in sich gespürt hatte. Sie erinnerte sich an die Zeit zurück, als er ihr Halt und Trost gespendet hatte. In der schlimmsten Zeit ihres Lebens war er ein Stützpfeiler gewesen. Ein Licht am Ende eines dunklen Tunnels. Hätte Tina sie nicht weggeschafft, wäre sie für immer verloren gewesen, nachdem Daniel gegangen war. Ihre Trauer schwenkte in Wut.

»Du willst da aber nicht hingehen, oder?«, fragte Karina, suchte ihren Blick und riss Ellie damit völlig aus ihren Gedankengängen.

Sie legte den Zettel neben sich auf das Bett.

»Egal, was du vorhast, Ellie, melde dich zuerst bei Frau Langenfelder. Du sollst im Zimmer warten. Schon vergessen?« Als sie nicht reagierte, schob sie hinterher. »Bei der Rektorin waren noch drei Personen.«

Ellie zog die Brauen zusammen. »Wer waren sie?«

Karina schüttelte den Kopf. »Das weiß ich nicht. Frau Langenfelder hat sie nicht vorgestellt.«

»Noch drei weitere Personen?«, wiederholte Ellie verwirrt. Nur drei Menschen wussten, wo sie war. Eine davon war Christa, die zweite ihre Ziehmutter, Tina, die bereits kurz nach der Flucht verstarb, und Elisabeth, Daniels Oma. Wer waren also die Drei? »War eine der Personen alt?«

Karina verzog das Gesicht. »Was heißt schon alt? Ja, sie waren alle älter.«

»So alt wie Christa?«, konkretisierte sie ihre Frage.

»Nein. So alt nicht.« Ihre Mitbewohnerin schüttelte den Kopf. »Eher so alt wie meine Mutter.«

Ellie atmete hörbar aus. Es konnte nicht Elisabeth sein. Es war jemand anderes. Warum sollte sie sich dann bei Christa melden? Sie war hin- und hergerissen. Fühlte sich kraftlos, als lastete eine schwerere Gravitation auf ihr, als ihr Körper es gewohnt war.

»Ellie? Was ist hier los?«, brachte Karina ihre Besorgnis zur Sprache. »Wer waren diese Leute? Warum wusste ich nichts von deinem Bruder?«

Ellie ging zu ihrer Freundin hinüber und nahm sie in den Arm. Bei dem Altersunterschied hätte man sie eher für ihre große Schwester gehalten. »Das kann ich dir noch nicht sagen.«

»In Ordnung.« Sie schob sie sanft von sich. »Aber versprich mir, dass du nichts Unüberlegtes machst. Sprich zuerst mit Frau Langenfelder.«

»Ich verspreche dir, dass ich nichts Unüberlegtes mache.« Und sie würde nicht lügen. Sie würde vorher genau darüber nachdenken.

»Okay«, gab sich Karina im Vertrauen geschlagen. »Ich müsste jetzt zur Arbeitsgruppe. Soll ich sie absagen.«

»Nein, geh ruhig«, antwortete Ellie. »Es ist alles gut. Das ist wichtig für dich. Sie brauchen dich.«

Sie merkte, wie ihre Freundin versuchte, abzuschätzen, ob sie sie alleine lassen konnte oder nicht. »Gut, aber ich komme so schnell zurück, wie ich kann. Ich lass mein Handy an. Wenn was ist, rufst du mich sofort an.«

Sie packte ihre Tasche und ließ Ellie mit ihren Gedanken allein.

Der Raum kam Ellie plötzlich extrem klein vor. Sie hatte das Gefühl, als wäre jeglicher Sauerstoff aus ihm entwichen. Sie sprang auf ihr Bett und suchte in ihrem Rucksack nach ihrem Handy. Sie ignorierte dabei die Nachrichten und versuchten Anrufe. Schnell fand sie

Christas Nummer. Das Gerät zitterte in ihrer Hand. Sie hielt ihren Finger über den Button „anrufen", als ihr Blick auf den Zettel neben sich fiel.

Das Versprechen, das sie Karina gegeben hatte, rauschte in ihren Ohren. Sie hatte versprochen, nichts Unüberlegtes zu machen. Das würde sie auch nicht. Sie vertraute Christa, nicht aber den anderen Leuten, die sie nicht kannte. Noch mehr jedoch vertraute sie ihrem Bruder.

***

Anna starrte zum wiederholten Male auf ihr Handy. Dabei sah sie flüchtig auf die Uhr. Es war Spätnachmittag.

Entgegen der Anweisung ihrer Mutter hatte sie nach ihrer Heimkehr ins Bergische Land das Geschäft geöffnet, um sich ein bisschen abzulenken. Nach Hause zu fahren und zu warten, war zunächst keine Option. Die wenigen Kunden, die am frühen Nachmittag erschienen waren, hatten nur geringe Abhilfe geschafft und fanden schnell, wonach sie suchten.

Anna ließ sich auf den Stuhl hinter den Tresen fallen und stützte das Kinn auf die Hände. Sie konnte nicht begreifen, wie ihre Mutter so unüberlegt nach Heidelberg hatte aufbrechen können. Hinweis hin oder her. Genau genommen ging sie das doch überhaupt nichts an. Es war nicht ihre Angelegenheit, sich darum zu kümmern, ob dieses Pärchen ihre Tochter wieder findet. Entweder war es der Abenteuertrieb oder das Mitgefühl, das sie zu dieser Entscheidung getrieben hatte.

Das Handy signalisierte den Eingang einer Nachricht. Schnell griff sie danach. Nur ein weiterer Versuch eines Mannes, der sich mit ihr verabreden wollte und nicht locker ließ. Sie legte das Handy weg und streckte sich ausgiebig.

Auf die Nachricht, die sie ihrer Mutter geschrieben hatte, hatte sie bisher nicht reagiert. Sie hatte sie noch nicht einmal gelesen.

Wahrscheinlich, so kannte sie ihre Mutter und es wäre ziemlich naheliegend, hatte sie nicht einmal ein Ladekabel für ihr Handy dabei.

Anna wischte die Nachricht des jungen Mannes weg und wählte die Nummer ihrer Mutter. Es klingelte. Sie hätte es vorher machen können, wollte aber nicht wie ein kleines Kind rüberkommen, das ohne seine Mama nicht zurechtkam. Zunehmend musste sie sich eingestehen, dass sie sich langsam Sorgen machte.

Niemand nahm ab. Anna fluchte leise.

Sie wählte eine andere Nummer. Es klingelte.

»Brahm hier«, wurde auf der anderen Leitung abgenommen.

»Hier ist Anna Böhmer«, sie versuchte, nicht verunsichert zu klingen. »Ich weiß nicht, ob es richtig ist, dass ich anrufe, aber haben Sie einen Moment?«

»Frau Böhmer«, erinnerte er sich. »Natürlich. Was gibt's?«

»Als Sie mich heute wegen«, sie stockte. Sie konnte den Namen der Schwester nicht aussprechen, die tot in ihrer Wohnung gefunden worden war. »Naja, als Sie mich heute angerufen haben, waren wir bei Beccy und Alex in Andernach.« Sie erzählte ihm von dem Wutausbruch der Mutter, die das Bild kaputt gemacht hatte. Von dem Zettel, der zum Vorschein kam und davon, dass Christine zusammen mit dem englischen Pärchen nach Heidelberg gefahren war. »Und jetzt erreiche ich meine

Mutter nicht.« Bei diesem Satz kam sie sich dumm vor einen Polizisten mit ihrer Sorge vollzulabern. »Tut mir leid. Ich weiß... Also ich meine... Eigentlich können sie nichts machen.«

»Nein schon gut, Frau Böhmer«, antwortete er. »Ich rufe einen guten Kollegen dort an. Es liegt nicht in meiner Zuständigkeit. Nach Ihrer Schilderung können und muss jedoch davon ausgegangen werden, dass es besser wäre, der Sache nachzugehen. Es gibt zwar noch keine Anhaltspunkte zum Mörder der Frau, nur langsam, aber sicher, sind es doch ein paar Zufälle zu viel. Ich vertraue da lieber auf mein Gefühl.«

»Und meine Mutter?«

»Sie können von Glück sprechen, dass in Andernach und Umgebung die Dinge ein wenig anders laufen.«

»Was bedeutet das?«

»Machen Sie sich keine Sorgen. Ich spreche mit meinem Vorgesetzten«, deutete Brahm seine Hilfsbereitschaft an. »Ich werde Ihre Mutter finden.«

***

»Was meinen Sie damit, sie hat sich nicht gemeldet?«, wütete Beccy und trat vor.

Christa legte das Telefon auf ihren Schreibtisch zurück. »Der Bus, der zu dem Ausflug nach Stuttgart gefahren war, ist längst wieder da. Ellie ist ausgestiegen. Bisher hat sie sich nicht gemeldet und niemand hat sie gesehen.«

Die Eltern sprachen durcheinander, dass man Mühe hatte, sie zu verstehen.

Christa versuchte, dagegenzuhalten.

»Können Sie Ellie nicht anrufen?«, durchbrach Christine die Streiterei und unterbrach sie damit.

»Das habe ich schon mehrmals versucht.« Christa seufzte. »Auch auf meine Nachrichten hat sie nicht reagiert. Sie müssen wissen, dass Ellie sich nichts aus Smartphones und Co macht. Deswegen die Nachricht an Karina. Es ist nicht ungewöhnlich, dass Ellie nicht auf ihr Handy achtet.«

Christine verstand nicht, wieso sich ein vierzehnjähriges Mädchen nichts aus den modernen Gerätschaften machte. Sie selbst klebte viel zu oft an diesem Ding. Wahrscheinlich sogar noch mehr als ihre Tochter. Das brachte das ab und an lange Warten auf Kundschaft manchmal in ihrer Boutique so mit sich.

»Wir müssen zum Wohnheim«, kommandierte Beccy, »jetzt sofort.« Sie hatte vollkommen recht, was das Nicken der Rektorin bestätigte.

Christa öffnete eine Schublade und nahm einen großen Schlüsselbund heraus, ehe sie mit dem Besuch hinauseilte.

***

Die Rektorin klopfte gegen die Tür zum Zimmer von Ellie und Karina. Sie wartete nicht lange und versuchte es erneut. Ihr Schlüsselbund klimperte, als sie den richtigen Schlüssel suchte. Als sie ihn fand, steckte sie ihn ins Schloss und öffnete die Tür. »Ellie?«, rief sie überflüssigerweise. »Karina?« Sie betrat das Zimmer.

Christine, Beccy und Alex gingen hinterher.

»Wieso wissen Sie nicht, wo sie sind?«, beschuldigte der besorgte Vater sie und hatte Mühe, seiner Stimme die notwendige Höflichkeit unterzumischen.

»Alex«, wollte Beccy seine Aufmerksamkeit und schüttelte kaum merklich den Kopf.

Christa drehte sich zu ihm um. »Wir sind keine Schule, Herr Jackson. Wir führen keine Bücher darüber, wer sich wo aufhält oder gerade die Bibliothek nutzt. Schon gar nicht, müssen sich Studenten abmelden, wenn sie ihrem Leben nachgehen wollen.« Ihre Augen funkelten. Man konnte ihr ansehen, dass sie sich bemühte, Verständnis aufzubringen. »Ich werde versuchen, herauszufinden, wo sie sich aufhalten.« Sie verschwand zur Tür hinaus.

Christine atmete laut aus. Der Sauerstoff schien sich mit der Rektorin ohne Worte verabschiedet zu haben. Es ging hier nicht um Anna und dennoch wusste sie, dass

Warten für die Eltern keine Option war. Alex sah sich Karinas Seite des Zimmers an und gab schnell auf, brauchbare Informationen über ihren Aufenthalt zu finden.

Beccy trat an das Bett gegenüber. Sie hob ein Buch an, das auf der Bettdecke lag, und musterte es. Ihr Gesicht war eine Mischung aus Trauer und Stolz. Sie legte es zurück, als ihr Blick auf eine Notiz fiel. Mit wachsamen Augen hob sie sie auf und las laut vor. »Achtzehn Uhr. Sprunghütte.« Sie sah die anderen abwechselnd an.

Ein entschlossener Blick reichte.

»Wartet!«, versuchte Christine, sie aufzuhalten.

Zwecklos. Das Paar verließ ohne Umschweife das Zimmer und verschwand.

»Verdammt!« Sie kramte ihr Handy aus ihrer Tasche. Mehrere Anrufe in Abwesenheit und Nachrichten. Das musste sie später erledigen. Sie öffnete *Google* und gab den gerade gehörten Ort dort ein, ehe sie ihn vergessen würde. Vorsorglich machte sie einen Screenshot, um es zu sichern.

***

Christine lief zurück zur Ruprecht-Karls-Universität und auf direktem Weg zu dem Büro der Rektorin, nachdem sie Alex und Beccy nicht fand. Sie klopfte ein paar Mal gegen die Tür, doch es tat sich nichts. Das Zimmer war verschlossen.

»Kann ich Ihnen helfen«, fragte ein Mann, der weder nach Student, noch nach Besucher aussah. Seine dunkel gerahmte Brille und sein Tuch um den Hals ließen eindeutig auf einen Lehrer oder so etwas schließen.

»Ich suche Christa Langenfelder.«

»Darf ich fragen, wieso?«

Christine seufzte unter dem Drang, der Brillenschlange vorzuhalten, in seiner Aufmachung weder seriös noch besonders rüberzukommen, sondern eher wie ein Bücherwurm aus den Sechzigern zu wirken. »Vergessen Sie´s.« Sie stapfte an ihm vorbei und fing sich ein Kopfschütteln ein.

Sie lief zurück zum Wohnheim. Vor dem Eingang blieb sie stehen und zog ihr Handy hervor. Sie gab die Tastensperre frei, als ein Anruf hereinkam. Unbekannte Nummer.

Sie nahm ihn entgegen. »Hallo.«

»Frau Böhmer?«, fragte eine Männerstimme.

»Kommt darauf an.« So viel zum Thema, ihre Tochter sei misstrauisch. »Wer ist denn dran?«

»Rüdiger Brahm.« Als sie nichts erwiderte, fügte er kurz hinzu. »Polizeihauptkommissar, Polizeiinspektion Andernach.«

»Brahm«, wiederholte Christine. Irgendwo hatte sie den Namen schon einmal gehört.

»Ihre Tochter, Anna, macht sich Sorgen um Sie, Frau Böhmer.«

»Verflixt!« Sie fuhr sich durch die Haare. Sie hatte über den ganzen Trubel vergessen, Anna zu informieren. Auch wenn sie sich zu häufig überfürsorglich verhielt, dieses Mal zurecht.

»Wo sind Sie gerade?«

»Keine Ahnung, in einem Wohnheim der Uni in Heidelberg. Circa fünf Minuten von dort aus«, beantwortete sie bereitwillig.

»Haben Sie die genaue Adresse?«

Christine sah sich schleunigst um. »Nein. Warten Sie. Moment.« Ein großer junger Mann kam durch die Tür. »Moment«, sagte sie noch einmal in das Handy. »Entschuldigung«, wandte sie sich an den Jungen, der sie freudlos anlächelte und wartete. »Können Sie mir sagen, wie diese Adresse lautet?«

»Untere Str. 11.«

Sie bedankte sich für die Auskunftsbereitschaft und gab die Adresse weiter.

»Gut. Bleiben Sie, wo Sie sind«, befahl Brahm. »Ich komme zu Ihnen.«

Christine hatte keine Zeit, zu warten. Sie musste zu dieser anderen Adresse. Sie konnte auch nicht länger warten, bis sie Christa fand.

Es dauerte alles viel zu lange. »Das geht nicht, ich muss zu dem Treffpunkt.«

»Frau Böhmer«, sagte er bestimmend, aber nicht unhöflich. »Ich habe mit Ihrer Tochter telefoniert. Ich bin fast da. Bitte bleiben Sie erst einmal, wo Sie sind. Ich brauche Ihre Hilfe.«

***

Der fünfundvierzigminütige Weg zum Treffpunkt kam Ellie nicht so lang vor, wie er tatsächlich war. Das Adrenalin trieb sie an. Der Gedanke darüber, dass es keine allzu gute Idee gewesen war, alleine loszuziehen, war ein weiterer Punkt, der ihr Herz pochen ließ. Christa hätte es ihr nie und nimmer erlaubt. Sie hätte sie sofort versteckt oder in einen Bus gesetzt und zu einen ihrer einflussreichen Bekannten geschickt. Sie hatte nie verstanden, was Ellie mit ihrem Bruder verband. Christa kannte nur Tinas Schilderung von ihrem furchtbaren Ehemann, der Entführung der Kinder bei Maria Laach und die Geschichte, wie Ellie als entführtes kleines Mädchen in die Familie kam. Niemand hatte wirklich verstanden, was ihr Daniel während dieser Zeit bedeutet hatte.

Nach den Schlägen, kurz vor seinem Verschwinden, war es für Ellie nicht verwunderlich, warum er sie allein zurückgelassen hatte. Er hatte das einzig Richtige getan. Sie kreidete ihm nicht an, sie nicht mitgenommen zu haben. Er hatte genug durchgemacht und musste abhauen. Sie wusste tief in ihrem Inneren, dass er sie irgendwann von da weggeholt hätte.

Es versetzte ihr einen Stich, als sie daran dachte, weil sie Christa hinterging, wo sie doch so viel für sie getan hatte.

Ellie sah sich um. Keine Menschenseele kam ihr entgegen, weswegen sich ein ungutes Gefühl in ihrer Brust breitmachte.

Es war Freitag Abend. Der Großteil der Wanderungen fanden am Mittag und Nachmittag statt. Zur abendlichen Zeit waren viele zu Hause oder trafen sich mit Freunden zum Abendessen in einem Restaurant oder zum Trinken in einer Bar, um die Woche zu vergessen und das ersehnte Wochenende einzuläuten. Die meisten Wanderer und Touristen nahmen eher den anderen Pfad zum Gaisbergturm und zum Königsstuhl. Der Mammutbaum in der Nähe der Sprunghöhe interessierte schon lange niemanden mehr. Es war für die Meisten schließlich nur ein einfacher Baum.

In ihrem Kopf drehte sich alles. Ihr Atem verstärkte sich, als sie den Bildpfad erreichte. Wieso wollte sich Daniel an einer so abgeschiedenen Stelle mit ihr treffen? Wovor hatte er Angst? Sie konnte sich die Fragen selbst beantworten. Er war so lange im Schatten geblieben, nachdem er verschwunden war. Womöglich wollte er einfach für immer vom Erdboden verschluckt bleiben. Kein Aufsehen erregen und sich wieder in Luft auflösen.

Ihr Verstand hatte es nicht geschafft, sie zum Umkehren zu bringen. Sie erreichte laut atmend die Sprunghöhe. Ihr Puls schoss weiter in die Höhe. Sie war nur noch wenige Schritte von der Holzhütte entfernt. Dann sah sie diese große Rastunterkunft zu ihrer Rechten. Sie war nicht das erste Mal hier oben. Es war aber das erste Mal, dass ihr die Hütte bedrohlich erschien. Dunkel, verwinkelt und beängstigend. Ein

Schauer lief Ellie über den Rücken. Sie sah sich zu allen Seiten um, entdeckte jedoch niemanden. Sie hatte nicht den Mut, nach ihrem Bruder zu rufen.

Endlich schaffte es ihr Verstand, sie zur Besinnung zu bringen. Deshalb drehte sie um und schlich zügig davon.

»Ellie.«

Die unverkennbare Stimme ließ sie innehalten. Ihre Gefühle waren nicht einzuordnen. Ihr wurde heiß und kalt zugleich. Ihr Magen kämpfte mit aufsteigender Übelkeit. Sie drehte sich in dem Moment nach der Stimme um, als ihr Bruder aus dem Schatten trat.

***

Christine lief vor dem Heim auf und ab. Beobachtete eindringlich die Autos, die an ihr vorbeifuhren. Sie fühlte sich nutzlos, hier herum zu trotten und zu warten. Aber was sollte sie tun? Sie wusste nicht, wo Christa Langenfelder war. Sie musste Beccy und Alex hinterher. Sie hatten noch nicht allzu viel Vorsprung. Zu Warten erschien ihr nicht klug.

Dann hielt ein Streifenwagen genau vor ihr und das Seitenfenster wurde geöffnet. »Christine Böhmer?« Ein Mann ihres Alters und in Uniform beugte sich vor.

»Ja.«

»Polizeihauptkommissar Rüdiger Brahm.« Seine Krähenfüße waren neben dem großen Schnäuzer und der randlosen Brille sehr auffällig und verliehen ihm sofort ein vertrauenswürdiges Aussehen. »Wir haben keine Zeit, steigen Sie ein.«

Sie ließ keine Zeit verstreichen, öffnete die Tür und sprang ins Auto.

»Sie sagten am Telefon etwas von einem Treffpunkt.« Er sah sie mit energischem Blick an. »Wo müssen wir hin?«

Christine entsperrte ihr Handy und hielt es ihm hin. Sie drückte auf einen Button. »Die Route wird gestartet.«

Brahm sah auf das Display und gab die Adresse per Funk weiter. Sie verstand nicht, was die Kombinationen, die auf der anderen Seite angegeben wurden, bedeuteten. Aber das Wort Verstärkung hörte sie heraus. Hatte er Verstärkung angefordert? Gab es etwas, das sie nicht wusste? Unbehagen machte sich in ihr breit und sie rutschte unruhig auf dem Sitz hin und her.

»Alles in Ordnung bei Ihnen?«, ließ Brahm kurz von seinem Funkspruch ab, als er auf eine Rückmeldung wartete.

Christine nickte ihm zu und wurde mit einem Mal wieder ruhiger. Als eine Stimme aus dem Funkgerät bestätigte und Brahm den Blick wieder nach vorne richtete, hatte sie kurz Zeit, ihn sich genauer anzusehen. Der Polizist neben ihr wirkte gepflegt und ehrlich. In seiner Uniform war er wie hineingewachsen und sah aus wie ein Mann von Klasse. Seine Augen waren wachsam und freundlich. Etwas regte sich in ihr, was sie nicht auf ihre Nervosität schloss.

Er ließ von dem Funkgerät ab. »Bitte schnallen Sie sich an.« Er gab Gas und Christine tat, wie ihr höflich befohlen.

Sie beobachtete seine eiserne und entschlossene Miene, wie er sich gekonnt durch den Verkehr schlängelte und dem Navigationssystem bis auf einen Parkplatz folgte. Er stellte den Wagen ab.

»Ich brauche Ihr Handy«, erklärte er und öffnete die Wagentür. »Sie bleiben bitte hier. In Sicherheit.«

Christine behielt ihr Handy fest in der Hand und stieg aus. »Ich komme mit.«

Brahm sah sie aus wachsamen Augen an. »Gut, aber Sie bleiben hinter mir.«

Sie nickte und folgte ihm auf dem Weg zum Treffpunkt.

***

Als wäre die Zeit stehengeblieben, sah Ellie ihrem Bruder ins Gesicht. Sein Lächeln war verlegen und zurückhaltend. Wie früher, wenngleich seine Großmutter Else ihn für aufgeweckt hielt. Die Augen hinter seiner runden Brille versteckt. Die goldenen Locken sind geblieben. »Daniel«, quiekte sie und rannte auf ihn zu.

Er breitete die Arme aus und fing sie auf.

»Daniel.« Ellies Stimme brach. Sie hielt die Tränen nicht zurück, mit denen sie bereits sein Shirt befeuchtete. Es war, als wollten all die unausgesprochenen Dinge plötzlich mit dem Weinen die Wahrheit offenbaren. Sie wollte nicht mehr stark sein. Sie wollte einfach die kleine Schwester sein.

Er drückte sie und streichelte ihr über die Haare, wie er es früher ab und zu getan hatte.

»Ich bin nicht sauer auf dich, Daniel«, sprudelte es aus ihr heraus, als sie nur noch schniefte. »Du hast alles richtig gemacht. Ich bin nicht sauer.«

»Ellie.« Er drückte sie behutsam von sich weg, um ihr in die Augen zu schauen. Sein sanfter Blick verdunkelte sich. Unruhig wanderte er umher.

»Daniel?« Sofort merkte sie, dass etwas anders war. Er hatte sie noch nie so angesehen. »Daniel, was ist?« So schlagartig, wie ihre Angst verflogen war, so schnell war sie wieder da.

Sein Gesicht zitterte. Sein Blick war eine Mischung aus Entschlossenheit und Entsetzen. Etwas, dass sie nicht zuordnen konnte. »Ich muss zu Ende bringen, was unser Vater begonnen hat.«

Ellie spürte, wie sein Zittern durch seine Finger in ihren Körper glitt.

Die Worte hallten noch durch die dicken Baumkronen, als Benjamin hinter der Hütte auftauchte und sie mit einem Gesicht anlächelte, das ihr schon unzählige schlaflose Nächte bereitet hatte.

***

Das Innere der Hütte war nicht so dunkel, wie es von außen den Anschein hatte. Die Schatten der Ecken wirkten auf sie wie ein sich ausbreitendes Gefängnis. Oder ein Grab. Trotz der drückenden Hitze fror Ellie und zitterte am ganzen Körper. Es roch nach Urin und Modder. Sie versuchte, die Wand nicht zu berühren, an die sie gedrängt worden war. Benjamin stand nur einen Meter von ihr entfernt und wirkte so bedrohlich wie eh und je.

»Daniel«, setzte Ellie mit zitternder Stimme an.

»Sei still«, sagte Benjamin im ruhigen, aber bestimmendem Ton.

»Daniel, was hat das alles zu bedeuten?«

»Ruhe jetzt!«

Daniels Augen wanderten zwischen seiner Schwester und seinem Vater hin und her.

»Daniel.« Sie machte einen Schritt auf ihn zu. »Du bist mein Bruder...«

»Sei still!«, schrie Ben, trat einen schnellen Schritt nach vorn und verpasste ihr unvermittelt eine Ohrfeige.

»Sieh, wozu du mich gebracht hast!« Er machte ein entsetztes Gesicht, als verstünde er sich selbst nicht. Seine Gesichtsmuskeln zuckten unter seinen unkontrollierbaren Gefühlen.

Daniel ging auf seine Schwester zu. Ein harter Schlag traf ihn an der Schläfe.

Ellie zuckte bei dem Geräusch zusammen, während sie sich die schmerzende Wange hielt.

»Du bist Schuld!« Sein Vater spie den Satz beinahe aus.

Daniel taumelte zurück und fasste sich an die pochende Stelle. So, wie er seinen Vater nun ansah, hätte er es in seiner Kindheit nie gewagt. Die Wut vermischte sich mit Enttäuschung.

Sein Blick musste etwas ausgelöst haben. Denn die Gesichtszüge seines Vaters wurden weicher. »Es tut mir leid, mein Junge«, nuschelte er förmlich vor sich hin.

Bei dieser Entschuldigung riss Daniel die Augen weit auf. Der Schmerz verflog und er richtete sich auf.

Plötzlich begannen die Augenbrauen seines Vaters wild zu zucken, als kämpfe er mit zu vielen Emotionen. »Du merkst es auch, es muss endlich enden. Wir müssen die Blume vor der Welt schützen.« Er sah seinen Sohn entschieden an. »Es gibt nur diesen Ausweg. Du bist bereit, mein Junge. Du bist bereit. Alles wird mit ihrem Tod aufhören.«

***

Beccy und Alex eilten den Bildpfad entlang. Büsche rechts und links ragten ungeschnitten auf den Weg. Die reine Entschlossenheit trieb das Paar wortlos voran. Sie waren außer Atem, doch nichts konnte sie aufhalten. Die ständigen Wanderungen durch die Eifel waren ein gutes Training gewesen, das sich jetzt auszahlte. Ansonsten hätten sie es niemals in diesem Tempo hierhin geschafft.

Das Handy zeigte, dass sie den Zielort so gut wie erreicht hatten.Ihre Schritte wurden schneller.

»Sieh, wozu du mich gebracht hast!«, drang eine Männerstimme durch den Wald.

Das Paar rannte weiter und sah schließlich die Hütte.

»Du bist Schuld!«, schrie ein Mann.

Alex zerrte an dem Arm seiner Frau und brachte sie damit zum Stehen. Sie sah ihn fragend an, traute sich nicht, ein Geräusch von sich zu geben. Ihr Blick erwartete eine Antwort.

»Wir dürfen nicht unüberlegt handeln, Honey«, erklärte er seine Handlung.

»Ich werde sie nicht noch einmal verlieren, Alex.« Ihre Augen funkelten, wie die einer Mutter, die alles tun würde, um ihr Kind zu schützen. Einfach alles. »Nicht noch einmal.«

»Mach schon, Daniel«, hörten sie lauter. »Bringe zu Ende, was wir begonnen haben.«

Bei diesem Satz rannten Beccy und Alex sofort los, ohne darüber nachzudenken, was sie erwarten würde.

***

Ellie merkte, dass sie keine Chance hatte, sich aus Benjamins Griff zu befreien. Seine Hand grub sich schmerzvoll in ihre Schulter. Sie wollte Abstand gewinnen. Sie wusste nicht, was schlimmer war, die Nähe zu ihm oder der Pistolenlauf, den ihr Bruder auf sie gerichtet hatte.

»Mach schon, Daniel. Bringe zu Ende, was wir begonnen haben.«

Die Pistole zitterte in Daniels Hand. Er schüttelte den Kopf.

Ellie konnte erkennen, dass er mit sich rang. Sie wusste, es war nur der Einfluss seines Vaters. »Daniel.«

Ben griff in ihren Nacken, drückte zu und erstickte damit jedes weitere Wort, als sie aufschrie.

»Du kannst das, mein Junge.«

Dann sah Daniel, wie sein Vater die Augen aufriss und an ihm vorbeisah. Er drehte sich zum Eingang um und senkte den Arm.

Beccy und Alex stürmten in die Hütte und blieben abrupt stehen.

Daniels fragender Blick glich dem von Ellie. Ihr entging der überraschte Ausdruck des Gesichts der Frau nicht, als ihr Ehemann eine Pistole aus dem Bund hervorholte. Sie sah ihn kurz an, starrte dann wütend und voller Entschlossenheit wieder geradeaus, als dieser die Waffe auf Daniel richtete.

»Mein Sohn«, sagte Benjamin mit einer Stimme, die einem das Blut gefrieren ließ. »Bring es zu Ende.«

Er drehte sich wieder zu seinem Vater und seiner Schwester um.

Ellie sah in die Augen ihres Bruders und schloss ihre Lider. Sie hatte keine Angst mehr. Nun nicht mehr.

Daniel hob die Waffe zitternd und betätigte den Abzug.

***

Christine versuchte, mit dem Polizeihauptkommissar mitzuhalten, der eindeutig noch fit für sein Alter war. Sie unterdrückte ein Husten. Ihre Lungen brannten wie Feuer. Sie musste weiter rennen. Weder wollte sie bei einer so wichtigen Sache aufgeben, noch sich eingestehen, dass ein Mann, der wahrscheinlich älter war als sie, agiler war.

»Gehen Sie in Ihrer Freizeit joggen oder so?«, fragte Christine und hoffte, seine Entschlossenheit und sein schnelles Gehen, damit unterbinden zu können.

»Wie bitte?« Tatsächlich hatte ihre Frage seine Schritte verlangsamt. »Nein. Wie kommen Sie darauf?«

»Weil Sie so schnell hier hochmarschieren, als würde es Ihnen nichts ausmachen.« Christine verlor die Fassung und keuchte laut. »Ich bin keineswegs in irgendeinem Training und völlig außer Atem.«

Er lachte. »Sie schlagen sich sehr gut, Frau Böhmer.«

»Christine«, sie lächelte unter ihrem Keuchen und wischte sich mit dem Handrücken über die Stirn. »Bitte nennen Sie mich Christine.« Sie kam sich kurz albern vor, ihm das Du anzubieten. Wie in einem schlechten Film könnte sie sich keinen dümmeren Zeitpunkt dafür ausgesucht haben.

Brahm nickte ihr lächelnd zu. »Und was ist mit Ihnen?«

»Was meinen Sie?«

Brahm lachte. »Ich meine, arbeiten Sie? Sind Sie verheiratet?«

Die letzte Frage irritierte sie mehr, als die Tatsache, dass er nicht auf ihr Angebot, sie zu duzen, einging. Aber er war im Dienst und schien niemand zu sein, der von Prinzipien abwich. »Nein, ich bin geschieden«, antwortete sie ihm. »Und Sie?«

»Das Gleiche.« Er verzog den Mund, als gäbe er sich die Schuld daran. »Und ich habe eine Tochter. Sie müsste im gleichen Alter wie Ihre sein. Und als was arbeiten Sie?« Er blickte sich um, als könne hinter den Sträuchern und Bäumen irgendetwas lauern.

»Ich betreibe ein Second-Hand-Geschäft. Hauptsächlich Kleidung und Accessoires für Frauen.«

»Interessant.« Brahm zeigte aufrichtiges Interesse. »Wie sind Sie dazu gekommen?«

Christine zuckte mit den Schultern. »Es war ein Traum von mir. Ich finde es toll, wenn Kundinnen freudestrahlend aus meinen Laden gehen und ein gutes Gefühl mit dem haben, was sie gekauft haben. Es ist anders, als in eine große Kette zu gehen und ein Teil der Massenware von der Stange zu kaufen.«

Brahm nickte anerkennend. »Klingt, als bereitet es nicht nur Ihnen Freude. Manchmal sollte man einfach das tun, was einen glücklich macht.«

Den restlichen Weg gingen Christine und Brahm schweigend weiter. Sie erreichten den Bildpfad, als plötzlich zwei Schüsse durch den Wald knallten.

Abrupt blieb Christine stehen und hielt den Atem an. »Waren das etwa Schüsse?«, raunte sie.

»Scheiße!« Rüdiger Brahm lief los. »Verstecken Sie sich«, rief er ihr zu und zog seine Waffe hervor.

Christine blieb alleine zurück und versuchte, die aufkommende Verzweiflung nicht den Vorzug zu lassen.

***

Ellie fiel zu Boden.

Beccy schrie aus vollem Hals und rannte zu ihr. Vorbei an dem ebenfalls auf dem Boden aufschlagenden Daniel. Die Pistole war ihm bei dem Treffer aus Alex' Schreckschusswaffe aus der Hand geflogen und lag irgendwo auf dem Boden.

»Ellie!« Beccy kniete sich zu ihr hin und half ihr, sich aufzurichten. An ihr klebte Blut. Sie tastete ihre Tochter ab. Es war nicht ihres. Um sich den fragenden Blick ihrer Tochter zu entziehen, sah sie nur kurz zu Benjamin, der blutend am Boden lag. Ein Schuss hatte ihn am Bauch getroffen.

Alex trat an Daniel heran, der sich auf dem Boden vor Schmerzen wand. Mit dem Fuß half er nach, sodass er sich auf den Rücken wälzte.

Alex wusste nicht, aus welcher Entfernung seine Schreckschusspistole tödlich war. Aber er würde es gleich herausfinden. Er hob den Arm und richtete den Lauf auf Daniels schmerzerfülltes Gesicht.

»Nein!«, schrie Ellie und stieß die für sie völlig fremde Frau weg. Sie warf sich beschützend auf Daniel und sah unter Tränen zu dem Mann hinauf. »Bitte nicht«, flehte sie. »Er wollte mich beschützen. Ich habe es an seinen Augen gesehen. Er hat ihn erschossen.« Sie kämpfte mit den Worten. »Bitte. Er ist mein Bruder.« Sie heulte und vergrub ihr Gesicht in Daniels Brust. Spätestens jetzt waren all ihre Kräfte aufgezehrt und ihre Gefühle überkamen sie wie ein brodelnder Vulkan.

Beccy rutschte zu ihr hinüber, streichelte ihr den Rücken und weinte mit ihr.

Alex sah im Augenwinkel eine Bewegung, hob die Waffe, doch es war zu spät. Ben schlug ihm seine Faust ins Gesicht. Ihm entglitt die Schreckschusspistole. Er konnte sich nicht halten, fiel über seine langen Beine und ging zu Boden.

Beccy überlegte nicht lange, ob das, was sie tat, überhaupt einen Sinn machte. Sie eilte zur Schreck- schusswaffe ihres Mannes.

Beim Vorbeilaufen griff sich Ben die richtige Waffe, doch ehe er abfeuern konnte, gab sie einen Schreck- schuss ab und verfehlte ihn. Ben verlor keine Zeit und stolperte ins Freie, als Beccy ein weiteres Mal abfeuerte.

Sie verfehlte ihn wieder. Er war weg.

***

Ben hielt sich die Bauchseite mit der einen Hand. Das Blut durchtränkte den Ärmel seines Hemdes. Mit schmierigen Fingern versuchte er, die Waffe fest umklammert zu halten. Anstatt den Pfad entlangzulaufen, nahm er den Weg durch den Wald. Es verlangte ihm einiges ab, aber nur so war seine Chance groß, im Wald unterzutauchen und niemandem in die Arme zu laufen.

Er musste verschwinden, damit er zu Ende bringen konnte, was sein Sohn vermasselt hatte. Er hätte ihn beinahe erschossen. Wütend über diesen Gedanken rümpfte er die Nase, unterdrückte den Schmerz in seinem Torso und rannte weiter. Er würde sich ein anderes Mal darum kümmern.

***

Christine hörte einen weiteren Schuss und sah sich hektisch um. Hinter dem Baumstumpf kniend konnte sie die Hütte nicht sehen. Sie war den Weg zurückgelaufen und in den Wald hinein, um sich zu verstecken.

Irgendwo raschelte es und ein Zweig brach. Ihr Herzschlag beschleunigte sich. Sie versuchte, die Luft anzuhalten. Sie wusste nicht, was es war. Ein Tier? Ein Mensch? Vielleicht war es nichts.

Es war kein Tier. Zwischen dem Gebüsch erkannte sie einen Mann gut zehn Meter entfernt. Sie bewegte sich, um mehr zu erkennen. Er war verletzt und hatte Mühe, voranzukommen. Als die Sicht besser wurde, erkannte sie seine Visage. Es war der Mann von dem Familienfoto und er hatte eine Waffe.

Fast stockte ihr der Atem. Sie sah in die Richtung, aus der er gekommen war. Wo war Brahm?

Benjamin Collins mühte sich weiter voran.

Von Rüdiger Brahm fehlte jede Spur. Ohne ihn wäre sie auf sich alleine gestellt. Sie wusste nicht, wann die Verstärkung eintreffen würde. Ihre Beine ließen nach und sie spürte, wie die Farbe aus ihrem Gesicht wich bei dem Gedanken, er könnte womöglich...

Sie schob ihn beiseite.

Christine hätte sich nie für taff gehalten. Doch als sie Ben sah, schrie irgendetwas in ihr, dass sie etwas unternehmen müsste. Sie wusste nicht, ob Ben in dieser Geschichte tatsächlich eine schuldige Rolle spielte. Ihr Bauchgefühl schrie mehr und mehr nach Aufmerksamkeit.

Christine hätte niemals geglaubt, genug Mut aufbringen zu können, um Dinge zu tun, die man eben tun musste. Sie wusste nur, dass sie sich mit dem Wissen, nicht gehandelt zu haben, nie wieder im Spiegel würde ansehen können. Sie trat entschlossen aus ihrem Versteck hervor, nahm sich einen dicken Ast vom Boden und schlich Benjamin auf Abstand nach. Seine Schritte waren lauter als ihre. Sie war wegen seiner Verletzungen schneller und hatte das Glück, hinter einem großen Busch entlangzueilen, der den Blick auf sie völlig verdeckte und näher an ihn heranführte.

Dann stoppte Christine und hielt sich bedeckt hinter einem Baum. Als Benjamin an ihr vorbeiging, schlug sie ihm das Holz mit einem lauten Schrei entgegen. Sie merkte, wie der dicke Ast lediglich seinen Körper streifte, als er überrascht und flink den Kopf wegzog und die Schulter zum Schutz in die Höhe reckte. Die Überraschung und seine unerwartete Bewegung hatten jedoch den Effekt, dass die Schmerzen ihn zu Fall brachten.

Er richtete sich schneller auf, als sie sich von der Wucht des Schwungs gefangen hatte. Sie drehte sich zu ihm um. Er grinste sie höhnisch an und hob den Arm mit der Waffe.

Nicht einmal die Bilder ihres bisherigen Lebens zogen an ihr vorbei, denn dafür würde ihr keine Gelegenheit mehr bleiben. Christine atmete tief ein, weil sie wusste, es würde ihr letzter Atemzug sein.

***

Ein ohrenbetäubender Lärm drang in Christines Ohren und sie zuckte zusammen, als der Schuss fiel. Sie erwartete, dass alles schwarz werden würde. Dann sackte Benjamin vor ihre Füße auf den Waldboden.

Zitternd versuchte sie, zu verstehen, was geschehen war.

»Christine!«

Zuerst konnte sie die Stimme nicht zuordnen. Erst als sie den uniformierten Mann auf sie zurennen sah, erkannte sie Rüdiger Brahm zwischen den Bäumen.

Er war schnell bei ihr. Hielt ihre Schultern und suchte sie auf Verletzungen ab. »Sind Sie in Ordnung?« Er sah sie über seine Brille hinweg an. »Christine? Geht es Ihnen gut?«

Sie nickte stumm. Dann: »Ja, ja. Ich glaube schon.«

Er atmete erleichtert auf und steckte seine Waffe weg.

»Ich musste doch etwas tun. Ich durfte ihn nicht entkommen lassen«, stammelte sie unter Schock leise vor sich hin. Sie zeigte dabei auf den Ast.

Brahm sah das Blut an dem Ast, auf den sie zeigte. »Sie haben ihn angegriffen?« Er sagte das mit großer Bewunderung.

Sie lächelten sich einen Moment lang an, während sie den Sirenen in der Ferne lauschten.

Epilog

Christine schloss die Ladentüre ab. Geschafft, aber glücklich blies sie die Luft aus ihren Lungen. Sie schlenderte zum Tresen zurück und fuhr ihren Laptop herunter, als in diesem Moment ihr Handy klingelte.

»Beccy«, nahm sie den Anruf entgegen. Sie telefonierten mittlerweile regelmäßig. Die Gespräche waren nicht immer lang und intensiv. Man könnte es nicht Freundschaft nennen.

»Ich hoffe, ich störe nicht.« Eine kurze Pause, um herauszufinden, ob es ungünstig war. Als Christine nichts darauf erwiderte, sprach Beccy weiter. »Wie geht es dir?«

»Es war ein anstrengender, aber schöner Tag«, beantwortete sie mit einer Standardfloskel und sparte sich die gleiche Gegenfrage. Sie kam direkt zur Sache. »Wie geht es Ellie?« Wahrscheinlich lag es daran, weil sie auch Mutter war, dass Beccy die Veränderungen, Fortschritte und Einbußen mit ihr teilte. Vielleicht hatte sie auch nur niemanden mehr, wenn man sich vorstellte, dass sie und ihr Mann acht Jahre auf der Suche nach ihrer Tochter waren und alles in England aufgegeben hatten, nur um sie zu finden.

»Wir haben Kontakt. Noch sehr wenig, aber ich muss ihr die Zeit geben«, erklärte Beccy. »Wir müssen uns erst wieder annähern.« Sie seufzte. »Es ist hart, da brauche ich mir nichts vormachen. Aber ich weiß, dass sie lebt. Dass sie sicher ist. Deswegen ist es okay für mich. Verstehst du das?«

Natürlich verstand Christine das. Sie war schließlich auch Mutter. Daher stimmte sie nur mit einem knappen »ja« zu.

»Ellie benötigt Zeit. Alex und ich wollen sie nicht drängen. Egal, wie lange wir noch warten. Das ist unwichtig.«

Sie schwieg und das Telefonat geriet ins Stocken, als sich eine betretene Stille breitmachte.

»Christine?« Es war unverkennbar, dass sie etwas auf dem Herzen hatte. »Ich, also vielmehr wir wollten euch noch danke sagen. Dank eurer Neugier habt ihr uns geholfen, unsere Tochter wiederzufinden.«

»Nicht dafür, Beccy.« Sie wollte nicht erwähnen, dass ihr das Abenteuer gefallen hatte, während es für die Eltern des vermissten Kindes eine Qual gewesen sein musste. »Was ist mit Daniel?«, schwenkte sie um, damit der Dank vom Tisch war.

»Er wurde einem psychologischen Gutachten unterzogen, soweit wir wissen. Wie du weißt, haben wir ihn nicht, naja, angeklagt oder wie man das nennt. Er hat Ellie am Ende geholfen. Es wäre falsch, ihn zu bestrafen. Denke ich«, schob sie hinterher, klang aber kaum selbst von sich überzeugt. »Ellie wollte das nicht.« Sie schwieg einen Moment. Dann sagte sie: »Niemand weiß, wo Daniel jetzt ist.«

Christine malte sich tausend Möglichkeiten aus, sprach aber nur eine aus. »Er war so angetrieben vom

Einfluss seines Vaters, er muss sich erst einmal selbst finden.« Sie wollte nicht urteilen, ob es besser gewesen wäre, ihn wegzusperren oder nicht. Es stand ihr nicht zu. Sie selbst hatte erst nach der Ehe bemerkt, dass sie nicht sie selbst gewesen war. Erst nach der Scheidung war sie sich der Unterdrückung und vorgespielten Gedanken bewusst geworden. Und sie war eine reife Frau. Kein kleiner Junge oder junger Mann wie Daniel. »Er wird sich sicher zurückziehen, bis der Tumult verraucht ist und er Herr über seine Schuldgefühle geworden ist.«

»Kann ich dich etwas fragen?« Eine rhetorische Frage, die niemals eine ehrliche Antwort erwartete. »Was soll ich machen, wenn Daniel wieder auftaucht und Ellie sehen möchte. Oder umgekehrt?«

»Puh.« Eine berechtigte und schwierige Frage. Christine hätte sich die Frage an ihrer Stelle auch gestellt. »Ich denke, du solltest offen mit Ellie darüber sprechen, was sie sich wünscht und deine Ängste eingestehen und ihr gegenüber offenlegen. Ehrlichkeit ist das Wichtigste, wenn man sich Vertrauen schenken möchte. Ihr findet eine Lösung. Zusammen.«

»Es wird mir nicht gefallen. Nach alledem weiß ich nicht, ob ich ihm trauen kann.«

»Dann vertraue deiner Tochter.«

»Du hast Recht«, sagte sie schließlich. »Danke, Christine. Danke an dich und Anna. Ich werde deinen Rat befolgen.«

***

Anna sah ihre Mutter vom Beifahrersitz aus an. Sie konnten sich das Lachen nicht verkneifen, als sie erneut das Ausfahrtschild nach Andernach vor sich sahen.

»Bist du froh darüber, dass die Sache endlich vorbei ist?«, fragte Christine und sah ihre Tochter dabei kurz an.

»Natürlich.« Anna atmete hörbar aus. »Das war absolut nervenaufreibend.«

Christine lachte auf.

Anna fand es nicht lustig. »Was machen wir, wenn dich wieder die Abenteuerlust packt?«

»Keine Angst.« Ihre Mutter blinkte nach rechts. »So schnell brauche ich jetzt erst mal kein neues Abenteuer mehr.« Sie fuhr die Ausfahrt hinaus.

»Ich nehme dich beim Wort.«

Eine Weile fuhren sie schweigend durch die Idylle.

»Wir haben doch schon bei der Polizei ausgesagt. Was sollen wir noch dort?« Anna dachte, es sei ein Mythos, Vorfälle immer wieder anderen Kollegen erzählen zu müssen. Weit gefehlt. »Schreiben die sich nichts auf oder wollen sie nur auf Nummer sicher gehen.«

»Wir haben mit der Polizei in Heidelberg gesprochen. Ich denke, dass Rüdiger uns sehen will, um den Fall hier auch abzuschließen.«

»Rüdiger?«

Christine unterdrückte ein Lächeln und folgte der Stimme des Navigationsgeräts und bog nach links ab. »Ich finde es ganz nett, noch einmal hier hin zu fahren.«

Anna sah ihre Mutter verschmitzt an. »Ich wusste, dass dir Brahm gefallen würde.«

»Ach, sei nicht albern.« Sie winkte ab. »Er ist nett. Er ist höflich und macht seine Arbeit. Weiter nichts.«

»Wenn du meinst«, kommentierte Anna keck und ging nicht weiter darauf ein.

Sie fuhren noch ein wenig schweigend, dann erreichten sie das Polizeipräsidium. Sie parkten davor, stiegen aus dem Wagen und spazierten in das Gebäude. Sie erklärten dem dünnen Hochgewachsenen am Eingang, dass sie einen Termin mit Rüdiger Brahm hatten und wurden auf zwei Stühle in einem Flur verwiesen. Es roch nach altem Teppich, frischer Wandfarbe und zu lange, auf der Heizplatte stehendem Kaffee. Ein paar Minuten beobachteten sie stumm das Treiben der Uniformierten, ehe Brahm aus seinem Büro trat.

»Die Damen Böhmer«, empfing er sie freundlich und zugleich selbstbewusst. Im Gegensatz zu den anderen strahlte er eine Autorität aus, die zu einem Chef einer großen Firma passte, der viel verlangte, aber auch einiges schenkte. »Bitte«, er trat zur Seite und schaute Christine einen Moment zu lange in die Augen, »kommen Sie herein.«

Die beiden betraten sein Büro. Es wirkte voll, aber nicht unaufgeräumt. Akten türmten sich in verschiedenen Ecken, schienen aber einer Art System zu folgen.

Die altmodische Einrichtung ging bei der Ausstrahlung des erfahrenen Polizisten unter.

»Vielen Dank, dass Sie noch einmal hierher gekommen sind.« Er deutete auf die Stühle vor seinem Schreibtisch. »Bitte, setzen Sie sich.«

Rüdiger Brahm brachte Sie auf den Stand der Ermittlungen. Vielmehr den Abschluss des Falls. Christine und Anna machten noch einmal abschließend ihre Aussagen. Er hakte sie mehr oder minder anhand von den Protokollen aus Heidelberg ab. Dann klappte er die Akte zu und warf sie auf einen der Stapel auf seinen Tisch.

»Ich habe noch zwei Fragen an Sie, dann sind wir hier fertig.« Er beobachtete ihre Reaktionen über den Rand seiner Brille und faltete die Hände vor sich auf den Tisch. »Geht es Ihnen beiden gut nach der ganzen Sache oder können wir«, er räusperte sich, »kann ich Ihnen noch irgendwie behilflich sein?«

Anna schüttelte den Kopf.

»Uns geht es gut, danke«, antwortete Christine. Er sagte nichts, daher fragte sie: »Sie sagten, Sie hätten zwei Fragen. Was ist die Zweite?«

Er räusperte sich noch einmal, sah flüchtig zu Anna und wischte sich die Hände an der Uniformhose ab. »Christine«, setzte er an, »darf ich Sie auf einen Kaffee einladen? Es wäre mir eine große Freude, Sie näher kennenzulernen.«

Anna verkniff sich ein Lächeln und presste die Lippen aufeinander. Dann konnte sie ein Grinsen nicht mehr verbergen, während ihrer Mutter die Kinnlade hinunter klappte. Trotz der Verwunderung stand es ihr im Gesicht geschrieben, dass sie sich geschmeichelt fühlte.

Eine Welle der Gefühle überkam sie. Tausend Pros und Kontras schwirrten ihr im Kopf. Vor Angst hätte sie am liebsten »Nein« gebrüllt. Nie wieder wollte sie sich eingesperrt fühlen. Das Einzige, was jedoch am greifbarsten war, war die Freude über seine Einladung und der Tatsache, dieser zu gerne nachzukommen. Seine ehrlichen Augen. Und die Hoffnung, die tief in ihr schlummerte, nicht alleine zu sein und irgendwann einmal eine wundervolle Beziehung führen zu können. Doch so weit musste es nicht kommen. Sie war frei und ungezwungen. »Ein neues Abenteuer kann nicht schaden«, willigte sie auf sein Angebot ein und spürte, wie sie rot wurde.

***

Wie ein Teenager verließ Christine mit Anna das Polizeipräsidium. Als hätte sie heimlich einen Kuss auf dem Schulhof bekommen. Das Gefühl gefiel ihr. Es war ewig her.

Sie schloss den Wagen auf und stieg ein.

»Ich wusste du magst ihn«, neckte Anna ihr Mutter und schloss die Beifahrertür.

»Hör schon auf.« Christine startete das Auto.

»Ich meine es ernst, Mama. Du hast es verdient glücklich zu sein.«

»Danke.« Sie lächelte ihre Tochter an. »Möchtest zu mitkommen?«

»Was? Zu eurem Date?« Anna schüttelte den Kopf. »Auf keinen Fall.«

»Er würde nichts dagegen haben.«

»Wahrscheinlich, aber das würde auch so nicht gehen.«

»Warum nicht?«

Anna spitzte die Lippen, dann hoben sich ihre Mundwinkel. »Ich habe auch ein Date am Wochenende.«

»Ach!«, stieß ihre Mutter aus. »Hast du mal endlich auf mich gehört.«

»Ja, ein bisschen. Ich kann ja nicht ewig alleine bleiben, nur aus Angst, erneut betrogen zu werden.«

Christine nickte ihr anerkennend zu. »Ich war dir ein gutes Beispiel. Genieße das Leben mit allem, was es zu

bieten hat. Lass dich nicht einsperren und sei du selbst.«
Sie drückte ihrer Tochter den Oberschenkel. »Nehmen
wir die Abenteuer, wie sie kommen.«

Danksagung

So oder so ähnlich hätte der Ausflug mit meiner Mutter in der Vulkaneifel am 31.07.2022 enden können. Tatsächlich endete er mit einem Kuss und einem »Danke für den wundervollen Tag«. Wir haben nicht im Seniorendomizil nach einem Bild gefragt. Meine Mutter ist nicht in ein Loch gefallen und von Wanderern aus England aufgelesen worden. Nur das Familienfoto gab es wirklich.

Es war ein seltsamer Anblick. Ein Familienfoto mutterseelenallein am Straßenrand. Ich habe es fotografiert, weil meine Mutter meinte: »Das kannst du bestimmt noch gebrauchen.« Ich fragte, warum und fand es albern. »Für eine Geschichte«, antworte sie und lachte.

Wir haben uns wirklich Tage danach noch gefragt, was dieses Foto dort gemacht hatte. Im Internet nach Unfällen gesucht und so weiter. Nichts gefunden. An einem sonnigen Tag philosophierten wir bei einem Kaffee über das Bild und schlugen gegenseitig Geschichten vor, die weit, weit auseinandergingen. An dieser Stelle aber: Danke Mama, für den tollen Titel!

Ohne diesen wundervollen Ausflug gäbe es auch diese Geschichte nicht.

Die Vulkaneifel ist traumhaft. Wer meint, dass es nur in anderen Ländern etwas zu sehen gibt, er war niemals dort. Es lohnt sich, bei einem Tagesausflug die Sehenswürdigkeiten abzufahren und die malerische Landschaft zu bewundern. Ebenso die versteckten Highlights, wie wir sie auf unserer Route hatten. Erst bei meiner Recherche ist mir aufgefallen, dass die *Schmökermühle* in Andernach, die ich erwähnt habe, ein *Bücher-Refugium* besitzt. Wer also in der Nähe und Bücherfan ist, sollte es sich dort für eine Weile bequem machen.

Danke für euer Feedback...

...(ganz besonders) liebe Mama, die mir oft liebevoll versuchte, mir beizubringen, was ich manchmal für einen Schund geschrieben habe, bis ich dann endlich verstehe, was um Himmelswillen sie meint...

...Dirk Osygus (Instagram: dirk_osygus_krimiautor), der mit seinem kritischen Augenmerk wirklich alles in Frage stellt...

...und Manuela Friedrich (Instagram: buecherela), auf deren Meinung ich sehr viel Wert gelegt habe, da sie bereits einen Haufen Bücher gelesen und rezensiert hat.

Bleibt aber immer noch eine Frage...

Was zum Henker hatte es mit diesem Familienfoto auf sich?

Ich weiß es nicht. Aber wenn es irgendwen da draußen gibt, der es weiß, meldet euch bei mir.

Leseprobe

Geisterbild

Visionen der Vergangenheit

Du kommst nicht mit deinen Gefühlen zurecht und dein bisheriges Dasein fühlt sich nicht an wie ein Leben.

Und dann geschieht es...
        ...du kannst einen Neuanfang wagen.

Kaila Schwarz lässt alles hinter sich und zieht mit ihrer Schwester Niah in ein Haus in einer ruhigen Siedlung. Die Dinge beginnen endlich sich zu bessern. Doch plötzlich verschwindet Niah spurlos und reißt erneut ein Loch in Kailas Leben. Jetzt bleibt ihr nichts anderen übrig, als sich der Vergangenheit zu stellen, der sie für immer den Rücken zugekehrt hatte. Denn sie würde alles tun, um ihre Schwester zu finden.

Ein Ort, ein Haus und ein tief verborgenes Geheimnis.

(Demnächst auch erhältlich)

Prolog

Die lauten Geräusche des morgendlichen Verkehrs drangen in ihren Kopf. Ein furchtbarer Lärm. Eine Mischung aus stressigem Treiben und Motorengeheul prallte wie eine Welle auf sie ein. Sie widerstand dem Reflex, sich die Ohren zuzuhalten. Doch das ging nicht. Sie durfte keine Aufmerksamkeit erregen.

Ihr Herz klopfte bis an ihre Kehle, während sie, Kopf gesenkt, einen Schritt vor den anderen setzte und schließlich in ein Meer aus Vergangenheit und unbekannte Zukunft hineintauchte.

Sie ließ sich treiben. Sie schwamm einfach mit. Irgendwo würde sie schon wieder auftauchen.

2016

Heute

Kaila

»Einen Kaffee bitte.« Kaila Schwarz hasste die kräftige Plörre. Schon bei dem Geruch schüttelte es sie. Sie versuchte, mit ihrer Bestellung ihr bisheriges Leben über den Haufen zu schmeißen.

Die mütterlich aussehende Bedienung lächelte sie eher ehrlich als mit einem Verkaufsgehabe an. »Darf es sonst noch etwas sein?«

Kaila stierte die enorme Kuchen- und Brötchenauswahl hinter der Glasscheibe in der Auslage an. Sie umklammerte die Riemen ihres Rucksacks fester und schluckte die aufkommende Spucke hinunter, ehe sie Kopf schüttelnd ablehnte.

Sie bezahlte mit der Verwunderung darüber, wie viel ein normaler Kaffee mit aufgeschäumter Milch kostete. In Gedanken daran, ob er anders schmeckte, als der, den sie probiert hatte, nahm sie die Tasse entgegen. Sie freute sich über den selbstgebackenen Keks, der ihr auf den Rand der Untertasse gelegt worden war. Diese Herzlichkeit fand sich in der Räumlichkeit wieder. Die Bäckerei glich einem gemütlichen Café und versprühte Wärme und Geborgenheit. Die Tische waren nicht akkurat angeordnet und gaben das Gefühl eines Esszimmers bei der eigenen Großmutter wieder. Die Stühle waren mit dicken Polstern überzogen und luden zum länger Verweilen ein.

Kaila fand einen Platz an einem kleinen Tisch in der hintersten Ecke. Sie stellte die Tasse darauf ab. Jemand hatte den *Remscheider General-Anzeiger* dort liegen gelassen. Sie befreite sich von ihrem Rucksack und setzte sich. Dabei sah sie sich um und hatte mit einem Mal das Gefühl, beobachtet zu werden, obwohl keiner der anwesenden Gäste sie beachtete. Die meisten waren in Gespräche, nur wenige in Bücher oder Zeitschriften vertieft. Viele vertrieben sich die Zeit mit ihren Smartphones. Ebenso die Frau, die mit dem Rücken zu ihr saß. Unachtsam biss sie in ihr belegtes Brötchen und verteilte Krümel auf dem Tisch und den Boden.

Kaila wandte sich von diesem Anblick ab und beobachtete das flüssige Treiben der Kundschaft, als würden sie nie etwas anderes machen. Alles wirkte unbeschwert.

Sie nahm einen Schluck Kaffee und verzog das Gesicht. Um sich aufzuwärmen, trank sie mehr. Dann fiel ihr Blick auf eine ältere Frau, die sich mit ihrem Trolley und Einkauf abmühte. Als ihr zwei Orangen aus einem Beutel zu Boden fielen, sprang Kaila auf und sammelte sie ein. »Lassen Sie mich Ihnen helfen«, sagte sie, als sie der Dame das Obst hinhielt.

Die Frau sah zu ihr hinauf. Ihre Brille wirkte zu klein für ihr Gesicht und war ihr nach unten gerutscht. »Danke, das ist sehr nett von Ihnen.«

»Ich halte das solange.« Kaila nahm ihr die Tüte mit dem Gebäck ab und wartete, bis die Dame den Rest wieder zusammengepackt hatte. Sie streckte ihr die Gebäcktüte entgegen, damit sie auch diese verstauen konnte.

»Danke.« Sie schenkte ihrer Helferin ein ehrliches Lächeln.

»Schönen Tag für Sie.« Kaila ging wieder an ihren Platz. Die Bäckerei leerte sich schnell, als die Stoßzeit vorüber war. Zurück blieben nur wenige mit ihrem Frühstück.

Bei einem weiteren Schluck Kaffee nahm sie den *Remscheider General-Anzeiger* in die Hand und blätterte darin herum. Plötzlich fiel ihr Blick auf eine Annonce eines zu vermietenden Hauses.

»Heute muss mein Glückstag sein«, dachte sie sich, obwohl ihre innere Stimme schrie: »Das geht nicht. Tu das nicht.« Sie ignorierte es. Was hatte sie denn zu verlieren?

Die untersetzte Krümeltante, einen Tisch weiter, stand auf. Obwohl sie zur Theke schlurfte, ließ sie ihren dreckigen Teller zurück und bestellte sich etwas Neues.

Kaila trank den letzten Schluck Kaffee aus, stand auf, schulterte ihren Rucksack und nahm ihre Tasse samt Untertasse. Beim Vorbeigehen griff sie sich unbemerkt das Smartphone der Frau, die es achtlos auf dem Tisch liegen gelassen hatte, und steckte es in ihre Gesäßtasche. Bevor sie nach draußen ging, stellte sie ihr dreckiges Geschirr zurück auf die Theke. »Vielen Dank.« Sie lächelte erst die Bedienung, dann die untersetzte Dame an. »Auf Wiedersehen.«

***

Es war nicht schwer für Kaila gewesen, sich den PIN zum Entsperren des Smartphones der Krümeltante zu merken. Mal abgesehen davon, dass es aus Kailas Position ein Leichtes gewesen war, ihn zu sehen, war er auch noch dämlich einfach.

Kaila stieg aus dem Bus und stand am Fuße der Straße von *Birgden III*. Ein schönes ländliches Fleckchen in Remscheid im Stadtbezirk Lüttringhausen. Direkt im Leyerbachtal, einem Landschaftsschutzgebiet. Und womöglich der steilste Anstieg, den sie je gesehen hatte. Sie eilte den Berg hinauf. Erklomm ihn, war wohl die richtige Ausdrucksweise. Das erste Stück kam einem Anstieg beim Wandern auf den *Mount Everest* gleich. Links drückte das Firmengelände die Idylle auf der Skala der schönen Siedlungen nach unten. *HEYCO* firmierte schon so lange hier, wie sie denken konnte, und hatte irgendetwas mit Metall- und Kunststoffverarbeitung zu tun. Genaueres wusste sie auch nach all den Jahren nicht. Rechts war eine große Feldwiese. Bei dem Hang war sie immer wieder verwundert darüber, dass die Pferde nicht hinunterrutschten und überhaupt darauf laufen konnten.

Am Ende des *HEYCO-Geländes* und des gegenüberliegenden Abhangs wurde der Aufstieg erträglicher und Kaila lief an den Einfamilienhäusern vorbei. An der Gabelung ging sie geradeaus und ließ den *Birgdener Berg* zu ihrer Linken hinter sich. Die Straßen auf dieser Höhe wurden offenbar ebenso vergessen, wie das Legen einer vernünftigen Telefon- und Internetleitung. Zumindest kam es ihr vor, als sei die Zeit hier oben stehen geblieben. Es kam einem Leben auf einem Bauernhof gleich. Kurz vor einer scharfen Rechtskurve ragte links auf der Ecke ein Villa ähnliches Haus zwischen den Bäumen in die Höhe und wirkte wie ein übergroßes Baumhaus. Die Kurve, die im Neunzig-Grad-Winkel um das Schieferhaus auf der Ecke schoss, dürfte für viele Unfälle verantwortlich sein.

Vorbei an den gepflegten Vorgärten erreichte Kaila die Hausnummer 36. Das letzte Haus auf der rechten Seite. Auf dem Parkplatz vor der Garage stand ein bulliges schwarzes Auto. Die Marke wusste sie nicht. Mit Derartigem kannte sie sich nicht aus.

Neben der Haustür im Vorgarten auf der Terrasse stand ein junggebliebener, älterer Mann, der von Weitem eine gewisse Ausstrahlung und Selbstsicherheit versprühte. Er war groß, schlank und sah aus, wie ein Geschäftsmann.

Kaila trat durch das kleine Gartentor. Es war nicht zu übersehen, dass der prachtvolle Vorgarten gehegt und gepflegt wurde. Sie schritt über den schmalen Steinweg zur Terrasse. Rechts und links kandidierten die Blumen und Sträucher zur Wahl der schönsten Pflanze.

Beim Näherkommen schätzte sie den Vermieter auf fünfzig. Wahrscheinlich hätte sie nicht erkannt, ob seine teuer wirkende Armbanduhr tatsächlich viel Geld gekostet hatte oder aus dem Sommerurlaub im Ausland stammte. Seine Kleidung dagegen waren allesamt Markenartikel. Von den teuren Lederschuhen, über die Hose, bis hin zur Wellenstein-Jacke. Meistens waren Leute mit Geld geizig oder fühlten sich elitär. Oftmals waren sie hochnäsig. Herr Junger schien von einem anderen Schlag zu sein. Er wirkte nett und bodenständig.

»Frau Schwarz?«, fragte er mit kräftiger Stimme.

»Ja, das bin ich.« Sie nahm seine ausgestreckte Hand zum Gruß. »Danke, dass Sie so kurzfristig Zeit für mich hatten, Herr Junger.« Sie hatte mit einem derart schnellen Treffen nicht gerechnet. Es kam ihr allerdings mehr wie gelegen.

»Sie waren die Erste, die sich auf meine Anzeige gemeldet hat. Mit weiteren Anfragen ist bestimmt Montag zu rechnen.« Er schloss die Haustür auf und winkte sie herein. »Das Haus wurde renoviert. Leider muss ich gestehen, dass ich es noch nicht geschafft habe, den Unrat auf dem Speicher zu beseitigen. Die Vormieter haben ihn nicht gebraucht und auch ein paar Sachen meiner Frau und meiner Kinder stehen noch dort. Das Haus ist teil-möbliert. Auf Wunsch können Sie diese einfach übernehmen oder ich stelle sie zunächst auf den Speicher.«

»Nein, ich würde gerne alles übernehmen. Ich fange neu an. Ich habe noch keine Möbel gekauft. Das kommt mir also sehr gelegen.« Um ihrer Freude nicht zu großen Ausdruck zu verleihen, sah sie sich in dem geräumigen Eingangsbereich um. An der Wand voraus stand eine prunkvolle Kommode. »Die Sachen auf dem Speicher können Sie dort lassen, so lange sie wollen. Ich benötige ihn nicht.«

»Gut. Die Sachen kommen noch weg«, sagte er, als habe er sie nicht gehört.

Sie folgte ihm nach links in die Küche.

»Die Einbauküche muss bitte drin bleiben. Sie ist neu gekauft.« Er ging zu einer der unteren Schränke und öffnete sie. »Mann«, stieß er aus. »Die haben doch echt sogar die Töpfe hier gelassen.«

Kaila trat näher heran. »Kein Problem. Ehrlich. Das trifft sich alles sogar sehr gut.« Sie konnte ihr Glück nicht fassen. Mit einem derartigen Verlauf des Tages hatte sie niemals gerechnet. Am liebsten hätte sie aufgeschrien, aber sie hielt sich zurück. »Ich sagte ja, dass ich neu anfangen muss. Also kann ich alles ganz gut gebrauchen.«

»Wenn Sie etwas nicht haben wollen, bringen Sie es auf den Dachboden zu den anderen Dingen.« Er nuschelte etwas, das sie nicht verstehen konnte.

Kaila bemerkte, dass es ihm peinlich war.

»Kommen Sie.« Herr Junger winkte sie durch den Flur in das gegenüberliegende Wohnzimmer.

»Gibt es den Schuppen hinter dem Haus noch?«, fragte Kaila geistesabwesend.

»Äh, ja. Waren Sie schon einmal hier?«

Kaila schüttelte den Kopf und biss sich auf die Unterlippe. »Das war geraten.«

Sie lächelte ihn an und strich sich die Haare aus dem Gesicht.

»Der Garten vor und hinter dem Haus wurde zuvor von einem Gärtner auf Vordermann gebracht.«

»Das sieht man.« Kaila durchschritt das Wohnzimmer und sah aus dem Fenster. Der dichte Wald hinter dem Haus glich einem solchen aus einem ihrer alten Kinderbücher. Sie verdrängte den Gedanken. »Sieht wirklich toll aus. Der Gärtner hat ganze Arbeit geleistet.«

Der Vermieter zeigte ihr den Rest des Hauses. Er ratterte Zahlen herunter, die sie sich nicht merkte. Quadratmeter, Höhe der Miete und vieles mehr. Auch die übrigen Zimmer waren teilweise mit Möbel ausgestattet.

»Was sagen Sie?«, fragte Herr Junger, als sie sich wieder im Eingangsbereich befanden. »Wie gefällt es Ihnen?« Er ließ ihr keine Gelegenheit, zu antworten. »Ich habe mir überlegt, dass wegen des Unrats auf dem Speicher und in den Schränken die erste Miete entfällt. Auch die Nebenkosten müssen nicht gezahlt werden. Allerdings müsste ich die Kaution in zwei Raten haben.«

Kaila lächelte ihn mit einer Mischung aus Unbehagen und Vorfreude an. »Ich nehme es.« Ein wohliger Schauer legte sich über ihre Brust, als sie daran dachte, dass sie bald hier wohnen würde.

»Toll.« Falls er überrascht über ihre schnelle Entscheidung war, ließ er es sich nicht anmerken.

»Ich habe die Verträge im Auto.« Er suchte in seiner Hosentasche nach dem Autoschlüssel. »Moment ich hole sie.«

Kurz darauf kam er wieder. »Setzen wir uns doch in die Küche.«

Kaila nahm auf einem der Stühle Platz. Es war ihr nicht unangenehm, auf Möbel zu sitzen, die jemand anderem gehörten. Das war sie gewohnt. Diesen Widerwillen hatte sie längst abgelegt.

Herr Junger füllte die Verträge aus. »Ich wiederhole, dass die erste Miete und Nebenkosten erlassen werden. Die erste Hälfte der Kaution ist im ersten Monat fällig. Die zweite dann mit der ersten Miete.« Er kritzelte in dem vorgefertigten Vertrag herum und zeigte ihr die hinzugefügte Vereinbarung. »Sind Sie die einzige Mieterin oder ziehen Sie mit jemanden zusammen hier ein, wenn ich fragen darf?«

»Alleine.«

»Zu wann?«

»Sofort.« Es traf sich noch besser, weil gerade Monatsende war.

»Verzeihen Sie meine Offenheit.« Herr Junger legte den Stift weg und faltete die Hände. »Sie sagten, dass Sie neu anfangen. Haben Sie eine Arbeit?«

Kaila lächelte verlegen. »Sie wollen wissen, ob ich mir das Haus überhaupt leisten kann.« Sie nahm ihm die Frage nicht übel. Hätte sie ein Haus, würde sie genauso handeln. Seine Bedenken waren nachvollziehbar und natürlich konnte sie sich das Haus nicht leisten. Wie auch? Die erste Hälfte der Kaution würde sie gerade noch zahlen können. Dann war es das auch schon. »Mein Ex-Freund und ich haben zusammen gewohnt. Er hat sich von mir getrennt und mich kurzer Hand rausgeworfen. Ich habe etwas angespart und ich bin Sachbearbeiterin bei der Stadt Remscheid«, log sie ihn an.

Zumindest der Teil, dass sie etwas angespart hatte, war nicht gelogen.

»Tut mir leid. Sie glauben gar nicht, wie schwer es ist, vernünftige Mieter zu finden.«

»Das glaube ich gern.« Und Kaila wusste es wohl gerade am besten. Sie war froh, dass er auf aktuelle Einkommensbescheinigungen verzichtete. Fast schon tat es ihr leid, dem sympathischen Vermieter ins Gesicht zu lügen. Nur was hatte sie schon für eine Wahl? Es war womöglich die einzige Chance, die sie jemals bekommen würde.

***

Herr Junger fuhr weg. Kaila hatte ihn auf dem Parkplatz verabschiedet und sich für die sofortige Überlas-
sung des Schlüssels bedankt. Ihre Vorfreude vermischte
sich mit einem Gefühl, das sie nicht beschreiben konnte.
Es fühlte sich schwer an. War es das schlechte Gewissen,
das an ihr nagte?

Sie schloss die Haustüre auf. Es roch nach frischer
Farbe und nassem Papier.

Zuerst ging sie in den oberen Stock und suchte sich
ein Zimmer aus. Sie nahm das linke, das Richtung Wald
zeigte. Das Bett unter dem Fenster, die Kommode links
an der Wand und der zweitürige Schrank im Landhaus-
stil passte zu dem alten Haus mit Schiefervertäfelung.
Durch die Renovierung fehlte jedoch der abgenutzte
Flair, den es im Inneren beherbergen sollte.

Sie öffnete den Kleiderschrank und entdeckte zwei
Wolldecken.

Die Kommode war leer.

Sie ging in das gegenüberliegende Zimmer. Hier
fanden sich die gleichen Möbel. Im Schrank erblickte sie
nur ein Zierkissen, was sie auf ihr neues Bett warf.

Im Badezimmer entdeckte sie einen leeren Spiegel-
schrank. Zwei Handtücher hingen über der Duschkabinentür. Der Allzweckreiniger in der Dusche ließ darauf
schließen, dass sie zum Putzen verwendet wurden. Kaila

wusch sie mit dem Reiniger und heißem Wasser aus und hing sie an die Duschkabinentür zurück.

Dann ging sie nach unten in die Küche, um sich einen Überblick darüber zu verschaffen, was alles in den Schränken zurückgelassen wurde. Sie beschloss, später ein paar Dinge einzukaufen, auch wenn es sie davor grauste, den Einkauf den Berg hinaufschleppen zu müssen.

Kaila schlenderte in das Wohnzimmer. Auf dem Sofa machte sie eine Sitzprobe. Sie trommelte mit den Händen auf ihre Oberschenkel und überlegte, was sie als Nächstes unternehmen sollte. Ein Blick aus dem Fenster zog sie ins Freie. Das Smartphone der Krümeltante legte sie auf die Kommode im Flur und verließ das Haus.

An der Hausseite folgte sie der Treppe hinunter in den Garten. Sie ging am Schuppen vorbei. Der Weg führte nach hinten an den Regentonnen entlang. Am Waldrand blieb sie stehen. Die Sonne stand hoch und flutete den Wald mit viel Licht, sodass er ihr nicht mehr wie der Gruselwald aus ihren Kinderbüchern vorkam. Trotzdem hatte sie das Gefühl, durch ihn nicht durchblicken zu können. Ihre Sicht driftete ins Unendliche ab. Ihre Gedanken flogen umher und versuchten, sie zu verwirren. Sie musste sich konzentrieren. Sich auf das Wesentliche fokussieren.

Kaila wusste nicht, wie viele Sekunden sie in den Wald gestarrt hatte. Vielleicht waren auch Minuten vergangen.

»Ist alles in Ordnung?«, hörte sie eine Männerstimme fragen.

Ihr Blick klarte sich augenblicklich auf. Sie sah sich um.

Ein alter Mann kam auf sie zu. Die Farbe seiner Kleidung glich der eines Jägers, aber weder sein Outfit noch der Mann sahen wirklich danach aus.

»Alles in Ordnung, Mädchen?«, wiederholte er und blieb plötzlich stehen, als sich ihre Blicke trafen.

Sie nickte und starrte ihn mit offenem Mund an.

Es dauerte, bis er weitersprach. »Was machst du hier?« Er schaute sich um, als erwartete er noch jemanden.

»Ich wohne hier«, brachte sie schließlich heraus. »Seit heute.« Sie rang sich ein Lächeln ab.

»Alleine?« Er hob das Kinn. »In so einem riesigen Haus.«

»Nein.« Sie blickte zum Haus hinauf. »Nicht alleine. Mit meiner Schwester.«

Er folgte ihrem Blick, ehe er ihr seine Hand entgegenstreckte. »Selter, mein Name.« Er hatte etwas Soldatenhaftes an sich.

Zögerlich nahm sie seine Hand. »Mein Name ist Kaila.«

»Kaila? So, so.« Er schüttelte lange ihre Hand und sah sie energisch an. »Und deine Schwester? Wie heißt sie?«

Kaila kniff die Augen zusammen. »Sie heißt Niah.«

»Kaila und Niah.« Er nickte knapp. »Und was treibt Sie in so eine ruhige Gegend?«

»Das Leben, schätze ich.« Sie grinste ihn überschwänglich an. »Sie entschuldigen mich, Herr Selter. Ich habe noch Einiges zu tun.«

»Aber natürlich.« Er faltete die Hände hinter den Rücken. »Ich wohne direkt gegenüber, aber das wissen Sie bereits, nicht wahr?«

Sie senkte den Kopf und ließ ihn stehen.

***

Kaila wuselte in der Küche herum. Sämtliches Geschirr hatte sie aus den Schränken geholt und neu einsortiert. Sie verstaute den letzten Topf, schloss die Schranktür und trat einen Schritt zurück, wobei sie sich eine blonde Locke aus dem Gesicht pustete. Ihr Dutt hielt mehr schlecht als recht. Mit dem Handrücken wischte sie sich die feuchte Stirn trocken. »Na, was sagst du zu dem Haus?«, fragte sie, als ihre Schwester im Türrahmen erschien.

»Gar nicht mal so schlecht.« Niah nickte anerkennend. Ihr brauner Pferdeschwanz sah ein wenig mitgenommen aus.

»Was meinst du?« Kaila sah ihre Schwester fragend an. »Die Küche?«

»Das Haus.«

»Da haben wir echt Glück gehabt.« Kaila säuberte an dem Spülbecken den Lappen und hing ihn über den Wasserhahn zum Trocknen. Zufrieden sah sie sich das Ergebnis an. Zuerst hatte sie die Bäder gereinigt. Die Küche war die letzte Etappe gewesen.

Kaila drehte sich zu ihrer Schwester um, doch sie stand nicht mehr im Türrahmen. Sie ging in den Eingangsbereich. Durch die große Fensterfront neben der Eingangstüre konnte sie in den Vorgarten sehen. Es war bereits dunkel, die Solarlichter leuchteten. »Niah?«, rief sie die Treppe hinauf. Es kam keine Antwort. Sie drehte sich um und sah ihr eigenes Spiegelbild in der Fensterscheibe und erschrak.

Sie glaubte, jemanden im Vorgarten zu sehen. Durch die Spiegelung des beleuchteten Flurs war es schwer, Genaueres zu erkennen. Sie trat näher an die Scheibe und kniff die Augen zusammen.

Sie spähte hinaus, konzentrierte sich.

Eine Gestalt huschte vor ihr vorbei.

Erschrocken folgte sie den Bewegungen des Schattens. Konnte aber nicht genau erkennen, wer es war.

»Was treibst du dort?« Niah tauchte hinter ihr auf.

Kaila zuckte heftig zusammen.

»Musst du mich so erschrecken?«, fauchte sie ihre Schwester an.

»Wir sind noch nicht einmal richtig eingezogen und schon spionierst du unsere Nachbarn aus?« Niah verschränkte die Arme.

»Nein! Ich…«, Kaila stockte bei der Erklärung und sah schleunigst noch einmal nach draußen.

Doch da war niemand mehr zu sehen.

»Ich dachte, da hätte jemand im Vorgarten gestanden.«

Verfolgt

Leben ohne Schatten

Als Sharon Obersdorf ein Kind überfährt, ändert sich ihr Leben schlagartig.

Sie kämpft mit Schuldgefühlen.

Die Mutter des Kindes verfolgt sie und will nur eins: Rache.

Sharon muss sich der Wahrheit stellen und etwas unternehmen, bevor es ihr Leben zerstört.

(Demnächst auch erhältlich)

Janus

Ambivalent

Mira Bernwald hat ein zerstörtes Selbstwertgefühl,
weswegen sie sich in Sport- und Ernährungszwänge
flüchtet. Als sie eines Tages mit anderen Trainie-
renden im Fitnessstudio eingesperrt wird, beginnt
ein Kampf ums Überleben.

(Demnächst auch erhältlich)